African Spir

Die Wahrheit in ihren Hauptzügen dargestellt von Prais

African Spir

Die Wahrheit in ihren Hauptzügen dargestellt von Prais

ISBN/EAN: 9783743388758

Hergestellt in Europa, USA, Kanada, Australien, Japan

Cover: Foto ©Andreas Hilbeck / pixelio.de

African Spir

Die Wahrheit in ihren Hauptzügen dargestellt von Prais

Die Wahrheit

in ihren Hauptzügen dargestellt

von

Prais.

—◦◦◇◦◦—

Leipzig:

Förster & Findel.

1866.

Vorwort.

Den Titel dieses Werkes wird gewiss mancher an-
stössig finden, die Wahl eines solchen Titels von
Seiten des Verfassers für Anmaassung halten, und doch
liegt in ihr keine Anmaassung. Man überlege nur die
Natur der Ueberzeugung im Allgemeinen. Besteht nicht
das Wesen der Ueberzeugung darin, dass man ihren
Inhalt für wahr halten muss, sogar auch ohne es zu
wollen? Und wer hätte sich entschliessen mögen, mit
philosophischen Meinungen hervorzutreten, von deren
Wahrheit er nicht überzeugt wäre? Warum denn nun
dürfte man gerade die Wahrheit nicht bei ihrem rechten Namen nennen? Sollte dies etwa in der Voraussetzung geschehen, dass was man für wahr hält,
vielleicht auf irgend eine Weise sich dennoch als falsch

erweisen möchte, weshalb man bei dessen Vortrag alle Rücksichten auf sich selber zu verbergen suchen müsse, damit ja die Enttäuschung nicht zu kränkend sei? Und das wäre Bescheidenheit? — Mir scheint es, die ächte Bescheidenheit will vielmehr, dass man bei der Darstellung des Wahren gar keine Rücksicht auf sich nimmt, dasselbe gerade für das ausgibt, wofür man es hält. Der Grundcharakter der Wahrheit ist ja Allgemeingültigkeit; ihr ist es vollkommen einerlei, ob sie von Diesem oder Jenem entdeckt wird. Wozu also bei deren Mittheilung überhaupt persönliche Rücksichten einmengen? — Von der Wahrheit der in diesem Werke vorgetragenen Lehren bin ich nun ebenso fest überzeugt, wie von meinem eignen Dasein, ich durfte also auf keinen Fall die Bezeichnung „Wahrheit", sondern musste eher meinen eignen Namen ausschliessen. Und das habe ich auch gethan: der Name auf dem Titelblatte ist ein fingirter.

Mit der Auffindung der Wahrheit hat es übrigens keine so ausnehmende Bewandtniss; denn jeder trägt die Wahrheit, oder eigentlich das Object derselben, in sich, nur ohne ein klares Bewusstsein von ihr zu haben. Dieses Bewusstsein wird eben die wahre Philosophie ausmachen. Aber die bisjetzt aufgestellten philosophischen Lehren sind doch auch nicht sämmtlich der Ausdruck eines ganz verworrenen oder unklaren Bewusstseins; es mussten jedem redlich Forschenden

wenigstens einige helle Blicke gelungen sein; — daher
wird die wahre Philosophie mit allen, sogar den hete-
rogensten und unter einander feindlichsten Weltanschauungen Berührungspunkte haben müssen; was freilich diese Philosophie nicht einem willkürlichen Eclec-
tismus ähnlich machen darf, welcher alles ihm in verschiedenen philosophischen Systemen irgend wie Zu-
sagende nach Gutdünken zusammenrafft und in eine
beliebige Verbindung setzt, sondern von dem wahren
Standpunkte aus soll es sich von selbst ergeben, was
in jeder philosophischen Lehre das Berechtigte, und in
welchem Sinne es berechtigt ist. — Indessen werde ich
hier nicht diese Berührungspunkte, sondern vielmehr
das von der Wahrheit Abweichende in verschiedenen
Lehren hervorzuheben suchen. Denn der Wahrheit kann
keine besondere Bestätigung aus dem Umstande zu-
fliessen, dass sie von dem einen oder dem anderen Philosophen schon gelehrt worden ist — die Berufung auf
Autoritäten ist deshalb mit Recht verworfen, — wohl
aber aus der Bekämpfung des ihr entgegenstehenden
Irrthums. Daher wird in diesem Werke der Polemik
mehr zu finden sein, als ich sonst gewünscht hätte.

Nur dieses über den Inhalt. Was nun die Form,
die Darstellung betrifft, so bin ich mir ihrer grossen
Unvollkommenheit sehr wohl bewusst, konnte jedoch
aus verschiedenen Ursachen, deren erste meine an-
geborene Unfähigkeit ist, die aber alle hier anzugeben

überflüssig wäre, — die Sache nicht besser machen. Doch hoffe ich, dass für jeden, der im philosophischen Denken einigermaassen geübt ist und das Werk unbefangen und aufmerksam lesen wird, das Verstehen desselben wenigstens keine besondere Schwierigkeit bieten kann.

23. Januar 1866.

Der Verfasser.

Inhalt.

I.

Vom Erkennen überhaupt.

Wenn irgend etwas behauptet wird, so fordert man mit Recht, es müsse auch *bewiesen* werden. Was heisst nun aber eine Behauptung beweisen? Bekanntlich heisst dies sie so darzustellen, dass es einem Jeden zur unumgänglichen *Nothwendigkeit* werde, die Wahrheit dessen, was behauptet wird, anzuerkennen. Was man von einem Beweise fordert, ist also allgemeingültige Nothwendigkeit; die Möglichkeit des Beweisens beruht folglich offenbar darauf, dass das menschliche Denken und Erkennen überhaupt an gewisse Arten und Weisen der Auffassung der Dinge vollkommen *gebunden* ist, die durch keine Anstrengungen des Willens durchbrochen werden können, da ja überhaupt das Erkennen seinem Wesen nach von dem Willen unabhängig sein soll. Diese Arten und Weisen der Auffassung sind also wirkliche *Schranken* des Denkens und Erkennens, und wenn es eine Philosophie geben soll, so kann sie nur aus der genauen und richtigen Untersuchung eben dieser Schranken entstehen.

Die Erörterung der merkwürdigen Verwicklung, die der Begriff einer Schranke des Denkens und Erkennens darbietet, ist, wie es mir scheint, am besten dazu geeignet, den Leser auf den Standpunkt zu stellen, von dem aus das Erkennen betrachtet werden muss; demgemäss wird er zuerst unsere Aufmerksamkeit zu beschäftigen haben.

Es ist nämlich einerseits vollkommen klar und sogar selbstverständlich, dass wenn ich eine Auffassungsweise als *für mich* nothwendig, d. h. als wirkliche Schranke meines Denkens anerkenne, ich mich derselben auch *unterwerfen* und folglich alle Versuche unterlassen muss, mich über sie hinauszuwagen. Denn eben in der Anerkennung der Schranke, in dem Gefühle der Nothwendigkeit einer Auffassungsweise, spricht sich das Bewusstsein von der Unmöglichkeit alles Ueberschreitens aus. Andrerseits ist jedoch ebenso wahr, dass ich eben dadurch, dass ich mir meine Schranke zum Gegenstande der Betrachtung mache, schon thatsächlich *über sie hinausgegangen* bin und hat sie folglich aufgehört, eine Schranke für mich zu sein. Aber noch mehr; es liegt im Begriffe der Schranke, dass sie aufgehoben werden soll. Denn als Schranke kann irgend eine Bestimmung nur dann erscheinen, wenn über sie hinausgestrebt wird und sie diesem Streben Widerstand leistet. Der Begriff einer Schranke fordert also, dass dieselbe zugleich aufgehoben und nicht aufgehoben sei.

Dieses will ich durch ein Beispiel erläutern. Es gibt gewiss keinen einzigen, seiner Sinne mächtigen Menschen in der Welt, der die Nothwendigkeit läugnen wollte, *ausser uns* existirende Dinge anzunehmen, und doch können wir Philosophen genug

anführen, die·das Dasein einer *äusseren* Welt geläugnet
haben; wie reimt sich nun dieses zusammen: *es ist für
mich nothwendig, ausser mir existirende Dinge anzunehmen,* und *ich erkenne keine solche Dinge an?* ´Ist
es nicht eine sonderbare Nothwendigkeit, die obgleich
als solche anerkannt, dennoch so wenig bindende Kraft
hat, so wenig nothwendig ist? oder waren die Männer
verrückt, die sich in einen solchen Widerspruch ver-
wickeln liessen? Gewiss würden wir das Recht haben,
die Zerrüttung des Intellects bei allen idealistischen
Philosophen zu bedauern, falls dieser Widerspruch nur
die Folge ihrer individuellen Organisation gewesen wäre;
wir müssen aber noch bedenken, ob es denn nicht
rathsam wäre, sein eignes Denken vorläufig etwas
näher zu prüfen, um zu sehen, ob dieser Widerspruch
nicht vielmehr einen Grund in der Allen gemeinsamen
Natur der *Vernunft* selbst habe. Denn die Geschichte
der Philosophie lehrt uns, dass wenigstens seit dem
eleatischen *Zenon* das Bewusstsein von der Unvermeidlichkeit des Widerspruchs von Zeit zu Zeit in den
Lehren der sogenannten Skeptiker immer wieder auf-
getaucht ist. Dieses wird uns noch rathsamer erscheinen, wenn wir uns des immerwährenden Widerspruchs
erinnern, der von jeher zwischen den Meinungen verschiedener Schulen und Menschen geherrscht hat, ohne
dass man auch nur die Möglichkeit einer Ausgleichung
aller dieser Verschiedenheiten einzusehen vermochte. Keh-
ren wir aber zum Begriffe einer Schranke des Denkens und
Erkennens zurück, so wird sich uns vollends die Vermuthung aufdrängen, es müsse *etwas* in der Natur
dieser Schranke selbst liegen, was uns befähigt, sie zum
Gegenstande unserer Betrachtung zu machen und so-

mit uns über dieselbe 'zu erheben. Und was anderes
kann dieses *etwas* sein, wenn nicht der den Schranken
des Erkennens und folglich auch dem Erkennen selbst
inhärirende *Widerspruch*, da aus dem Begriffe einer
Schranke, die zugleich *keine* Schranke ist, der Widcr-
spruch von selbst klar hervorleuchtet?

Ich stelle hier also ohne weitere Umstände den
Satz auf, der uns die Einsicht in die wahre Beschaffenheit des Erkennens eröffnen wird: *der Widerspruch ist
die nothwendige Form aller Erkenntniss.*

Um dieses vor allem klar zu machen, will ich den
Begriff der Erkenntniss, der *Vorstellung* überhaupt analysiren, welcher bei einer transcendentalen *) Untersuchung sich zuerst darbietet. Worin besteht nun das
Wesen, die Eigenthümlichkeit der Vorstellung überhaupt
und wie kann und muss sie gedacht werden? Gleich
bei dem ersten Blick zeigt sich uns die Vorstellung als
Etwas, dessen eigenstes Wesen eine Beziehung auf etwas Anderes ausdrückt, als Etwas, das sogar nur durch
ein negatives Prädicat in seiner Eigenthümlichkeit bezeichnet werden kann; die Vorstellung ist nämlich Etwas,
das *keinen eigenen Inhalt hat*, im Unterschiede von
der *concreten* Wirklichkeit, die einen solchen besitzt.
Keine Vorstellung ohne ein Vorgestelltes; sie ist, was
sie ist *nur* dadurch, dass ihr Inhalt etwas *Anderes*,
was *nicht* sie selbst ist, bezeichnet. Die Vorstellung
wird zur *Erkenntniss* dadurch, dass ihr Inhalt ausdrücklich als ein *fremder*, ihr nicht angehörender, anerkannt,
auf etwas ausser ihr bezogen wird.

---

*) *Transcendental* nenne ich nämlich alles, was zur *Erkenntniss der Erkenntniss* gehört.

Wie die Vorstellung überhaupt nur im Unterschiede von der concreten Wirklichkeit, so kann die Erkenntniss nur in reellem Gegensatze mit der concreten Wirklichkeit gedacht werden. Dieser Gegensatz ist für uns *absolut*, weil mit Aufhebung desselben der Begriff der Erkenntniss selbst ebenfalls aufgehoben würde; er schliesst jedoch die Einheit der Erkenntniss mit ihrem Object keineswegs aus. Im Gegentheil gerade der Umstand, dass diese beiden einander *nothwendig entgegengesetzt* sind, fordert die Einsicht, dass sie ebenso *nothwendig zu einander* gehören, d. h. einen *gemeinschaftlichen Grund* haben. Nur Schade, dass dieser gemeinschaftliche Grund *nimmermehr* selbst Object für die Erkenntniss werden kann; denn dazu wäre offenbar nichts weniger erforderlich, als dass er selbst in den Gegensatz herabgerissen wäre und folglich aufhörte, die über den Gegensatz erhabene Einheit zu sein. Die *Einheit* der Erkenntniss und ihres Objects, der vorstellenden und der concreten Wirklichkeit, des Wissens und des Seins, wird also ewig eine nothwendige Voraussetzung der transcendentalen Reflexion bleiben, jedoch ohne allen Gehalt auf dem Gebiete des Wissens; hier herrscht der absolute *Gegensatz*, da das Wissen selbst nur *innerhalb* des Gegensatzes als möglich gedacht werden kann.

Dieses soll vor allem wohl überlegt werden. Der absolute Gegensatz, dessen Glieder in irgend einer Gemeinschaft mit einander stehen, stellt was man eine *Beziehung* nennen könnte dar; der Begriff der Beziehung ist nun, wie wir später sehen werden, das, worauf die Möglichkeit alles Erkennens beruht. Dieser Begriff ist das oberste Princip alles Denkens und Erkennens.

Die *logische Form* der Beziehungen, die ja allemal irgend eine Gemeinschaft im absoluten Gegensatze bedeuten, ist der *Widerspruch;* die Form des
Denkens und Erkennens von Beziehungen aber, insofern dasselbe nicht seinem Producte (seinem Inhalte)
nach, sondern als ein Actus der denkenden und erkennenden .Function, angesehen wird, ist die *Nothwendigkeit.*

Man muss eine *positive* und eine *negative* Nothwendigkeit unterscheiden. Der Widerspruch ist der
Natur des Erkennens gänzlich zuwider, obgleich dieses
Letztere selbst ganz und gar auf Widersprüchen beruht; wenn es also darauf ankommt, Widersprüche zu
setzen, so wird das Bewusstsein dieses Setzens von
dem Gefühle eines *inneren Zwangs* begleitet; nun ist
aber ziemlich klar, dass Nothwendigkeit nichts anderes,
als eben diesen inneren Zwang bedeuten kann.

Alle und jede Nothwendigkeit ist *subjectiver* Natur
und bedeutet nur das Gefühl der *Gebundenheit* in einem
bestimmten Denken. Dieses Gefühl kann aber nur
dann statt finden, wenn ein Widerspruch, Einheit im
absoluten Gegensatze (eine Beziehung), gedacht werden
soll. Wenn dieses nicht der Fall ist, wenn es sich
nur darum handelt, eine Vielheit von, einander nicht
absolut entgegengesetzten, Bestimmungen zur Einheit
des Bewusstseins zu bringen, dann ist jeder Zwang un-
nöthig und folglich auch das Gefühl des Zwangs nicht
vorhanden. Alsdann ist es uns aber ein Zeichen, dass
wir keine Beziehung erkennen, sondern selbst Vorstellungen in Verhältniss zu einander bringen. Machen
wir jedoch diesen Actus unseres Denkens selbst zum
Gegenstande der Betrachtung, so wird eine Noth-

wendigkeit sich zeigen, denselben als ein Glied von Beziehungen anzusehen, als herbeigeführt durch frühere Acte oder anderweitige Ereignisse, d. h. als Wirkung von gewissen Ursachen, mit denen er nothwendig zusammenhängt; auf diese Weise allein kann der Actus selbst als nothwendig gedacht werden. So ist die Nothwendigkeit — die *allgemeine begriffliche Form der Beziehungen*; eine Nothwendigkeit ausserhalb aller Beziehungen ist durchaus nicht denkbar.

Das ist die positive Nothwendigkeit, mit ihr im Zusammenhang steht die negative, deren allgemeiner Ausdruck der *Satz der Identität* A = A ist. Jeder Widerspruch, der nicht nothwendig gesetzt werden muss, muss ebenso nothwendig vermieden und verworfen werden. Diese letztere Nothwendigkeit ist offenbar nur das Widerspiel jener ersteren, den Widersprüchen inbärirenden, und würde ohne dieselbe nie im Bewusstsein vorkommen können; diese ist durchweg negativ, sie drückt ein Nichtdürfen aus, jene dagegen positiv und drückt ein Müssen aus. Eben weil die Widersprüche der Natur des Denkens widerstreben, ist das Denken derselben, wenn dieses Denken unvermeidlich ist, von dem Gefühle der Nothwendigkeit (des inneren Zwangs) begleitet; aber der directe Ausdruck dieses Widerstrebens ist der Satz der Identität; hätte nun das Denken keinen Antrieb Widersprüche zu setzen, so würde das Bewusstsein von der Verwerflichkeit des Widerspruchs, also von der Gültigkeit des Satzes der Identität, nie aufkommen können. Die negative Nothwendigkeit ist folglich vollkommen durch die positive *bedingt* und von ihr abhängig. — Wenn ich z. B. von dem vor meinen Augen liegenden Papier auch behaupten dürfte, es sei

zugleich weiss und nicht weiss, so würde sich mir die
Ungereimtheit eines solchen Denkens, welches eben
das aufhebt, was es zu setzen vornimmt, nur zu deutlich aufdringen, als dass es mir je in den Sinn kommen
könnte eine solche Behauptung aufzustellen; dagegen
wenn ich sage: *ich* habe eine Erkenntniss von *mir*
selber, wobei also ich als erkanntes Object mir als er-
kennendem Subjecte absolut *entgegengesetzt* bin, weil ohne
diese Entgegensetzung gar keine Erkenntniss und auch
nicht die von sich selber denkbar, beides aber, Subject und Object, zugleich in mir schlechthin *eins* ist, so
ist das ein Widerspruch, den ich nothwendig setzen
muss und gegen den deshalb der Satz der Identität
auch nichts auszurichten vermag.

Bekanntlich hat *Kant* die Frage aufgeworfen: *wie
sind synthetische Urtheile a priori möglich?* und auf der
Beantwortung dieser Frage seine ganze Philosophie begründet; doch glaube ich, dass diese Frage nicht allgemein genug, nicht tief genug aus dem Wesen des Erkennens herausgeholt ist, um zu verdienen an die Spitze der
ganzen Untersuchung gestellt zu werden. *) Synthetische Urtheile a priori sind solche Urtheile, die eine
nothwendige Beziehung zweier Begriffe auf einander
ausdrücken. Die Frage nach der Möglichkeit dieser Urtheile sollte also eigentlich folgendermassen lauten: wie
sind *Beziehungen unter Begriffen* a priori möglich?
Diese Frage aber setzt ganz offenbar zwei andere noch

---

*) Was freilich nicht verhindert, dass diese Frage eine von
den wichtigsten in der ganzen Philosophie ist; und die Aufstellung einer solchen Frage zu *Kant's* Zeiten von seinem ganz
ungemeinen Tiefsinn zeugt.

allgemeinere Fragen voraus, nämlich: 1) wie sind Beziehungen überhaupt zu denken? und 2) wie ist die Möglichkeit von Begriffen a priori zu denkeu? — Dass Begriffe a priori in unserem Intellect vorhanden sein und zugleich eine Anwendung auf äussere Gegenstände haben könnten, hat zwar nicht mehr Schwierigkeit an sich, als dass Begriffe von äusseren Dingen empirisch erworben werden könnten; beides ist nur unter Voraussetzung der Einheit des Erkennens mit allem erkennbaren Sein denkbar; die apriorische Beziehung unserer Begriffe auf äussere Dinge bildet jedoch an sich ein tieferes Problem, als der Zusammenhang, der unter den Begriffen selbst statt finden möchte. Dieser letztere ist die natürlichste und fasslichste von allen Beziehungen und da unser ganzes Erkennen eigentlich ein Erkennen von Beziehungen ist, so sind wir sogar anzunehmen berechtigt, dass gar kein Begriff wird ausser aller Beziehung mit anderen Begriffen gedacht werden können.

Zur Feststellung des richtigen Standpunkts für unsere Betrachtung scheint es mir aber unentbehrlich, den Zusammenhang einiger Hauptbegriffe hier wenigstens vorläufig zu berühren; ich wähle dazu die Begriffe der *Einheit* und *Vielheit*, der *Identität* und des *Gegensatzes*. Es ist erstens nicht schwer einzusehen, dass die Begriffe von Einheit und Vielheit ihrem eignen Sinne nach in voller Abstraction aufgefasst, nur im *Gegensatze* gegen einander können gedacht werden. Diese beiden Begriffe zusammengenommen machen eine besondere Bestimmung der Denkthätigkeit aus, nämlich die *quantitative*; die ihnen gemeinschaftlich ist; wegen dieser Gemeinschaftlichkeit nun kann jeder von ihnen nicht anders in seiner Eigenthümlichkeit ergriffen

werden, als im Unterschiede von dem anderen und folglich im Gegensatze gegen denselben. Keine Einheit
kann ohne die Vielheit gedacht werden, denn mit der
Vielheit würde für die quantitative Auffassungsweise
überhaupt aller Stoff und alle Möglichkeit der Anwendung fehlen; aber auch umgekehrt, keine Vielheit kann
ohne die Einheit begriffen werden; denn die Vielheit
ist ja nur die Vervielfältigung der Einheit *) und folglich nur in Beziehung auf dieselbe denkbar.

Der contradictorische Gegensatz entspringt aus der
Zusammenstellung zweier Begriffe, von denen der eine
die Negation·des anderen enthält. In dem gewöhnlichen contradictorischen Gegensatze setzt zwar der negative Begriff den positiven voraus, wird aber nicht
selbst von demselben vorausgesetzt; dagegen die Begriffe
von Einheit und Vielheit stehen in einem contradictorischen Gegensatze, der zugleich zwischen ihnen einen
nothwendigen Zusammenhang stiftet; denn sie setzen
sich beide *gegenseitig* voraus. Ein solches Verhältniss
von Begriffen, ihrem eigensten Sinne und den Bedingungen ihres Bewusstseins nach, mag wohl eine *logische
Beziehung* genannt werden.

So können die abstracten Begriffe von Identität
und Gegensatz ebenfalls nur im Gegensatze zu einander gedacht werden und hängen dadurch auch nothwendig zusammen. Kein Gegensatz ist ohne Identität denkbar; im Gegensatze muss Identität sein, sonst würde

---

*) Man wird mir vielleicht einwenden, das *Continuum* (die
continuirliche Grösse) sei eine Vielheit, die doch keine Vervielfältigung der Einheit ist; dagegen werde ich aber erinnern,
dass in dem abstracten Begriffe der Vielheit nichts vom Continuum liegt.

alle Möglichkeit der Zusammenfassung seiner Glieder
fehlen, welche Zusammenfassung aber bei allem Denken
und Erkennen, das ja allemal nur als ein Vorgang in
einem einheitlichen Bewusstsein gedacht werden kann,
unerlässlich ist; aber auch keine Identität ohne den
Gegensatz. Denn diese bedeutet ja nur die Abwesenheit des Gegensatzes, es würde also ohne denselben
das ausdrückliche Bewusstsein der Identität nie entstehen können.

Die Begriffe von Identität und Gegensatz sind einander contradictorisch entgegengesetzt, daraus folgt aber,
dass der Gegensatz nur als *absoluter* Gegensatz (als absolut alle Einheit oder Identität ausschliessend) eine
wirkliche Bedeutung und ein wirkliches Bestehen haben
kann. Es war also Mangel an Besinnung, wenn man
sich ohne weitere Umstände zu behaupten getraute, es
gebe *keinen* absoluten Gegensatz; zugleich jedoch setzt
der Gegensatz nothwendig die Einheit und Identität
voraus, ohne die kein Denken und Erkennen auch nur
denkbar ist. Man sieht, durch diese Entgegensetzung und diesen Zusammenhang, die sich gegenseitig
bedingen, werden die Begriffe von Einheit und Vielheit,
von Identität und Gegensatz, des Widerspruchs mit sich
selber überführt; daher sind sie auch durchaus unzureichend zur Auffassung der absoluten Wahrheit etwas
beizutragen. So lange man aber den Widerspruch in
seiner ganzen Allgemeinheit nicht gewahr wurde, hat
man sich einseitig entweder auf die Seite der Einheit
und Identität, oder auf die der Vielheit und des Gegensatzes hingeworfen, mit voller Zuversicht, die absolute
Wahrheit auf diesem Wege erhaschen zu können. Die
erste Richtung ergab die *pantheistische* Lehre, deren

letzte selbstständige Repräsentanten, *Schelling* und
Hegel, dem Gegensatze zwar sein Recht wollten wider-
fahren lassen, ohne jedoch zu bemerken, dass dazu
nichts weniger erforderlich sei, als die vollkommene
Gleichstellung desselben mit der Einheit und Identität.
Das einseitige, starre Festhalten am Gegensatze liegt
dagegen z. B. dem ganzen Philosophiren *Herbart's* zu
Grunde, und man hat nur zu bedauern, dass so viel
Scharfsinn und aufrichtige Bemühung, wie dieser
merkwürdige Denker bei seinen philosophischen Forschungen aufgewendet hat, auf einem so hoffnungslos
irren Wege fast ohne allen reellen Erfolg verloren ge-
gangen ist.

In neuester Zeit scheint man hie und da dem Verständnisse des wahren Verhältnisses etwas näher ge-
rückt zu sein. Es scheint nämlich, dass man die Gegensätze zu vermitteln suche, jedoch ohne ihre volle
Geltung entkräften zu wollen; man spricht von einem
Idealrealismus und einem *Realidealismus*, in denen
Ideales und Reales, Einheit und Vielheit, (wahrscheinlich) mit gleicher Berechtigung auftreten sollen. Doch
ist man von der wirklichen Lösung des Problems noch
immer entfernt genug; diese kann nur in dem Bewusstsein liegen, dass unser ganzes Denken und Erkennen
auf dem Widerspruche beruht. Der Widerspruch ist
aber zugleich dem ganzen Wesen unseres Denkens zu
antipathisch, als dass wir geneigt sein möchten, seine
Befugniss bereitwillig anzuerkennen. Am Ende muss
man es doch; die Anerkennung des Widerspruchs ist
ja das einzige Mittel, sich über denselben zu erheben.
Solange man sich dazu nicht entschliessen will,
bleibt man ein Knecht des Widerspruchs und tappt

immer im Finsteren herum. — Man bedenke nur, wem
verdanken wir denn die Möglichkeit, über die Gesetze
unseres eignen Denkens zu philosophiren und somit uns
über uns selber zu erheben, wenn nicht dem diesen Gesetzen und auch uns selber zu Grunde liegenden Widerspruche? In der vollen Befriedigung eines harmonischen,
widerspruchslosen Daseins — würde man es auch nur versuchen wollen oder können, sich sich selber zu *entfremden*, sich aus sich selber herauszuversetzen, sich
zu entzweien als Object gegenüber dem erkennenden
Subjecte? Ein Fluss, der auf seinem Wege keine Hin-
dernisse findet, kehrt nie zu seiner Quelle zurück; es
muss ihm eine entgegengesetzte Strömung begegnen,
dann erst wendet er sich gegen sich selber um. Und
so ist es auch mit dem denkenden und erkennenden
Subjecte bewandt, nur dass hier die Nothwendigkeit
des Umkehrens nicht von aussen herkommt, sondern in
der Natur des Subjects selbst begründet ist. Doch
vorläufig genug davon.

Die Eigenthümlichkeit der Vorstellung überhaupt
besteht, wie wir schon gesehen haben, in der Abwesenheit alles eignen Inhalts; wenn wir also in der Vorstellung einen Inhalt antreffen, so kann dieser nur
objectiven Ursprungs sein, und muss folglich nothwendig
objective Gültigkeit haben. Eine Vorstellung ohne
objectiv-gültigen Inhalt ist also ein wirklicher Unsinn,
den sich jedoch leider *Kant* zu Schulden kommen liess
und der ihm sein ganzes Philosophiren in der Wurzel
verdarb. Diese Eigenthümlichkeit nun lässt uns die
Vorstellung von zwei Seiten auffassen, nämlich: 1) insofern sie selbst etwas Wirkliches *ist*, — dies ist die
reelle Seite derselben, und 2) insofern sie etwas Wirk-

liches *vorstellen* kann, was die *ideelle* Seite derselben
ausmacht. Diese zwei Seiten können nicht von einander getrennt werden, denn eben wegen der Abwesenheit alles eignen Inhalts kann die Vorstellung selbst
nur vermöge ihres aufgenommenen Inhalts Object für
die Erkenntniss (die ja auch eine Vorstellung ist)
werden; ihr *an sich*, ihre reelle Seite kann der Erkenntniss keinen Inhalt, also überhaupt nichts darbieten,
was auf das Vorzustellende, mithin auf die ideelle Seite,
keine Beziehung hätte. Die Hauptsache an der Vorstellung bleibt daher immer die ideelle Seite derselben,
d. h. die Fähigkeit, sich mit einem fremden Inhalt zu
erfüllen (welcher ihr selbstverständlicherweise von
aussen her gegeben werden muss), weil darin das Unter-
scheidende liegt, was ihre Eigenthümlichkeit gegenüber
der concreten Wirklichkeit ausmacht und sie zur Erkenntniss zu werden befähigt.

Um die Vorstellung zur Erkenntniss zu machen,
ist es aber nicht genug, dass sie mit einem fremden
Inhalt erfüllt sei, dieser Inhalt muss noch von ihr
negirt, d. h. als ein fremder anerkannt, aus ihr heraus-
versetzt werden; es muss mit einem Wort eine *Nothwendigkeit* vorhanden sein, den *Inhalt auf den Gegenstand
zu beziehen*. Wo sollen wir nun den Grund dieser
Nothwendigkeit suchen? Gewiss *nicht* in dem Gegenstande, wenigstens nicht in dem Gegenstande, sofern
er Object *für* die Erkenntniss werden kann (und von
keinem anderen kann bei uns die Rede sein); denn als
solcher wird er eben erst zufolge der fraglichen Nothwendigkeit gesetzt und zwar im Gegensatze gegen die
Vorstellung, als etwas ihr Fremdes und Aeusserliches
gesetzt. Nun lehrt uns aber die einfachste Ueberlegung,

die das ABC aller philosophischen Reflexion ausmacht, dass wir *als erkennend* ganz und gar in dem Kreise unserer Vorstellungen *eingeschlossen* sind und uns selber auf keine Weise aus diesen *in die Objecte* hinausversetzen können, was schon aus der Natur aller Erkenntniss, aller Vorstellung von selbst erhellt, die alles eignen Inhalts baar, nur empfangend, nicht eingreifend sich verhalten kann. Die Vorstellung ist also das unserem transcendentalen Bewusstsein *allein Gegebene*, sie ist das Prius, von dem wir auszugehen haben, wenn nach der Möglichkeit und dem Hergange des Erkennens die Frage steht; zu den Objecten können wir nur durch die Vorstellung kraft der in ihr liegenden Nothwendigkeit, ihren Inhalt von sich zu verneinen und auf Objecte zu beziehen, gelangen. In der *Vorstellung* selbst müssen wir folglich den Grund dieser Nothwendigkeit suchen. Ob aber in der einzelnen Vorstellung? Schwerlich; denn um ihren Inhalt auf Etwas *ausser sich* beziehen zu können, müsste sie nicht nur Vorstellung des Gegenstandes, sondern zugleich auch eine Vorstellung von *sich* selber sein, was wir ihr nicht zumuthen dürfen. Aber eine blosse Vielheit von, einander übrigens nicht entgegengesetzten, Vorstellungen wird ebenso wenig die Sache weiter bringen können; denn zum Behuf des Erkennens ist nicht nur die Entgegensetzung der Vorstellung und ihres Objects, sondern auch das *Bewusstsein von dieser Entgegensetzung*, ohne welches offenbar das Beziehen des, in der Vorstellung allein gegebenen, Inhalts auf das Object nicht denkbar ist, erforderlich. Nur darf dabei die Vorstellung nicht *als solche* aufgefasst werden, was nur bei einer höheren Ausbildung geschehen kann; der zu erkennen anfangende

Intellect weiss nichts von seinen Vorstellungen *als solchen* und kann auch nichts davon wissen, sondern erkennt unmittelbar die *Gegenstände selbst*. Wie bringt er nun dieses zu Stande? Es ist hier nicht der Ort auf diese Frage eine erschöpfende Antwort zu liefern; eine einzige von den dabei vorauszusetzenden Bedingungen soll hier angeführt werden, es muss nämlich unter den Objecten des Erkennens *eines* angetroffen werden, das mit der Vorstellung, nicht bloss dem Inhalte, sondern dem Wesen nach, *eins* und identisch ist, ohne doch selbst eine blosse Vorstellung zu sein. In Beziehung auf *dieses Object*, als wäre es die Vorstellung selbst, kann alsdann aller Gegensatz aufgefasst werden. Dieses Object wird also die gemeinsame Basis und Bedingung für die Erkenntniss aller Gegenstände ausmachen.

Erinnern wir uns noch einmal der Sache. Die Vorstellung kann zur Erkenntniss nur durch Verneinung ihres Inhalts, durch dessen Herausversetzung aus ihr *) mit Beziehung auf das Object, werden. Zu diesem Behuf ist aber nicht nur der Gegensatz der Vorstellung mit ihrem Object unentbehrlich, sondern auch, dass dieser Gegensatz wiederum zum Bewusstsein gebracht werde, was im Anfang des Erkennens unmöglich ist, weil es eine *Entzweiung* der Vorstellung mit sich (als in diesem Bewusstsein *erkennender* und als *erkennbarer*) voraussetzt, deren Bedingungen wir noch gar nicht

---

*) Natürlich wird der Inhalt nicht *wirklich* herausgesetzt; denn er ist eben kein wirklicher (eigener), sondern nur ein *vorgestellter*. Diese Nichtwirklichkeit, diese *Fremdartigkeit* wird eben anerkannt, d. h. der Inhalt auf das Object bezogen, dem Objecte, als ihm angehörend, zugeeignet — *ideell* bleibt er wie zuvor in der Vorstellung.

einsehen können. Wäre es aber möglich, so ist offenbar, dass die erkennende Vorstellung ihre *Identität* mit der erkennbaren Vorstellung *zugleich* mit dem *Gegensatze* gegen ihr Object würde erkennen müssen. Wenn es also einen Gegenstand gibt, der mit der Vorstellung *identisch* ist, so kann er die Stelle der oben supponirten erkennbaren Vorstellung vertreten, da in ihm die erkennende Vorstellung nur *sich* selber, nur die Identität mit sich selber erkennen würde. Die Erkenntniss der Identität (des mit der Vorstellung identischen Objects) ist also die nothwendige Voraussetzung der Erkenntniss des Gegensatzes, aber auch umgekehrt die Erkenntniss des Gegensatzes (des mit der Vorstellung im Gegensatze stehenden Objects) — di. der Identität; denn ohne das Bewusstsein des Gegensatzes ist kein Erkennen möglich.

Zur Entstehung der Erkenntniss ist also nöthig: 1) dass ein mit der Vorstellung identisches Object und 2) ein mit ihr im Gegensatze stehendes Object gegeben sei. Eine Vorstellung kann aber nicht zwei Objecte haben; denn man nennt eine Vorstellung eben das, was nur einen Gegenstand repräsentirt; es müssen folglich wenigstens *zwei* Vorstellungen vorhanden sein. Wären aber diese Vorstellungen gleichgültig, ohne alles Band neben einander gestellt, so würde keine Erkenntniss daraus hervorgehen können; denn in der obigen Auseinandersetzung war alles nur so zu verstehen, als ob *eine* Vorstellung beide Objecte repräsentirte. Die beiden Vorstellungen müssen also nur ihrem Inhalte nach verschieden, an sich dagegen *eins* sein. Nun ist aber die Einheit der Vorstellungen — das *vorstellende Subject*; in diesem allein ist folglich Erkenntniss möglich.

Das erkennende Subject muss ein mit ihm identisches Object haben; diese Identität von Subject und
Object der Erkenntniss, welche die nothwendige Form unseres bewussten Daseins ausmacht, ist, was man das *Ich*
nennt. Ohne mich nun bei dem Widerspruche aufzu-
halten, der in dem Begriffe des Ich liegt, worin nämlich
die *Identität* zweier einander nothwendig *entgegengesetz-
ter* und von einander nothwendig *verschiedener* Dinge
(des Subjects und des Objects der Selbsterkenntniss)
ausgedrückt wird, fahre ich fort, den Bedingungen des
Erkennens nachzufolgen. Doch will ich vorerst einige
Bemerkungen voranschicken.

Solange man noch nicht vermochte, zum transcendentalen Bewusstsein sich zu erheben, d. h. die Natur
des eignen Denkens und Erkennens in reiner Abstraction
zum Gegenstande der Untersuchung zu machen, war
die natürlichste Meinung, dass alle Erkenntniss in allen
Stücken von den Objecten derselben herstamme. Denn
eben weil die Nothwendigkeit den Inhalt seiner Vorstellungen auf die Dinge zu beziehen im Subjecte selbst
liegt, weil eben sie die Grundbedingung alles Erkennens
ist, konnte das Subject am spätesten dahin gelangen,
diese Nothwendigkeit in ihrem wahren Sinne zu erkennen. Das Subject musste den Inhalt seiner Vorstellungen von sich entfremden, negiren (d. h. auf Objecte
beziehen), ehe es ein klares Bewusstsein von sich selber
gefasst hatte, die *Fremdartigkeit* des Inhalts war also
das *Erste* was ihm bei diesem Bewusstsein auffallen
musste. Wer es aber dahin gebracht hat, sich selber in
seiner Subjectivität zu erfassen, gerieth umgekehrt in
Versuchung, jene Nothwendigkeit ganz zu missachten,
ihren objectiven Sinn zu misskennen. „Was kann ich

zur Erkenntniss von Dingen beitragen, die ganz unabhängig von mir existiren, deren Beschaffenheit in nichts
zu verändern ist?" sagt der Empirist, „und dass solche
Dinge existiren, kann ich doch nicht füglich bezweifeln;
denn mein eignes Dasein ist durch das Dasein einer
äusseren Welt durchweg bedingt; von dieser Welt iso-
lirt, würde ich selbst zu einem leeren Phantom mich
verflüchtigen müssen. Mein Dasein ist eine blosse Erscheinung, ein vorübergehendes Accidens in dem allgemeinen Leben der Natur." Dagegen erwiedert der Idea-
list: „Nicht nur bin ich kein blosses Accidens, sonst
würde von mir, von meinem Ich, überhaupt keine Rede
sein können; sondern es existirt vielmehr gar *nichts* von
mir unabhängig, oder wenigstens kann solches nicht
von mir erkannt werden. Was bildet denn den Stoff
aller unserer Erkenntnisse? — *Empfindungen* und *Vorstellungen*, lauter Vorgänge, die nur *in mir* selber statt
finden; dagegen kann ich kein *äusseres* Ding, eben weil
es ein äusseres ist, *in mir* und folglich überhaupt irgendwo antreffen. Und was den Ursprung meiner Erkenntnisse
betrifft, so liegt es am Tage, dass ich dieselben nie
würde als *meine* eigenen erkennen können, wenn ich
bei deren Hervorbringung nicht betheiligt gewesen wäre.
Weder ihrem Stoffe noch ihrem Ursprunge nach nöthigt
mich die Erkenntniss eine äussere Welt anzunehmen." —
Beide haben Recht und beide haben Unrecht; es ist Zeit,
diese einseitigen Richtungen entschieden zu verlassen
und verstehen zu lernen, dass dieselbe Nothwendigkeit,
vermöge welcher alle unsere Erkenntnisse entstehen, und die
folglich alles Denken überhaupt möglich macht, auch dem
Inhalte der Erkenntnisse objective Gültigkeit aneignet,
dass aber diese Nothwendigkeit (insofern sie selbst Object

2*

für die Erkenntniss werden kann) ganz und gar subjectiven Ursprungs ist; dass Subject und Object des Erkennens sich gegenseitig bedingen und voraussetzen,
welches gegenseitige Bedingen ebenso die Entgegensetzung von Subject und Object, wie die Einheit beider
implicirt, wobei die Nothwendigkeit der Entgegensetzung
dem Inhalte des Erkennens objective Gültigkeit (gegenüber dem erkennenden Subjecte) zusichert, die ihr widersprechende nothwendige Voraussetzung der Einheit aber,
dem nur innerhalb des Gegensatzes möglichen Wissen
(und kein anderes ist denkbar) die absolute Wahrheit
abzusprechen nöthigt.

Dieser missliche Umstand, dass der Widerspruch
die nothwendige Form alles Wissens und zugleich für
alles wahre (absolute) Wissen tödtlich, dem innersten
Wesen alles Wissens zuwider ist, gibt uns aber wenigstens den Schlüssel zum Verständnisse der merkwürdigen Thatsache, dass wir alle in der gewöhnlichen Auffassung der Dinge mit einander Punkt für Punkt übereinstimmen, dagegen in unseren philosophischen Meinungen darüber gar sehr auseinander gehen. Die Gesetze des Erkennens nämlich sind in Allen dieselben
und die diesen Gesetzen gemäss geschehende unbewusste
Auffassung der Dinge ist auch dieselbe für Alle, sonst
würden wir uns nicht in derselben Welt befinden; diese
Gesetze enthalten aber *widersprechende* Bestimmungen.
Wenn sie nun selbst zum Gegenstande des Nachdenkens
gemacht werden, so strebt das Bewusstsein jedes denkenden Menschen, dem es natürlich ist den Widerspruch
zu fliehen, einseitig nur zusammenreimende Bestimmungen zu entwickeln und zur Geltung zu bringen, die
diesen widersprechenden dagegen gänzlich zu negiren

und auszuschliessen, wodurch es in einen unversöhn-
lichen Streit mit denen sich verwickelt, die diese letzteren Bestimmungen für allein richtige und gültige anerkennen. In Ermanglung des klaren Bewusstseins von
der Natur des Wissens war es aber natürlich, dass
manchmal auch Widersprüche, unvermerkt oder noth-
gedrungen, in die Meinungen der Menschen sich einge-
schlichen haben; meistens sah man sich veranlasst, etwas von den entgegengesetzten Bestimmungen zugleich
aufzunehmen, ohne sie doch in einem höhern Bewusstsein ausgleichen zu können. Ja, es ist eigentlich kein
philosophisches System von den Widersprüchen frei;
man kann sich der Consequenz noch so sehr beflcissi-
gen, so wird doch der Widerspruch, der mit dem
Wesen des Erkennens so innig verwoben ist, auf
die eine oder die andere Weise sich immer geltend
machen.

Jetzt zur Sache. Damit Erkenntniss zu Stande
komme wird erfordert: Einheit in dem Subjecte, Gegensatz in den Objecten, das Bewusstsein der Identität
mit einem (dem Ich —) Objecte und dasjenige des
Gegensatzes dieses Ich - Objects gegen die anderen (die
äusseren) Dinge, sich gegenseitig bedingend und voraus-
setzend. Keine Erkenntniss der äusseren Welt ist möglich, ohne die seiner selbst, aber auch keine Erkenntniss
seiner selbst, ohne die der äusseren Welt. Alle Erkenntniss ist also nothwendig *vermittelt;* wenn, wie in der Erkenntniss seiner selbst nichts in der Mitte zwischen
Subject und Object stehen kann, muss die Vermittlung
wenigstens von der Seite kommen.

Nun sehen wir schon, dass die Möglichkeit der Erkenntniss an Bedingungen geknüpft ist, welche die Objecte

derselben an sich gar nichts angehen. Werden denn
z. B. Dinge durch ihren blossen Gegensatz irgendwie afficirt? Dieser Gegensatz kann nur für das Subject eine
Bedeutung haben. Alle Erkenntniss wird durch eine
Handlung des Subjects zu Stande gebracht, in ihm müssen also gewisse Bedingungen und Voraussetzungen anzutreffen sein, die diese Handlung möglich und nothwendig machen, gewisse dem Subjecte inhärirende *Handlungsweisen;* und da alles dieses vom Subjecte nur nach
seiner *ideellen* Seite gilt, so ist offenbar, dass diese
ursprünglichen Handlungsweisen — *Auffassungsweisen*
(des objectiven Inhalts) sind. Das Subject ist die Einheit aller seiner sowohl gleichzeitigen als successiven
Vorstellungen, es sollen folglich diese ihm inhärirenden
Auffassungsweisen als die allen Vorstellungen gemeinsamen Formen angesehen werden, welche, selbst zum Gegenstande der Erkenntniss gemacht, als *Begriffe* sich
darstellen müssen. Denn jeder Begriff ist eine besondere Art und Weise der Zusammenfassung mehrerer Vorstellungen in einem Bewusstsein.

Die Handlung des Subjects, wodurch Erkenntniss
erzeugt wird, muss uns also den Antheil dieser Begriffe an sich zeigen. In dieser Handlung lassen sich
zwei Momente unterscheiden: 1) das *Aufnehmen* des
objectiven Inhalts, das Subject sich ausbreitend in zwei
oder mehrere Vorstellungen; 2) der *Form* nach, das
Zurückführen dieser Mehrheit der Vorstellungen zur
Einheit des Bewusstseins, dem *Inhalte* nach, das *Beziehen* des Inhalts auf die Objecte. Diese Momente
dürfen natürlich nicht als successsiv gedacht werden,
das Subject kann keinen objectiven Inhalt in sich aufnehmen, ohne ihn zur Einheit des Bewusstseins zu

erheben und auf die Objecte zu beziehen; sie müssen
aber dennoch unterschieden werden, wegen des Gegensatzes des objectiven Inhalts gegen die ihm vom Subjecte
verliehene Form, und da diese Unterscheidung des
objectiven und subjectiven Elements (woraus allein
Erkenntniss entspringen kann) vom Subjecte selbst
nur in dem zweiten Momente vorgenommen (und ausgeführt) wird, so ist dieses letztere für unsere jetzige
Betrachtung allein von Wichtigkeit.

Also 1) Zurückführen der Vielheit der Vorstellungen zur Einheit des Bewusstseins.

Erst soll man sich ein für allemal gefallen lassen
zu verstehen, dass das Bewusstsein der Einheit und
Identität unmöglich ist ohne das der Vielheit und des
Gegensatzes, wie auch umgekehrt das Bewusstsein der
Vielheit und des Gegensatzes nicht möglich ist ohne das
der Einheit und Identität. Das Denken muss zusammenfassen, um unterscheiden zu können, es muss aber auch
unterscheiden, um zusammenfassen zu können. Ersteres
ist offenbar; eine Mehrheit von Vorstellungen kann nur
dadurch zur Einheit des Bewusstseins gebracht werden,
dass man das *Gemeinsame* an ihnen zusammenfasst
und als solches erkennt. Dieses Gemeinsame kann aber
gewiss nicht als solches im Bewusstsein ergriffen werden,
wenn nicht im *Gegensatze* mit den einzelnen Dingen,
denen es gemeinsam ist, welches Bewusstsein ganz
offenbar dasjenige des Gegensatzes jener einzelnen Dinge
unter einander voraussetzt. Die Zusammenfassung setzt
also Unterscheidung voraus und zwar in doppelter
Hinsicht: die Objecte müssen als von einander *gesondert*
und als *verschieden* gesetzt werden (*quantitative* und
qualitative Auffassungsweise); das Gemeinsame an ihnen,

was das Zurückführen der Mehrheit ihrer Vorstellungen
zur Einheit des Bewusstseins möglich macht, darf nicht
in einer blossen *Gleichartigkeit* des Inhalts bestehen.
Denn diese allein würde höchstens eine Anhäufung von
Vorstellungen veranlassen können, die aber dem Bewusstsein nicht einverleibt, von seiner Einheit nicht
wirklich beherrscht und durchdrungen werden würde.
Subjective Bedingungen sind es, die dieses letztere zu
Wege bringen, nur wenn es dem Gegebenen einen Sinn
verleiht, dessen Voraussetzungen in seiner eignen Natur
liegen, kann das Subject das Gegebene wahrhaft in
die Einheit seines Bewusstseins aufnehmen. Das Subject ist selbst das Princip der Einheit im Erkennen,
demzufolge ist alles Erkennen ein *Begreifen*, d. h. ein
Aufnehmen des Besonderen und Einzelnen in das Allgemeine der dem Subjecte ursprünglich inhärirenden
Grundbegriffe.

Wir können Dinge nur so erkennen, *wie* wir sie
erkennen können. — Was ist einfacher als diese
Tautologie, und doch wie oft wird nicht gegen den
Sinn dieser Tautologie verstossen? Denn was sonst
hat jenes *wie* zu bedeuten, wenn nicht die dem erkennenden Subjecte selbst anhaftenden Bedingungen
alles Erkennens? Aber man wähnt Dinge schlechthin
und unbedingt erkennen zu können, als ob uns nicht
Vorstellungen von den Dingen, sondern die Dinge selbst
gegeben wären. Man erinnere sich nur dessen, was
zuvor über das Beziehen des Inhalts der Vorstellungen
auf die Objecte, — welches Beziehen die andere Seite
des zweiten Moments unserer erkennenden Handlung
ausmacht, — gesagt worden ist. Es war festgesetzt
2) dass für dieses Beziehen das Bewusstsein der Iden-

tität des Subjects mit einem (dem Ich-) Objecte und das Bewusstsein des Gegensatzes der anderen (äusseren) Dinge gegen das Ich-Object erforderlich ist. Nun ist aber das mit dem Subjecte identische Ich-Object demselben allein unmittelbar gegeben, nicht aber die äusseren Dinge, die wir in uns selber nie antreffen und deren wir deshalb nie unmittelbar habhaft werden. Es kann also auch der Gegensatz der äusseren Dinge gegen das Ich *nicht* gegeben werden (wenn eins von den Gliedern des Gegensatzes fehlt, dann bleibt natürlich der Gegensatz selbst aus); gegeben kann uns nur eine *Gemeinschaft* der äusseren Dinge mit uns sein, etwas von den Dingen, das wir *in uns* selber antreffen. Da aber das Bewusstsein des Gegensatzes zur Erkenntniss unentbehrlich ist, so muss folglich im Subjecte eine Nothwendigkeit liegen, *aus der Gemeinschaft den Gegensatz hervorzuheben.* Diese Nothwendigkeit ist *der Begriff der Beziehungen,* den wir später (im III. Kapitel) als das oberste Princip alles Erkennens — kennen lernen werden.

Gegeben sein heisst: *in der Vorstellung enthalten sein*; nun soll die Vorstellung von ihrem Gegenstande zwar *alles* enthalten, nur *nicht* das *eigne Sein* und Bestehen desselben; dieser muss ja doch immer als ausser ihr existirend und als von ihr verschieden gedacht werden. Das Sein der Dinge kann uns also nie gegeben und folglich das Wissen von diesem Sein uns von den Dingen nie beigebracht werden. Der *Inhalt* unserer Vorstellungen gehört dagegen den Dingen an, oder muss wenigstens ihnen angeeignet werden. Nun durchschaut man, hoffe ich, das ganze Verhältniss. Der Inhalt meiner Vorstellungen ist dasjenige, was mir

und den äusseren Dingen *gemeinsam* ist; dieser Inhalt
ist ideell in meinen Vorstellungen enthalten, gehört
aber den Dingen an. Diese Idealität soll also erkannt,
d. h. der Inhalt von mir negirt, als ein mir fremder
den Dingen beigelegt werden; und da dieser Inhalt
das Einzige ist, was mir von den äusseren Dingen gegeben werden kann, so muss folglich in mir die Nothwendigkeit liegen, zu diesem fremden Inhalt ein gegen-
ständliches Sein zu setzen, welches Setzen von dem
Bewusstsein der Fremdartigkeit des Inhalts ganz abhängig und folglich nur ein Moment jener Handlung
ist, die den Gegensatz aus der Gemeinschaft hervorhebt.
Mit anderen Worten, das Erkennen des Seins ist nur
ein Moment des Erkennens von Beziehungen.

Noch einige Worte und diese Vorerinnerung ist
zu Ende. Der Stoff der Erkenntniss darf an sich als .
solcher durch seine Auffassung im Subjecte nicht im
mindesten verändert werden. Denn jede solche Veränderung würde ein subjectives Element in den Stoff
hineinbringen müssen, was aber unmöglich ist, weil das
Subject keinen eignen Inhalt hat. Zugleich soll jedoch
der Stoff als blosser Stoff behandelt, d. h. in der Weise
aufgefasst werden, wie es zum Behuf des Erkennens
nöthig ist, er soll in den begrifflichen Zuammenhang
der Gesetze des. erkennenden Subjects aufgenommen,
von diesem Organismus so zu sagen assimilirt werden.
Die Bestimmung des Stoffs im Einzelnen ist ganz und
gar objectiv, dessen Zusammenfassung in einem Bewusstsein kommt dagegen nur dem Subjecte zu und
folglich muss auch die Art und Weise dieser Zusammenfassung durch die Natur des Subjects bestimmt werden.
Es müssen also beim Erkennen zweierlei Nothwendig-

keiten im Spiele sein, eine objective und eine subjective. Nothwendig ist nämlich Alles nur insofern, als wir in dessen Auffassung uns gebunden fühlen oder sehen; nun sind wir in der Auffassung des Gegebenen als solchen ganz gebunden, das Weisse können wir nicht als roth, noch das Viereckige als rund, oder das Harte als weich wahrnehmen. Der Grund dieser Nothwendigkeit liegt in dem Stoffe (dem Gegebenen) selbst. Dass wir aber überhaupt ausser uns existirende Dinge erkennen, — ist ebenso nothwendig, nur liegt der Grund dieser Nothwendigkeit in der Natur unseres Erkennens; denn die Existenz der äusseren Dinge selbst kann uns nie gegeben werden. Diese letztere, subjectiv-begründete Nothwendigkeit bestimmt allein die Auffassung der Dinge im Allgemeinen, weil das Subject allen seinen möglichen Objecten ohne Ausnahme gemeinsam ist; dagegen die Nothwendigkeit, deren Grund in dem Gegebenen selbst liegt, bestimmt nur dessen Auffassung im Einzelnen und ihr kann nie eine schlechthinnige, sondern nur eine comparative Allgemeinheit (mittelst Induction) zukommen, wie es schon längst von *Kant* bemerkt worden ist.

Beachtenswerth ist dabei, dass die subjectiv-begründete Nothwendigkeit allein eine objective Gültigkeit hat, die objectiv-begründete aber eine bloss subjective Gültigkeit. So kann ich z. B. den vor mir liegenden Gegenstand (ein Blatt Papier) zwar nicht anders, denn zugleich als weiss, als viereckig, als hart, u. s. w. wahrnehmen, — sofern ist also diese Verknüpfung der Merkmale, weiss, viereckig u. s. w., die in dem Gegenstande selbst begründet ist, — *für mich* nothwendig; ich darf aber keineswegs darum behaupten, dass diese Ver-

knüpfung *im Gegenstande selbst* nothwendig sei. Erst
wenn ich den Gegenstand im Werden ergreife, wenn
ich untersuche, wie er zu diesen Merkmalen gelangt ist,
lässt sich vielleicht ein Standpunkt gewinnen, in Hinsicht worauf diese Verknüpfung als objectiv-nothwendig
angesehen werden kann. Dies kommt aber daher, dass
ich alsdann den Gegenstand als Wirkung von gewissen
Ursachen, d. h. als ein Product von Beziehungen, begreife, deren Auffassung allenfalls objectiv-gültige Nothwendigkeit zukommt. Der Grund dieser Nothwendigkeit liegt aber ganz und gar in den Gesetzen des
Erkennens. Verknüpfungen von Merkmalen, welche
nicht bloss einzelnen Dingen, sondern ganzen Gattungen
derselben, nämlich chemischen Stoffen überhaupt, oder
wenigstens chemischen Elementen als solchen, zukommen,
können nie im Werden und folglich in keiner Hinsicht
als Producte von Beziehungen erfasst werden; deshalb
lässt sich auch kein Weg herausfinden, der uns zum
Begreifen ihrer Nothwendigkeit führen könnte. So
wissen wir z. B. dass das Silber weiss, hart, schwer,
klingend, u. s. w. ist und jedesmal, wann wir eine
solche Verknüpfung von Merkmalen antreffen, sind wir
genöthigt dieselbe gerade so und nicht anders aufzufassen
und als Silber anzuerkennen, können aber nicht den
mindesten Grund angeben, warum gerade diese Verknüpfung von Merkmalen *in dem Dinge selbst* nothwendig sein möchte, weil objectiv-nothwendig nur das
Erkennen von Beziehungen ist.

Nur so viel wollte ich mich über die Bedingungen
und den Hergang des Erkennens auslassen; denn eine
Erkenntnisstheorie vor der Metaphysik vorzutragen ist
meines Erachtens nicht möglich. Erst müssen die

Hauptbegriffe in ihrer wahren Bedeutung untersucht und erkannt werden, ehe man auf ihre Anwendung beim Erkennen eingehen will. Dieses alles soll also bloss dazu dienen, die Erörterung der Hauptbegriffe einzuleiten, den Standpunkt zu bezeichnen, auf welchem man für die Auffassung der Wahrheit empfänglich werden kann. Daher soll man sich auch nicht wundern, wenn hier nicht Alles ganz klar sein möchte; denn es fehlt eben noch die Hauptbedingung der Klarheit, das Verständniss der Grundbegriffe.

Dem Widerspruche, wie schon gesagt, verdanken wir die Freiheit des Denkens, allein das volle Maass dieser Freiheit können wir erst bei der vollen Anerkennung des Widerspruchs erlangen. Dann erst sehen wir ein, dass das Denken gar keiner Autorität unterworfen werden kann, nicht einmal der Autorität seiner eignen Gesetze. Es wird freilich dabei auch offenbar, dass diese köstliche Gabe uns nicht umsonst zu Theil wird, sondern dass wir auf das absolute Wissen verzichten müssen, eben weil alles Wissen auf dem Widerspruch beruht.

II.

Von der Quantität.

***

Einheit und Vielheit sind die Begriffe, die uns hier beschäftigen sollen. Ich habe schon darauf hingewiesen, dass in abstracter Auffassung diese Begriffe einander absolut entgegengesetzt sind, allein schon wegen des Widerspruchs, der in der Nothwendigkeit dieser Entgegensetzung liegt, sind wir berechtigt zu vermuthen, dass dieselbe keine absolute Wahrheit hat und sich in der Anwendung nicht überall bestätigen wird. Doch vorerst will ich von der abstracten Auffassung dieser Begriffe, also in ihrem Unterschiede und Gegensatze, einige Worte sagen.

Wenn man die Vielheit bloss als solche betrachtet, so abstrahirt man natürlich dabei von allen qualitativen Unterschieden; sie ist alsdann nichts als Vervielfältigung der Einheit, also vollkommen gleichartig; wie soll man nun diese Vorstellung festhalten, so dass sie nicht verschwinde und in ihr Gegentheil umschlage? Dass die Gefahr dieses Umschlagens wirklich vorhanden ist, kann man daraus ersehen, dass, wenn die vielen Einheiten als *ineinander* befindlich vorgestellt werden, dann dieselben vollkommen in *eine* Einheit zusammenschmelzen

und die ganze Vorstellung der Vielheit verschwindet.
Denn weil, nachdem von allen qualitativen Unterschieden
abstrahirt 'worden, nichts mehr da ist, woran die Vielheit
ihren Ausdruck hätte und bei dem Ineinandersein der
Einheiten kein denkbarer Unterschied zwischen Einheit
und Vielheit übrig bleibt, so wird natürlich die Vielheit als solche dadurch aufgehoben. Nur wenn die
vielen Einheiten als *ausser einander* sich befindend
gedacht werden, kann die Vielheit als solche sich festhalten lassen. Demnach sind die Begriffe der Vielheit und des Aussereinander identische Begriffe und
können nicht von einander getrennt werden.

Diese Bemerkung möchte überflüssig zu sein scheinen;
man wird aber vielleicht anders urtheilen, wenn
man bedenkt, wie die Nichtbeachtung derselben *Kant*
veranlassen konnte, *Raum* und *Zeit*, die ja doch Formen
des Aussereinander sind und also unter den Begriff der
Vielheit gehören (ohne denselben nicht denkbar sind),
seiner sogenannten *Sinnlichkeit* anzuhängen, welche
nach ihm mit Begriffen überhaupt, und folglich
auch mit dem der Vielheit, nichts zu schaffen haben
sollte. —

Der abstracte Begriff der Vielheit war gänzlich auf
den Gegensatz gegen die Einheit hingestellt, weil er
nur in diesem Gegensatze seine Eigenthümlichkeit (in
deren Bewusstsein doch der ganze Sinn des Begriffs
besteht) bewähren konnte; derjenige einer *Grösse* dagegen bedeutet schon die Realisirung, die Anwendung
des Begriffs der Vielheit; er bezeichnet Etwas überhaupt, insofern es eine Vielheit enthält, oder muss als Vielheit und doch in einem Gedanken (d. h. in irgend
einer Rücksicht zugleich wiederum als eins) erfasst

werden. Eine Grösse ist eine Vielheit, insofern sie
sich als *bestimmt* der bestimmten Auffassung darbietet; in dem Begriffe einer Grösse wird also nicht
mehr das bloss begriffliche (logische), sondern das *reale*
Verhältniss der Einheit und Vielheit ausgedrückt, weil
jede Bestimmung im Einzelnen vom Realen herrührt,
oder durch dasselbe auf irgend eine Weise veranlasst
werden muss.

Ob es Unterschiede in diesem Verhältnisse gibt,
werden wir gleich sehen; hier ist nur noch einzuschärfen,
dass eine Grösse ohne Vielheit ganz undenkbar ist;
denn eine Grösse ist jedesmal Etwas, das vermehrt und
vermindert werden kann, mithin offenbar eine Vielheit
enthält oder bedeutet. Vielheit und Grösse sind eigentlich Wechselbegriffe, nur das eine mal abstract genommen,
das andere mal in der möglichen Anwendung.

Nun gibt es aber eine Art von Grösse, die nur
schlechthin als Einheit wahrgenommen und vorgestellt
werden kann, nämlich — *die intensive Grösse.*

Kant definirt sie so: „ich nenne diejenige Grösse
die nur als Einheit apprehendirt wird und in welcher
die Vielheit nur durch Annäherung zur Negatin = 0
vorgestellt werden kann, die intensive Grösse". *) —
Eine richtige Definition dessen, was die intensive Grösse
für die *Wahrnehmung* und in der Wahrnehmung ist;
es ist jedoch sonderbarerweise *Kant* nie eingefallen
sich zu fragen, was sie denn für das *Denken* bedeuten
möge, oder wie sie *gedacht* werden müsse?

Die intensive Grösse ist ganz offenbar eine Einheit,

---

*) Kritik der reinen Vernunft. Anticipationen der Wahr-
nehmung.

die eine Vielheit in sich enthält, ohne doch selbst dadurch zur Vielheit zu werden. Sie ist etwas, worin Einheit und Vielheit, trotz ihres begrifflichen Gegensatzes (welcher nie vernichtet werden kann), in vollkommener Identität zusammenbestehen. *Identität* (oder Einheit) ist also das reale Verhältnisss der Einheit und Vielheit in der intensiven Grösse.

Gegen diese Definition der intensiven Grösse wird man sich gewiss anfangs mit aller Macht auflehnen; „es ist doch unerträglich", wird man sagen, „dass man uns einzuschwatzen suche, Einheit und Vielheit, die das Gegentheil von einander sind und deren Begriffe sich gegenseitig ausschliessen, seien in man weiss nicht was für einer mythischen Grösse eins und identisch". Man schaue aber nur in sich hinein, man betrachte nur eine einzige seiner Empfindungen, z. B. eine die durch einen leuchtenden Punkt, welcher keine Ausdehnung hat (etwa einen Stern), in uns hervorgebracht wird und überlege, ob in dieser Empfindung eine Mehrheit voneinander gesonderter Theile sich unterscheiden lasse? Man wird sich gleich überzeugen müssen, dass dieses nicht der Fall ist. Die durch einen leuchtenden Punkt hervorgebrachte Empfindung ist nach allen Seiten hin eine Einheit, räumlich ist sie nicht ausgedehnt und ebensowenig zeitlich, denn sie ist in jedem untheilbaren Augenblicke der Zeit mit einer bestimmten Intensität vorhanden, welche Intensität in jedem Augenblicke dennoch eine Grösse hat, weil sie als stärker und schwächer, als grösser und kleiner sich darstellen kann. Nun sind Grösse und Vielheit identische Begriffe, man kann sich also dem Schlusse nicht entziehen, die Empfindung sei eine Ein-

heit, die eine innere Vielheit in sich enthält, welche
Vielheit, in der Einheit aufgehoben, sich nicht unmittelbar als Vielheit documentiren kann, sondern nur
mittelst der Vergleichung mit anderen Vielheiten von
der nämlichen Art, oder mit sich selbst bei einem
anderen Quantum des Inhalts (bei einem anderen Grade
der Itensität). Man glaube aber nur nicht, dass dieser
Begriff der intensiven Grösse lediglich aus der Erfahrung geschöpft sei; den a priorischen Ursprung dieses
Begriffs wird man zugeben müssen, wenn man dessen
Zusammenhang mit dem Hauptbegriffe der Beziehungen
eingesehen haben wird. In diesem Zusammenhange
wird freilich auch die eigentliche Bedeutung und Tragweite des Begriffs der intensiven Grösse sich erst beleuchten lassen, weshalb ich ihn vor der Hand bei
Seite setzen muss.

Ich will mich jetzt zu anderen Gebieten der Wirklichkeit wenden, um die quantitative Auffassung derselben,
wie sie einem jeden in der gewöhnlichen Wahrnehmung
und Zustandebringung der Erkenntniss als nothwendig
sich erweist, einer Prüfung zu unterwerfen; denn man
soll überall an das *Gegebene* anknüpfen. Darunter verstehe ich aber nicht nur den *Stoff* der Erkenntniss,
sondern auch die allen Menschen gemeinsame *Art* und
Weise, wie dieser Stoff in den Zusammenhang des Bewusstseins aufgenommen wird. *)

---

*) Es darf mir nicht zum Vorwurf gereichen, dass ich so
unmethodisch verfahre, meine Untersuchungen so auf gut Glück
anfange; denn der Hauptzweck alles Erkennens ist ja doch Verstehen des *Gegebenen* und wenn man einmal von richtigen
Voraussetzungen aus darauf eingeht, wird der systematische
Zusammenhang der Begriffe sich von selbst ergeben. Geht

Das *räumliche* Dasein soll mich nun zunächst beschäftigen; es fragt sich also: wie ist dasselbe in *quantitativer* Hinsicht zu denken? Wir wissen schon, dass
dabei alles auf das reale Verhältniss der Einheit und
Vielheit in der nothwendigen Auffassung der betreffenden Wirklichkeit ankommt; die obige Frage muss folglich so ausgedrückt werden: was für ein Verhältniss
zwischen Einheit und Vielheit wird in dem räumlichen
Dasein gedacht?

Gewiss ist im Raume alles *ausser einander* und
zwar so, dass Eines sich um das Sein des Anderen nicht
kümmert. Habe ich erst einige Dinge beisammen, so
bestimmen sie sich gegenseitig ihren Ort im Raume,
und es ist kein denkbarer Grund da, warum ich noch
mehr Dinge hinzudenken sollte. Der Zusammenhang,
den wir an den Dingen empirisch erfahren, ist gerade
für ihre räumliche Auffassung von keinem Belang; sie
könnten recht füglich auch ohne allen Zusammenhang
mit einander vorgestellt und gedacht werden.

Es gibt keine Nothwendigkeit im Denken alle
räumlichen Dinge nur *zusammen* zu setzen oder aufzuheben, ich kann recht gut einige aufheben (natürlich

---

man dagegen von einem vorgefassten Begriffe der bevorstehenden
Untersuchung aus, so läuft man Gefahr überall nicht das Gegebene, sondern seine eigne Phantasien zu finden. Hier kann
ich die synthetische Begründung der zu erörternden Begriffe, das
Festsetzen ihrer Bedeutung in der Oeconomie des Denkens aus
Principien desselben, nicht vornehmen, weil das Hauptprincip
des Erkennens selbst nur im nächsten Kapitel zur Sprache gebracht werden kann. Hier muss ich mich also damit begnügen,
diese Begriffe analytisch zu behandeln, d. h. sie so zu nehmen,
wie sie sich in dem gewöhnlichen Bewusstsein vorfinden, und
dann nach dem Sinne, der ihnen darin verliehen wird, zu fragen.

in Gedanken), andere dagegen stehen lassen, ohne dass
dadurch ein Widerspruch in diesem meinen Denken
entsteht. Denn wenn ich einmal eine endliche Menge
der räumlichen Dinge annehme, so ist offenbar die
Frage: wie gross diese Menge sei? ganz gleichgültig;
genug, dass sie für ihr Sein und Bestehen keiner weiteren Voraussetzungen bedarf. Im entgegengesetzten
Falle wäre aber keine endliche Menge der Dinge gross
genug, um als für sich allein (unabhängig) bestehend
gedacht werden zu können; man würde also genöthigt
sein, bei allem und jedem Wahrnehmen räumlicher
Gegenstände die Unendlichkeit der Welt mitzusetzen
und zu behaupten, was jedoch zuversichtlich niemals
geschieht, und wie wir später sehen werden auch niemals geschehen kann, weil diese Unendlichkeit selbst
nicht einmal denkbar ist. Dinge im Raume existiren
also ganz *unabhängig von einander*, oder werden wenigstens als solche gedacht, sie setzen einander (ihrem
Sein nach) nicht nothwendig voraus.

Aber ebensowenig nothwendig für das Sein der
Dinge im Raume ist die Annahme eines oder mehrerer
ausserräumlichen Wesen. Denn in diesem letzteren
Falle wäre die Erkenntniss der räumlichen Dinge nur
durch Vermittlung des Begriffs jener Wesen möglich,
würde mithin diesem Begriffe nicht vorhergehen können. Nun wissen wir aber, dass die Erkenntniss
der räumlichen Dinge der Zeitordnung nach unzweifelhaft die erste ist, der keine vorhergehen und sie also
nicht begründen kann. *)

---

*) Freilich, wie schon gezeigt worden, muss mit der Erkennt-
niss der räumlichen Dinge zugleich die von *sich selbst* ge-

Alles dieses führt dahin, einleuchtend zu machen,
dass man den räumlichen Dingen ein *selbstständiges*,
von keinem anderen (und auch nicht von einander)
abhängiges, Sein zuerkennt; dass folglich die Vielheit
im räumlichen Dasein auf kein Princip der Einheit
zurückzuführen ist, sondern dass diese Vielheit eine
absolute ist, oder in einem absoluten realen Gegensatze mit der Einheit steht, und das Aussereinander-
sein dieser Vielheit ein absolutes ist; und dass umgekehrt das Aussereinander einer Anzahl Dinge, die ihrem
Sein nach vollkommen selbstständige, von keinem einheitlichen Principe abzuleitende sind, nicht anders als
räumlich vorgestellt werden kann.

Den Gegensatz der Dinge unter einander in einer
solchen Vielheit, der ein absoluter realer Gegensatz
ist, möchte ich den *quantitativen* Gegensatz nennen;
denn er hat bloss seinen Grund in der Selbstständigkeit des Seins der diese Vielheit ausmachenden Dinge,
ohne dass dabei die möglichen qualitativen Unterschiede
der Dinge in Betracht gezogen werden müssten. *)

Dass die räumliche Auffassung der Dinge keine

---

setzt werden; sie vermitteln sich gegenseitig; allein das hat
nichts zu sagen gegen die von mir aufzustellende Erklärung des
räumlichen Daseins. Denn diese Vermittlung liegt gerade in
dem Bewusstsein des absoluten *Gegensatzes*, der zwischen dem
Ich und den räumlichen Dingen besteht.

*) Es ist wohl zu beachten, dass die einander entgegenge-
setzten und sich gegenseitig bedingenden und voraussetzenden
Begriffe der Einheit und des Gegensatzes zur qualitativen ebensowohl wie zur quantitativen Auffassungsweise gehören, dass es
also jedesmal besonders zu bezeichnen ist, ob eine Einheit oder
ein Gegensatz bloss im quantitativen oder aber im qualitativen
Sinne genommen werden muss.

absolute Wahrheit hat, kann man im Voraus ersehen,
wenn man bedenkt, was für ein Widerspruch in der
Forderung liegt, dass eine Menge von untereinander
sowohl als mit dem erkennenden Subjecte, im *absoluten
Gegensatze* stehenden Dingen, dennoch von dem Subjecte in der *Einheit* seines Bewusstseins zusammen-ge-
fasst und -gehalten werden sollte. Wie hätte das Subject das Dasein der von ihm ganz unabhängigen Dinge
erkennen oder auch nur vermuthen können? Diese innere
fundamentale Unwahrheit der ganzen Voraussetzung
verräth sich nun als ein ausgebildeter deutlicher Widerspruch in der Nothwendigkeit, den Raum als ein *Continuum* (eine continuirliche Grösse) vorzustellen. Doch davon später. Vorerst habe ich noch eine Art des Verhältnisses zwischen Einheit und Vielheit zu untersuchen,
welche allein auf dem Gebiete des Geschehens vorkommt.

Gesetzt, ich schaue zwei im Raume neben einander liegende Dinge an, so habe ich zwei ganz deut-
liche Vorstellungen davon. Ich kann nun diese Vorstellungen sehr wohl von einander unterscheiden, ich
kann sie nicht durcheinander mengen; sie sind *zugleich*,
sonst würde ich sie nicht in einem Bewusstsein zusammenfassen können; sie sind *ausser einander*, sonst
würde ich sie nicht von einander unterscheiden können
(wenigstens in dem Falle nicht, wenn die vorgestellten
Gegenstände vollkommen ähnlich wären); doch kann
ich dieses ihr Auseinander *nicht* räumlich vorstellen.
Zwar stellen sie ein räumliches Aussereinander (das der
beiden supponirten Dinge) vor, die Art und Weise
aber, wie sie selbst als *meine* Vorstellungen ausser einander sind, ist gewiss keine räumliche, wiewohl eine
ganz wirkliche. Was liegt nun an der Sache?

Wir wissen schon, dass der Raum eine Vielheit enthält, die mit der Einheit im absoluten Gegensatze steht; dies kann nun nicht der Fall sein mit der Vielheit der Vorstellungen. Als meine Vorstellungen sind sie allein möglich, von diesem Princip der Einheit hängt ihr ganzes Bestehen vollkommen ab; nur dadurch, dass ich sie producire, erzeuge, hervorbringe, sind sie da, und nur in die Einheit des Bewusstseins aufgenommen, gelangen sie zur vollen Wirklichkeit. Sonst sind sie bloss, so zu sagen, potentiell (im Gedächtniss) vorhanden, nämlich insofern ich sie reproduciren kann.

Es sei mir erlaubt, das Aussereinander einer Vielheit, deren ganzes Dasein und Bestehen von der Einheit abhängt, — *das organische Aussereinander* zu nennen. Also, in einem organischen Aussereinander kein absoluter Gegensatz zwischen Einheit und Vielheit, aber doch *ein Gegensatz*; denn ich unterscheide mich selbst, als Erzeuger und gemeinsames Subject, von meinen Vorstellungen, als Erzeugnissen desselben. Woher kommt nun die Möglichkeit dieser Unterscheidung? Offenbar daher, dass in den Vorstellungen etwas dem Subjecte *Fremdes* angetroffen wird, nämlich ihr *Inhalt*. Dies ist die Seite in den Vorstellungen, die dem absoluten Aussereinander (dem absoluten Gegensatze) der Dinge zugekehrt ist, und die allein es macht, dass die Vielheit der Vorstellungen mit der Einheit des Subjects nicht ganz identisch ist, wie in der intensiven Grösse, sondern von ihm unterschieden werden muss.

Von dem organischen Aussereinander ist also dreierlei zu bemerken:

1) Seinem Begriffe nach hält es genau die Mitte zwischen der intensiven Grösse und dem absoluten Aus-

sereinander; es ist weder absolute Identität der Einheit und Vielheit, wie in der ersten, noch absoluter Gegensatz beider, wie in dem zweiten, sondern ein *bedingter* Gegensatz der Einheit und Vielheit und zwar durch die, dem organischen Aussereinander eigne Doppelseitigkeit bedingt, wodurch es im Verhältniss sowohl mit der Einheit des Subjects, als mit der absoluten Vielheit der Objecte aufgefasst werden muss.

2) Was daraus von selbst erhellt, seinem Dasein und Bestehen nach (oder, wie man auch sagen kann, wenn von Vorstellungen die Rede ist, — seiner *reellen* Seite nach) ist es nur als wirkliche Vermittlung zwischen der Einheit des Subjects und der absoluten Vielheit der Objecte denkbar, als Ausdruck der unter diesen statt findenden Beziehungen.

3) Wie schon erwähnt, kommt das organische Aussereinander nur auf dem Gebiete des *Geschehens* vor. Bis jetzt habe ich nur das innere Geschehen des Vorstellens in Betracht gezogen; ob aber die äussere Welt uns auch Seiten darbietet, in denen das organische Aussereinander zum Vorschein kommt, — kann erst später gezeigt werden, hier will ich nur an die in der Natur herrschende Gesetzmässigkeit erinnern, welche wie man weiss nichts anderes bedeutet, als den durchgängigen *Zusammenhang* alles natürlichen Geschehens.

Ich habe mir die Erörterung noch einer Form des Aussereinander vorbehalten, die ihrer übergrossen Wichtigkeit für das ganze Denken und Erkennen nach niemals gehörigerweise gewürdigt worden ist, ich meine — *die Zeit.*

Man kann es *Kant* nicht gut heissen, das er Raum und Zeit gleichgestellt und sogar den Raum vor der

Zeit abgehandelt hat. *) Er meinte, Raum und Zeit seien zwei dem Gemüthe aufgesetzte Brillen, die eine nach innen, die andere nach aussen zu gekehrt; dies war ein grosser Fehler, der unter anderen schlimmen Folgen den kantischen Begriff der Causalität so vollkommen sinnlos machte.

Die Zeit ist ebenso für das *Aeussere* wie für das *Innere* gültig, die Vorstellung der Zeit beherrscht so sehr unseren ganzen Erkenntnisskreis nach beiden Seiten, (der ideellen und der reellen) hin, dass wir ihr auf keine Weise entschlüpfen können. Nur der Widerspruch, der allem Zeitlichen zu Grunde liegt, setzt uns über sie hinaus; mit ihr verschwindet aber unser ganzes Wissen und es bleibt uns bloss die leere Negation desselben zurück. Die Vorstellung der Zeit ist etwas so ganz Eigenthümliches und in unserem Denken so Ursprüngliches, dass es auf gar keine Begriffe zurückzuführen, durch gar keine zu erklären ist. Die Grundbeschaffenheit der Zeit, das Nacheinander, ist etwas, das man vergeblich suchen würde begreiflich zu machen; es ist etwas mehr, denn ein blosses Aussereinander, es

---

*) Ich habe zwar auch den Raum vor der Zeit erwähnt, dies geschah aber aus dem Grunde, weil ich beide hier hauptsächlich als Formen des absoluten Aussereinander betrachte und insofern müssen sie einander coordinirt werden. In dieser Hinsicht hat sogar der Raum den Vorzug, denn er ist die eigentliche Form des absoluten Aussereinander und will nichts weiter sein. Nicht darin aber besteht die Eigenthümlichkeit der Zeit, dass ihre Theile ausser einander, sondern darin, dass sie *nach einander* sind; deshalb musste die Zeit später zur Frage kommen. *Kant* dagegen fasste Raum und Zeit in der Kritik d. rein. Vernunft von der Seite ihrer Bedeutung für das Erkennen, worin der Zeit eine viel höhere Dignität als dem Raume zukommt.

ist eine Bewegung, bei welcher aber weder von der durchgelaufenen, noch von der durchzulaufenden Bahn irgend eine Spur vorhanden ist, ausser dem stets entweichenden Augenblicke (der Gegenwart), der jene beiden verbindet. Das erklärt freilich gar nichts, denn schon das Verstehen aller Bewegung setzt unumgänglich die Vorstellung des Nacheinander voraus, die das ganze Erkennen trägt und vermittelt. Das Denken und Erkennen ist selbst ein Geschehen, das Geschehen ist aber zugleich, wie wir später sehen werden, der einzige mögliche unmittelbare Stoff des Erkennens, und die Form des Geschehens ist — die Zeit. Nicht die leiseste Regung, nicht die unmerklichste Veränderung, sei es in uns oder ausser uns, kann gedacht werden, ohne dass die Vorstellung der Zeit ihrer Auffassung zu Grunde gelegt wäre. Das unsinnige Gerede einiger Philosophen von einem *zeitlosen Geschehen* ist wahrhaft empörend und am empörendsten ist es, einen ernsten und redlichen Forscher wie *Herbart*, in dieses Gerede mit einstimmen zu hören. *Herbart* lehrte auch ein zeitloses Geschehen, ein hölzernes Eisen, welches aber darin bestehen sollte, dass die *einfachen realen Wesen* (eine Art Monaden, aus denen er die wirkliche Welt zusammensetzen wollte) bei ihrer gegenseitigen Durchdringung auf *verschiedene* Weise *unverändert*, sich selbst *gleich* bleiben (die sogenannten Selbsterhaltungen); welche wunderliche Verschiedenheit des Sichgleichbleibens nach der Verschiedenheit der Störungen (im Inneren der einfachen Wesen) sich richtet, die aber niemals eintreten, auch nach *Herbart* nie statt finden können; wodurch denn schon wahrlich der Absurdität die Krone aufgesetzt wird. Freilich darf man sich über diese Absurdität nicht wundern; sie war ein nothwendiges Resultat der Bestrebungen *Herbart's*. Wenn das Künsteln an Begriffen mit Absicht und vollem Bewusstsein zur Hauptaufgabe der Philosophie gemacht wird, wie es *Herbart* that, dann muss man allemal erwarten, Dinge auftischen zu sehen, die viel ungereimter sind, als die nothwendigen Widersprüche es waren, welche dadurch weggeschaft werden sollten. Die uns durch die Natur unseres Erkennens aufgegebenen Begriffe verbessern zu wollen, heisst einen zu weiten Spielraum der Willkür eröffnen, von der für das Erkennen nie ein Gewinn zu hoffen, wohl aber Nachtheil zu befürchten ist. *Herbart's* Versuch, das Werden, das Geschehen, dessen Form die Zeit, das Nacheinander ist, und dessen widersprechende Natur er eingesehen hatte, gleichsam zu escamotiren, es zwar äusserlich anzuerkennen, zugleich aber die Sache so vorzustellen suchen, als wäre es eigentlich gar nicht da, durch die Einschiebung des gleich angeführten Begriffs eines zeitlosen und wie es *Herbart* nennt *wirklichen* Geschehens, das zeitliche Werden aus dem Bewusstsein zu verdrängen, zeigt aber nur, wie machtlos man gegen den nothwendigen Widerspruch ist, wenn man ihn bekämpft, anstatt ihn in seinem unzweifelhaften Rechte anzuerkennen.

Also nur als Formen des absoluten Aussereinander müssen Raum und Zeit einander coordinirt werden; dagegen was ihre Bedeutung im Haushalte des Erkennens betrifft, so steht der Raum, ein Secundäres, Gemachtes, Construirtes, viel niedriger als die Zeit, deren Vorstellung aller und jeden Construction zur nothwendigen Voraussetzung dient. Dass aber die Zeit eine *Form* des *absoluten Aussereinander* ist, das lehrt uns die

oberflächlichste Betrachtung derselben. Alle Theile der
Zeit sind nicht nur ausser einander, sondern sie schliessen
auch einander *absolut* und unbedingt aus. Das Gegenwärtige allein *ist*, das Vergangene dagegen ist *nicht*
mehr und das Zukünftige noch *nicht* da; — hier liegt
der absolute Gegensatz in dem Sein der aufeinanderfolgenden Momente deutlich vor Augen. Wenn das Gegenwärtige ist, kann weder das Vergangene noch das
Zukünftige sein, überhaupt kein Augenblick, kein Punkt
in der Zeit kann auf die Stelle eines anderen versetzt
werden; sie sind alle absolut ausser einander, ob sie
gleich nicht von einander getrennt werden können, sondern eine continuirliche Reihe bilden. Die Zeit ist wie
der Raum ein Continuum, und als ein solches haben
wir sie zuerst aufzufassen.

Dass nun im Continuum ein Widerspruch liegt
hat man wohl bemerkt, woher aber dieser Widerspruch
stammt nicht begriffen, sonst wäre er gerechtfertigt
gewesen. *Herbart* formulirt ihn so: „Das Fliessende
soll zusammenhängen und doch nicht völlig in Eins
fallen. Man unterscheidet in ihm ein *Hier* und *Dort*,
dieser Unterschied bleibt in den kleinsten Theilen, die
Jemand herausheben möchte, und doch liegt das Continuum *weder* hier *noch* dort, sondern *dazwischen*. Es
ist *Vereinigung in der Scheidung* und *Scheidung in
der Vereinigung*. Die Folge ergibt sich leicht, dass
in ihm *unendlich viele* Theile vorausgesetzt werden,
die man sondern, aber aus welchen man es doch nicht
zusammensetzen könnte. Es ist eine Grösse, also eine
Zusammenfassung; aber auf die Frage: *was und wie
vieles* zusammengefasst worden? erfolgt keine Antwort.
Es ist eine endliche Grösse, wenn man es zwischen

bestimmten Grenzen nimmt; aber diese Endlichkeit enthält eine unendliche Fülle. — Jeder kennt diesen Widerspruch, aber jeder scheut sich, ihn beim rechten Namen zu nennen." *)

Ich habe schon gesagt, die Forderung, dass das einheitliche Subject in der Einheit seines Bewusstseins ein absolutes Aussereinander, einen absoluten Gegensatz erfassen solle sei widersprechend. Solange jedoch der absolute Gegensatz ganz abstract und unbestimmt gedacht wird, kommt der Widerspruch nicht zum Vorschein; weil bei einem unbestimmten Denken der Zwang ausbleibt, der allein unserer Aufmerksamkeit Widersprüche aufzudringen vermag. Kommt es aber darauf an, den absoluten Gegensatz zweier (oder mehrerer) *gegebenen* Dinge aufzufassen, dann tritt der Widerspruch ganz in den Vordergrund, er liegt dann in der Auffassung selbst und also unmittelbar vor Augen. Denn die Auffassung des Gegebenen muss offenbar ebensowohl objectiv wie subjectiv bestimmt sein; objectiv, weil sein Object ein Gegebenes, subjectiv, weil jede Auffassung eine Handlung des Subjects ist. Nun geht die subjective Bestimmung von der Einheit des Subjects aus, die objective dagegen — von dem (vorausgesetzten) absoluten Gegensatze der gegebenen Dinge, ihre Vereinigung in der Auffassung wird also nothwendig einen Widerspruch ergeben müssen.

Der absolute Gegensatz der gegebenen Dinge kann ohne irgend eine *Vermittlung* seiner Glieder in der Einheit des Bewusstseins nicht ergriffen werden; nun

---

*) Herbart, Allgemeine Metaphysik. Zweiter Theil. §. 242 (Werke, Bd. 4, S. 150. 151.

soll aber diese Vermittlung als eine *objectiv-bestimmte* vorgestellt werden, sonst würde sie mit sich die Nothwendigkeit nicht führen können, welche allein die Auffassung des Gegebenen kennzeichnet. Eine solche kann aber allein eine *Bewegung* sein. Denn eine Bewegung ist eben ein Setzen von absoluten Gegensätzen, welches dieselben zugleich durch den Uebergang vermittelt, also ist die Auffassung von gegebenen absoluten Gegensätzen nur mittelst der Vorstellung der Bewegung möglich. Diese Vorstellung setzt aber diejenige des Nacheinander (der Zeit) voraus, ohne die wir auch nie würden vermuthen können, dass etwas wie Bewegung möglich sei. Die Zeit ist allein die ursprünglich gegebene Bewegung und die reine Form aller Bewegungen, die selbst einer Erklärung oder Rechtfertigung weder fähig noch bedürftig ist.

Damit zwei absolut ausser einander existirende Dinge in einem Bewusstsein zusammengefasst werden können, muss ein Uebergang vom einen zum anderen in der Vorstellung möglich sein. Ohne den Uebergang, der das Bewusstsein ihres Beisammenseins vermittelt, würde dieses letztere in seiner objectiven Bestimmtheit wenigstens nie erkannt werden. Diese vermittelnde Auffassung des Gegebenen setzt folglich dasselbe in ein Medium des Vorstellens hinein, dessen Theile alle trotz ihres absoluten Aussereinander, mit einander (mittelst der Bewegung in der Vorstellung) durchgängig zusammenhängen. Dieses Medium ist nun die Vorstellung einer *continuirlichen* (fliessenden) Grösse. Das Continuum bietet uns also die Vorstellung des absoluten Aussereinander dar, wie sie bei der Auffassung des Gegebenen allein zu Stande kommen kann; nämlich mittelst der Bewegung in der Vorstellung (nicht bloss der

Bewegung des Vorstellens selbst). Demgemäss ist alles Continuum entweder selbst eine Bewegung (die Zeit), oder durch eine Bewegung erzeugt (der Raum), was schon durch den Ausdruck *fliessende* Grössen hinlänglich angedeutet ist.

Die Auffassung von absoluten Gegensätzen setzt die Vorstellung der Bewegung voraus, die Bewegung selbst aber setzt ein absolutes Aussereinander voraus, in dessen Schoosse sie allein denkbar ist. Zugleich stehen beide mit einander in einem unlösbaren Widerspruche, weil der Begriff des absoluten Aussereinander alle Möglichkeit einer Vermittlung seiner Glieder, eines Uebergangs vom einen zum anderen, ausschliesst, und dies ist der Widerspruch, welcher im Continuum seinen Ausdruck findet. Man betrachte nur genau die Natur des Continuums; seine Eigenthümlichkeit besteht darin, dass man in ihm keine zwei *nächsten* Punkte herausheben kann. Im Raume z. B. können zwei Punkte nur dadurch ausser einander vorgestellt werden, dass man zwischen ihnen ein Quantum *Extension* (und sei es noch so klein) einschiebt, alsdann werden sie nun keine nächsten mehr; nimmt man aber alle Extension zwischen den Punkten hinweg, so fallen und schmelzen sie vollkommen in *Eins* zusammen. Mit einem Wort, weder im Raum noch in der Zeit können zwei Punkte *an einander* vorgestellt werden. Das Aneinander ist es aber gerade was den *Uebergang* (dem Begriffe nach) zwischen dem vollkommenen Ineinander der Punkte und dem absoluten Aussereinander derselben bedeutet, die Unmöglichkeit dieses Uebergangs bewährt sich nun in der Auffassung des Continuums, — das Aneinander kann nicht vorgestellt werden.

Es gibt im Continuum einen Zusammenhang aller seiner ausser einander sich befindenden Theile, den wir aber nie ertappen können, weil er dem absoluten Aussereinander widerspricht, mit demselben nicht zu vereinigen ist. Wir können noch so tief in das Innere des Continuums eindringen, so entschlüpft uns doch der Zusammenhang seiner Theile unaufhörlich, diese Theile fallen immer auseinander und diesem ihren Auseinanderfallen kann keine Grenze gesetzt werden. Die Theilbarkeit des Continuums geht *ins Unendliche*, das heisst: Alles im Continuum ist absolut ausser einander und von einem Punkte desselben zum anderen ist kein Uebergang möglich; es bedeutet aber zugleich, dass im Continuum ein Zusammenhang gegeben ist, den wir weder auflösen noch festhalten können.

Hier muss ich den Fehler hervorheben, den *Zenon von Elea* begangen hatte, indem er die Bewegung verwarf, wegen des Widerspruchs ihres Begriffs mit demjenigen des absoluten Aussereinander, wie er (der Widerspruch) in der unendlichen Theilbarkeit zum Vorschein kommt. Die Bewegung ist nicht weniger berechtigt, als das absolute Aussereinander selbst; ihres Widerspruchs ungeachtet würden sie eins ohne das andere nie in unserem Bewusstsein vorkommen können. Zwar hat im Denken das Aussereinander den Vorzug; denn sein Begriff setzt nicht den Begriff der Bewegung voraus, wird aber selbst von demselben vorausgesetzt — (da die Bewegung, als das vermittelnde Setzen von absoluten Gegensätzen, ausser denselben nicht denkbar ist); dagegen das Auffassen und Vorstellen von gegebenen Gegensätzen ist ohne die Vorstellung der Bewegung unthunlich, — diese letztere aber ist uns ganz ur-

sprünglich, unmittelbar und von allen möglichen Begriffen unabhängig gegeben — in der Zeit. Vor dem
unvollkommenen Bewusstsein musste also die Bewegung
im Nachtheil sein; denn sie stellt ein Gegebenes dar,
welches nicht begriffen werden kann (dessen Begriff
widersprechend ist); dagegen in dem wahren transcendentalen Bewusstsein bekommt sie ihre volle Rechtfertigung,
als die unumgängliche Bedingung und Vermittlerin alles
Vorstellens.

Wir sehen also, dass das absolute Aussereinander
in der bestimmten Auffassung in der Anwendung seines
Begriffs auf das Gegebene, sich als ein Continuum
ausweist; nun hat man für dasselbe in dieser Qualität
einen besonderen Ausdruck, nämlich *extensive Grösse*
oder extensives Aussereinander. Denke ich mir ganz
abstract und unbestimmt irgend zwei Dinge im absoluten
Gegensatze gegen einander (oder absolut ausser einander), so ist nichts vom Continuum in diesem meinem
Denken anzutreffen, dann ist kein Uebergang von einem
Dinge zum anderen in Gedanken nöthig, um sie in
einem Bewusstsein vereinigen zu können. Denn sie
sind von vorne herein zusammengenommen, brauchen
also nicht erst zusammengeführt zu sein. Der absolute
Gegensatz bleibt hier nur in der Bedeutung (der ideellen
Seite) des Denkens enthalten, afficirt aber auf keine
Weise die Handlung, das Zustandebringen (die reelle
Seite) desselben. Bei gegebenen Gegensätzen ist es
anders; dann braucht man die Bewegung, und als ihre
nothwendige Voraussetzung — die Zeit; gegebene
Gegensätze sind also nicht vorstellbar ausser dem
Continuum.

Was nun speciell den Raum betrifft, so ist er

nicht (wie die Zeit) die Form eines unmittelbar Gegebenen; denn gegeben sein — heisst, in der Vorstellung enthalten sein, im Raume aber stellen wir Alles das vor, was ausser uns und folglich auch ausser unseren Vorstellungen existirt. Daher kann die Vorstellung des Raums selbst nicht als etwas ursprünglich, unmittelbar Gegebenes angesehen werden, sondern sie wird von uns erzeugt, producirt, durch eine Bewegung in Gedanken construirt. „Ich kann mir keine Linie vorstellen", sagt *Kant*, „ohne sie in Gedanken zu ziehen"; und wie mit der Linie, so ist es auch mit allen räumlichen Constructionen bewandt, denn der Raum ist nichts als die Realisirung des absoluten Aussereinander, die Anwendung dessen Begriffs bei der Auffassung des Gegebenen, welche wie schon gezeigt unmöglich ist ohne die Vorstellung der Bewegung. Die Vorstellung einer Bewegung, nicht als eine Bewegung in dem Vorgestellten selbst genommen, deren Product folglich als ein Bleibendes gesetzt werden muss, — ist eben eine Construction im räumlichen Sinne.

Noch habe ich hier den Begriff des *Unendlichen* durchzunehmen. Es ist unbegreiflich, dass man bis jetzt noch nicht allgemein dahin gelangt ist, einzusehen, dass dieser Begriff eine lediglich *negative* Bedeutung hat, wiewohl dies schon in dem Worte (unendlich) selbst ausgedrückt ist.

Unendlich heisst allemal etwas, dessen Auffassung *nicht vollendet* werden kann. *) Dahin gehört nun

---

offenbar die Auffassung des absoluten Aussereinander;
dieser Auffassung kann keine absolute Grenze (der
Ausdehnung nach) im Begriffe gesetzt werden, weil der
Begriff einer Grenze selbst ganz von demjenigen des
Aussereinander abhängt, von ihm seine ganze Bedeutung
bekommt. Eine Bestimmung wird nur dadurch als Grenze
vorgestellt, dass man über sie hinausgehen kann; ohne
die Möglichkeit (in Gedanken) dieses Hinausgehens
würde der Begriff der Grenze gar nicht entstehen
können. Es wird z. B. niemand das für eine Grenze in
der Zeit ansehen, dass man von dieser aus nicht
seitwärts gehen kann, sondern in ihr nur vorwärts oder
rückwärts; im Raume dagegen kann eine gerade Linie
für eine wirkliche Grenze gelten, weil das Aussereinander sich darüber hinaus erstreckt. Raum und Zeit
müssen also nothwendig als unendliche Grössen vorgestellt werden; der Progressus oder Regressus in ihnen
kann dem Begriffe nach kein Ende nehmen, obgleich
die thatsächliche Ausführung desselben natürlicherweise
immer beschränkt bleibt. Ob aber das räumliche und
zeitliche *Reale* auch unendlich sei, — ist eine andere
Frage, die ich gleich beantworten will.

Unendlich heisst unvollendbar, daraus sieht man
leicht, dass eine *Bewegung allein*, aber nichts Seiendes
(also Fertiges) unendlich sein kann. Was bedeutet
die Unendlichkeit in unserer Auffassung des Räumlichen?
Dass wir die Erweiterung der Grenzen desselben nie
zu Ende führen, d. h. zu der Vorstellung der Grenzen-
losigkeit (der Unendlichkeit) desselben nie gelangen

---

gilt, in welchem Sinne dieses letztere auch allein ein Unendliches genannt werden darf.

4 *

können. Die Fortschreitung in der Auffassung des
Räumlichen kann kein Ende nehmen eben deshalb,
weil das von dieser Auffassung jederzeit gesetzte oder
eingenommene Gebiet (der Umfang) des Räumlichen
immer begrenzt bleibt; von der Unmöglichkeit die
Grenzen des Räumlichen aufzuheben hängt also die
Unendlichkeit in der Auffassung desselben vollkommen
ab. Zur Auffassung der *positiven* Unendlichkeit des
Räumlichen gelangt würden wir offenbar nicht weiter
gehen können; das widerspricht aber gerade unserem
Begriffe von der Unendlichkeit, welcher die absolute
Unvollendbarkeit des Fortschritts in der Auffassung
des Räumlichen bedeutet. Folgende Betrachtung kann
dieses anschaulicher machen. Man weiss, dass, wenn
ein Stein ins Wasser fällt, sich um die Stelle der Be-
rührung herum eine kreisförmige Welle erhebt; diese
Welle in ihrem Sinken veranlasst die Erhebung einer
zweiten Welle, die mit der ersten concentrisch, deren
Umkreis aber grösser ist; die zweite Welle geht in eine
dritte über, die einen noch grösseren Umkreis hat und
so fort. Nun stelle man sich vor, die Erhebung dieser
sich immer erweiternden concentrischen Kreise gehe
ins Unendliche fort, so wird dabei offenbar, dass die
Erweiterung der Kreise nur deshalb als *ins Unendliche*
gehend gedacht werden kann, weil *keiner* von diesen
Kreisen selbst als *unendlich* gedacht werden kann.

. Die positive Unendlichkeit der Welt kann nur bedeuten, dass die in ihr enthaltene Menge der Dinge
die grösste mögliche ist, unser Begriff der Unendlichkeit besteht dagegen in dem Bewusstsein von der Unmöglichkeit eine solche Menge vorzustellen, weil in
dieser Vorstellung der Fortschritt in unserer Auf-

fassung der Grösse ein Ende, eine absolute Grenze würde finden müssen, was undenkbar ist.

Was *Kant* gegen dieses in der Anmerkung zur Thesis seiner Antonomie einwendet, hat keinen Sinn. Nach ihm wird, wenn man ein unendliches Ganze meint, „dadurch nicht vorgestellt, wie gross es sei (und was sonst in aller Welt? möchte man fragen), mithin ist sein Begriff nicht der Begriff eines *Maximum*, sondern es wird dadurch nur sein Verhältniss zu einer beliebig anzunehmenden Einheit (was hat hier diese Einheit zu thun?), in Ansehung deren dasselbe grösser ist, als alle Zahl, gedacht. Nachdem die Einheit nun grösser oder kleiner angenommen wird, würde das Unendliche grösser oder kleiner sein; allein die Unendlichkeit, da sie bloss in dem Verhältnisse zu dieser gegebenen Einheit besteht, würde immer dieselbe bleiben, obgleich freilich die absolute Grösse des Ganzen dadurch gar nicht erkannt würde, davon auch hier nicht die Rede ist". *) — Das Unendliche sollte also auf unendlich vielerlei Weise unendlich sein können. Ein Unendliches aber, das kleiner ist als ein anderes, zu dem also noch etwas hinzugethan werden kann, widerspricht sich selber und zeigt dadurch, dass die wirkliche Unendlichkeit nur in unserer Auffassung von Grössen, unserer Multiplicirung einer beliebig anzunehmenden Einheit, begriffen werden kann, nie aber in dem Gegenstande oder dem Producte dieser Auffassung selbst. *Kant* verwechselt beides und spricht sogar selbst diese Verwechslung ganz deutlich aus; denn erst sollte der Begriff

---

*) Kritik d. r. Vernunft. Herausgegeben von Hartenstein. Leipzig 1853. S. 330. 332.

eines unendlichen Ganzen nur sein Verhältniss zu einer beliebig anzunehmenden Einheit bedeuten, weiter jedoch soll auch die Unendlichkeit bloss in dem Verhältnisse zu dieser gegebenen Einheit bestehen; zwischen der Unendlichheit und dem unendlichen Ganzen hätte es also keinen Unterschied gegeben. Wahr dagegen ist, dass der Begriff der Unendlichkeit in unserer Auffassung von Grössen überhaupt denjenigen eines unendlichen Gegenstandes derselben unbedingt ausschliesst.

Das Argument der Kantischen Antithese von der Unmöglichkeit einer Begrenzung der Welt durch den leeren Raum hat auch nicht mehr Gewicht. Denn an irgend ein Verhältniss zwischen dem leeren Raum und den Dingen ist durchaus nicht zu denken, da ja der Raum nichts ist als die Art, wie wir die gegenseitige Lage der Dinge bestimmen müssen.

Ueberhaupt ist die ganze Kantische Antinomie von der Endlichkeit und der Unendlichkeit der Welt im Raume aus einer Verwechslung entstanden. Wäre nämlich das Räumliche etwas in unserer Auffassung allein Liegendes, von derselben Gesetztes oder Producirtes, so würde es natürlich, wie diese selbst, keine absolute Grenze (im Begriffe, aber nicht der jedesmaligen irgend nur denkbaren Ausführung derselben nach) haben können; dann würde auch kein Zweifel über seine Unendlichkeit entstehen können. Das Räumliche würde aber alsdann nichts von unserer Auffassung Verschiedenes *) sein, folglich auch kein Inbegriff der äusseren

---

*) Denn sobald man einen Unterschied zwischen der Auffassung und dem Aufgefassten, zwischen der Handlung des

Dinge, von dessen Grösse doch allein die Rede sein kann, wenn nach der Endlichkeit oder der Unendlichkeit der Welt gefragt wird. Dieses letztere hat nun *Kant* nicht bemerkt, ihm waren Dinge nichts als seine Vorstellungen, sie waren ihm nicht ausserhalb des möglichen empirischen Regressus in der Auffassung vorhanden. Da aber der Regressus in der Auffassung des Raumes kein Ende (im Begriffe) haben kann, so sollte auch die Welt keins haben, oder wenigstens sich ins Unbestimmte ausdehnen lassen. *Kant* vergass ganz und gar, dass die gemeine, ausser den Vorstellungen wirklich existirende Dinge annehmende Ansicht doch auch einen Sinn haben muss und dass gerade auf diesen Sinn es allein ankommt, wenn überhaupt von einer Welt die Rede ist.

Dagegen liegt eine wirkliche Antinomie in dem Begriffe der Dauer des zeitlichen Daseins, in der Beantwortung der Frage: ob die Welt (nicht die Welt ihrem Sein nach, welches wie wir gleich sehen werden unstreitigerweise ausser der Zeit gesetzt werden muss, sondern eigentlich das in ihr vorkommende Geschehen einen Anfang gehabt oder nicht?

Dass eine unendliche wirkliche Reihe von Begeben-

Producirens und dem Producte derselben annimmt, schliesst die Unendlichkeit (im Begriffe) in der Auffassung selbst die Unendlichkeit in dem Gegenstande derselben nothwendig aus. Das sollte *Kant* selbst gefühlt haben; denn er bestrebte sich, wie aus der angeführten Stelle zu ersehen ist, zwischen einem unendlichen Ganzen und seiner Unendlichkeit einen Unterschied festzusetzen, was ihm jedoch nicht gelang, da er beide, wie schon gezeigt worden, sogleich wieder verwechselte, ohne es selbst zu bemerken.

heiten bis zu einem bestimmten Augenblick verflossen (also vollendet) sein könnte, ist nicht denkbar, denn Unendlichkeit bedeutet eben die Unvollendbarkeit einer Bewegung. Es könnte aber zugleich sich ergeben, dass in dem Begriffe des Zeitlichen selbst ein Princip oder ein Motiv des Fortschreitens liege, welches uns verbietet anzunehmen, dass der Regressus in der Auffassung des Zeitlichen selbst irgendwo einen absoluten Ruhepunkt finden möge, oder dass ein Anfang des Zeitlichen denkbar sei.

III.

Von dem oberſten Principe des Erkennens.

1.

Das Erste was ich von irgend einem Gegenstande erkennen kann, ist ohne Zweifel seine Existenz; denn wie ein Gegenstand, der nicht existirt, keine Eigenschaften haben und folglich keinen Stoff für die Erkenntniss bieten, mithin überhaupt nicht Object für dieselbe sein kann, so ist es auch umgekehrt unmöglich irgend etwas von der Beschaffenheit des Gegenstandes zum Bewusstsein zu bringen, ehe man seine Existenz anerkannt hat.

Nun kann das Sein der Dinge nicht einen Theil ihrer Beschaffenheit ausmachen und auch nicht unmittelbar in der Wahrnehmung derselben gegeben werden; denn alle und jede Wahrnehmung ist in uns, das Sein der äussern Dinge dagegen soll ausdrücklich ausser uns gesetzt werden. Aus dieser Betrachtung folgt zweierlei: 1) die Erkenntniss der Existenz der Dinge stammt nicht aus der Erfahrung her, denn der Quell alles erfahrungsmässigen Erkennens ist unstreitigerweise die Wahrnehmung, worin das Sein der Dinge nie vorkommen kann. 2) Die Erkenntniss der Existenz der Dinge ist keine unmittelbare, sondern zu ihr können wir nur mittelst eines Schlusses gelangen, d. h. eigentlich mittelst eines Actes, welcher selbst zum Gegenstande der Betrachtung gemacht, nicht anders als in der Form eines Schlusses sich darstellen lässt.

Die Nothwendigkeit, ausser uns existirende Dinge anzunehmen, ist einmal da; dies wird niemand leugnen, der seine geistige Gesundheit noch bewahrt hat, aber ebenso unzweifelhaft wie das Vorhandensein dieser Nothwendigkeit ist die Thatsache, dass wir aus uns selber nicht hinaus kommen können, um die Dinge in ihrem eigenen Dasein und Bestehen unmittelbar zu erfassen. Im Erkennen sind wir ganz auf uns selber gewiesen; das Erkennen ist ein vollkommen innerer Act. Die grosse Frage, mit deren Beantwortung das Hauptproblem der Philosophie gelöst wird, ist also die: *wie können wir es dahin bringen, einen in uns angetroffenen Inhalt als einen fremden anzusehen und ausser uns zu setzen?*

Um erkannt zu werden, müssen die Dinge uns *gegeben* sein, das liegt in dem Begriffe der Erkenntniss, die ja nichts erschaffen, nichts hervorbringen, sondern alles als ein schon Vorhandenes und Bestehendes auffassen soll. Nun können uns aber die äussern Dinge selbst in ihrem eignen Sein nicht unmittelbar gegeben werden, sonst wären sie eben keine äusseren mehr, — also müssen sie uns *mittelbar* gegeben sein. Dieses mittelbare Gegebensein nenne ich eine *causale Beziehung;* ihre erste Definition ist also die: eine causale Beziehung besteht darin, dass mit und an einem Dinge zugleich ein anderes, ausser ihm existirendes, also mittelbar, gegeben wird.

Der Begriff der causalen Beziehung für sich allein ist aber durchaus unzureichend, um Erkenntniss zu erzeugen; denn ihm fehlt alle Möglichkeit der Anwendung, solange ich nicht weiss, wie etwas beschaffen sein soll, um als Ausdruck einer Beziehung anerkannt werden zu müssen. Es muss also zu diesem Begriffe noch etwas anderes hinzukommen, um ihm Gelegenheit zu geben, seine Fruchtbarkeit als Princip des Erkennens an den Tag zu legen; — dieses andere ist die Vorstellung der *Zeit*. Das oberste Princip des Erkennens kann nun so ausgedrückt werden: *Alles was geschieht* (Alles in der Zeit) *ist eine Beziehung oder ein Ausdruck und Product von Beziehungen.*

Man wird hoffentlich nicht fordern wollen, dass ich diesen Grundsatz beweise, denn man weiss, dass alles Beweisen besteht in der Darlegung eines, mittelbaren oder unmittelbaren, nur nothwendigen Zusammenhangs zwischen dem Zubeweisenden und etwas Anderem, das schon im Bewusstsein feststeht. Wäre im Bewusstsein nichts Feststehendes und nur auf sich Beruhendes, dann hinge die ganze Kette der Beweise im Leeren und hätte keinen Halt. Das oberste Princip des Erkennens kann nicht bewiesen, sondern seine Nothwendigkeit will unmittelbar eingesehen und anerkannt werden.

Nun gehe ich zur Erörterung des Begriffs der Beziehungen über und fordere dazu die ganze Aufmerksamkeit des Lesers auf. Die causale Beziehung ist eine Gemeinschaft der Dinge, eine Gemeinschaft setzt offenbar wenigstens zwei Dinge voraus, die darin begriffen sein sollen. Gesetzt nun, es seien zwei Dinge A und B in Beziehung mit einander, gesetzt ferner, das Sein dieser Dinge sei wiederum Ausdruck weiterer Beziehungen zwischen irgend noch anzunehmenden Dingen (oder habe, wie man gewöhnlich sagt, in denselben seinen Grund) und das Sein dieser Letzteren sei wiederum Ausdruck von noch weiteren Beziehungen und so fort, — so sehen wir doch gleich, dass dieser Regressus *nicht* ins Unendliche geführt werden kann, sondern dass wir *Dinge* anzunehmen haben, deren *Sein ausserhalb aller Beziehungen* gesetzt werden muss. Denn die Annahme: „Alles bestehe aus lauter Beziehungen (lauter Gemeinschaft), ohne dass es Dinge gäbe (deren Sein nicht mehr Ausdruck von weiteren Beziehungen, d. h. nicht mehr in lauter Gemeinschaft aufzulösen sei oder keinen weiteren Grund habe), zwischen denen die Beziehungen statt finden möchten", wäre eine himmelschreiende Ungereimtheit, die dem ganzen Sinne unseres Begriffs schnurstracks zuwiderliefe.

Ueber alles stelle ich die Einsicht, dass die causalen Beziehungen Dinge voraussetzen, die ihrem Sein nach ausserhalb aller Beziehungen und folglich auch *ausserhalb der Zeit* (da ja in der Zeit nur Beziehungen gedacht werden können) gesetzt werden müssen. Solche Dinge nennt man *Substanzen.*

Nun sehen wir schon, dass der Begriff der causalen Beziehungen einen *Widerspruch* enthält; das von diesem Widerspruch erregte Bedenken möchte sich so ausdrücken lassen: wie könnten Dinge, die ihrem Sein nach ausserhalb aller Beziehungen gesetzt werden müssen, mit einander je in irgend eine Beziehung (Gemeinschaft) gerathen? Die klare Einsicht in das Wesen dieses Widerspruchs wird sich dagegen so aussprechen: der Begriff der causalen Beziehungen ist mit der Noth-

wendigkeit seiner eigenen *Negation* behaftet, — die Beziehungen setzen Dinge voraus, die (dem Sein nach)
ausserhalb aller Beziehungen gedacht werden müssen.

Dies ist der Weltknoten, den man zu lösen nicht
unternehmen darf, den man aber scharf ins Auge fassen
muss. Dies ist der Hauptwiderspruch und der Quell
aller der Widersprüche und der Dunkelheiten, denen .
wir in der Natur- und Geistes-Philosophie begegnen.

Hier scheiden nun die Wege der Speculation. Da
der Begriff der Beziehungen das Princip alles Erkennens
ist, so erhält alle im Denken waltende innere Nothwendigkeit nur von ihm ihre Kraft und Bedeutung,
und nur unter Voraussetzung seiner Wahrheit kann
ihre Gültigkeit anerkannt werden. Die gewöhnliche,
der inneren Nothwendigkeit unterworfene, unter der
Botmässigkeit des Begriffs der Beziehungen stehende
Betrachtungs- und Auffassungsweise, auf deren Boden
alle unsere Erkenntnisse erworben werden, nenne ich
nun die *immanente;* dagegen die durch das Bewusstsein
des Widerspruchs über den Begriff der Beziehungen erhabene, von der Gewalt der inneren Nothwendigkeit
befreite, höhere Betrachtungsweise — die *transcendente.*

Die folgende Auseinandersetzung wird von dem
immanenten Standpunkte aus geführt, allein nur zu oft
werden wir durch den Widerspruch aus der Immanenz
in die Transcendenz hinübergetrieben. Um dabei allen
Missverständnissen möglichst vorzubeugen, habe ich
das von verschiedenen Standpunkten aus Gesagte in
verschiedener Schrift drucken lassen; alles Immanente ist in deutschen, alles Transcendente in lateinischen Charakteren gedruckt, ausgenommen einige
Stellen, wo aber ausdrücklich gesagt wird, in welchem

Sinne die betreffenden Aeusserungen zu verstehen seien. *)

2.

Die caufale Beziehung ist eine Gemeinschaft der Dinge, die das Eigenthümliche an sich hat, daß sie nur in der Zeit gedacht werden kann. Analysiren wir ihren Begriff, so finden wir: 1) Daß eine zwischen zwei Dingen statt findende Beziehung nicht außerhalb beider gegeben sein kann. Denn wäre sie auch auf diese Weise möglich, so würde sie doch jedenfalls als eine mittelbare Beziehung zu denken sein, die ja doch nur unter Voraussetzung un= mittelbarer Beziehungen denkbar wäre, an welche Letzteren wir uns folglich immer zuerst zu halten hätten. Eine un= mittelbare Beziehung kann aber gewiß nicht außerhalb beider an ihr Theil nehmenden Dinge statt finden.

2) Eine Beziehung kann aber auch nicht an den beiden Dingen auf gleiche Weise zugleich gegeben sein. Denn in diesem Falle würde sie nichts anderes, als eine bloße Uebereinstimmung sein, in welcher die Nothwendigkeit, die Beziehung in der Zeit, d. h. als etwas Zeitliches aufzu= fassen, keinen Ausdruck finden würde; — die bloße Ueber= einstimmung braucht nicht die Vorstellung der Zeit, um ge= dacht werden zu können; — diese Nothwendigkeit enthält dagegen den Grund einer Unterscheidung in dem Antheil, welcher jedem von den in einer Beziehung begriffenen Dinge daran zukommen soll.

---

*) An manchen Punkten fliessen jedoch Immanenz und Transcendenz so sehr in einander über, dass es durchaus un-möglich ist, sie streng und scharf auseinander zu halten. Solche Punkte sind in beiderlei Sinne gültig (wiewohl stets mehr in einem als im anderen), sind aber in lateinischen Buchstaben gedruckt.

Wir wissen aber schon, daß das Sein der Dinge, die in causaler Beziehung zu einander stehen, selbst außerhalb aller Beziehungen gesetzt werden muß; der Gegensatz der Dinge, die so gedacht werden müssen, ist ein absoluter; also ist die causale Beziehung eine solche Gemeinschaft der Dinge, in welcher und durch welche der absolute Gegensatz (zufolge der gleich oben erwähnten Nothwendigkeit), sowohl als der qualitative Unterschied derselben (zufolge der Nothwendigkeit ihren Antheil an der Gemeinschaft zu unterscheiden) ihren Ausdruck finden. Diese Art von Beziehung nenne ich die primäre causale Beziehung.

Nun kann eine primäre Beziehung selbst nicht außerhalb aller Beziehungen gedacht werden, — weil die Substanz es eben allein ist, was so gedacht werden kann und muß, — die Beziehung dagegen nur im Zusammenhange mit anderen Beziehungen.

Dies ist der einzige mögliche Beweis, oder vielmehr die unmittelbare Einsicht in das wahre Wesen der Nothwendigkeit, welche durch das allgemeine Gesetz der Causalität ausgedrückt wird. Die primären Beziehungen stehen also wiederum mit einander in Beziehung; diese Beziehung der zweiten Potenz (wie man sagen möchte) nenne ich die secundäre Beziehung oder die Causalität im engeren Sinne.

Wenn es auch Beziehungen der dritten Potenz geben mag, so können dieselben nur zwischen den die secundären Beziehungen beherrschenden Gesetzen statt finden; die Erörterung derselben gehört aber schon in die Naturwissenschaft. Denn die nähere Bestimmung der secundären Beziehungen kann nur aus der Erfahrung geschöpft werden; es ist eine Bestimmung des Gegebenen selbst als solchen. Das apriorische Gesetz besagt nur, daß keine primäre Beziehung außer allem Zusammenhang mit anderen Beziehungen gedacht werden kann; aber ohne denselben näher zu bezeichnen.

Das Wichtigste ist jetzt einzusehen, daß dieser Zusammenhang auf dem absoluten Gegensatze fußt; daß wie den primären Beziehungen der absolute Gegensatz der Substanzen, so den secundären Beziehungen, der Causalität im engeren Sinne, das absolute Außereinander in Zeit und Raum zu Grunde liegen muß.

Doch ehe ich auf die Erforschung dieser Sache näher eingehe, will ich es noch versuchen, die verschiedenen Bedeutungen in dem Begriffe des absoluten Gegensatzes zusammenzustellen, damit der Begriff die nöthige Deutlichkeit gewinne.

3.

1) Wenn zwei Dinge oder zwei Bestimmungen ihrem ganzen Sinne oder dem Bestehen nach nur im Gegensatze gegen einander gedacht werden können, so nenne ich diesen Gegensatz — einen *absoluten;* weil mit Aufhebung desselben der ganze Sinn oder das eigne Bestehen dieser Dinge oder Bestimmungen selbst ebenfalls aufgehoben würde.*) Der Gegensatz ist alsdann in dem Begriffe der Dinge selbst begründet; dann findet aber auch der aller Auffassung des absoluten Gegensatzes anhaftende Widerspruch ebenfalls in dem Begriffe der Dinge selbst seinen unmittelbaren Ausdruck. Denn die von diesem Begriffe geforderte nothwendige Ent-

---

*) Es ist jedoch nur im uneigentlichen Sinne, dass ich hier diesen Gegensatz einen absoluten nenne. Man sehe darüber die Anmerkung im VII. Kapitel.

gegensetzung der Dinge ist zugleich ein ebenso nothwendiger Zusammenhang derselben, welcher aber nur
unter der Voraussetzung ihrer Einheit überhaupt denkbar ist.

Dahin gehört, wenn im *transcendenten* Sinne betrachtet, der Gegensatz der Erkenntniss und ihres Objects. Die Erkenntniss ist ihrem Begriffe nach ganz
an diesen Gegensatz gebunden, aber ebenso sehr ist es
auch das Object derselben, obgleich dieses nur zu oft
vergessen wird. Mit der Aufhebung der Erkenntniss
würde auch das Object derselben aufgehoben sein, denn
alles Erkennen steht unter subjectiven, seiner eigenen
Natur inhärirenden Bedingungen. Was das Object *an
sich*, unabhängig von unserer Erkenntniss, sein möchte,
wissen wir nicht, können aber mit Zuversicht behaupten,
dass es *nicht* das Object unserer Erkenntniss ist.

2) Der Gegensatz von Substanzen ist absolut, denn
er schließt alle Einheit unter denselben unbedingt aus. Der
Gegensatz dieser Art kann natürlich nie unmittelbar gegeben
werden, das Bewußtsein desselben kann nur aus der Noth=
wendigkeit entspringen, alles Geschehen als Ausbruck und
Product primärer causaler Beziehungen aufzufassen, weil
deren Begriff, wie wir gesehen haben, die Nothwendig=
keit seiner eignen Negation mit sich führt, so daß ihm zu=
folge in der causalen Beziehung der absolute Gegensatz der
darin begriffenen Dinge sich manifestirt, mithin daraus
hervorgehoben werden kann und muß. Das Bewusstsein
dieses Gegensatzes entspringt aus dem Begriffe der Beziehungen, welcher widersprechend ist, — es hat also
den Widerspruch in seiner Wurzel liegen.

Zu dieser Art Gegensatzes gehört aber derjenige
vom Erkennenden und Erkannten, wenn im *immanenten*

Sinne betrachtet, da ja alle Dinge dem erkennenden
Subjecte nur mittelst primärer causaler Beziehungen
gegeben werden können. Daher ist es im immanenten
Sinne allerdings wahr, dass die Objecte ganz unabhängig
von der Erkenntniss (weil überhaupt ausserhalb aller
Beziehungen) existiren, und wenn man von dem, aller
Immanenz zu Grunde liegenden, Widerspruch nichts
ahnt, so glaubt man, dieses Verhältniss sei auch unbedingt wahr und unzweifelhaft.

Der absolute Gegensatz der Substanzen, wenn bloß
in quantitativer Hinsicht aufgefaßt, stellt sich als ein absolutes Außereinander dar. Nun ist aber die Realisirung
des Begriffs des absoluten Außereinander bei seiner Anwendung auf das Gegebene — die Vorstellung des Raumes;
nur muß man darauf Acht geben, daß die Vorstellung des
Raumes eine rein quantitative Auffassungsweise und folglich nur dann zu gebrauchen ist, wenn bei der Auffassung des
Gegebenen von allen qualitativen Unterschieden abstrahirt
werden kann. Daraus ergibt sich aber: a) daß, wiewohl die
Art, wie die äußere Welt außer mir ist, eine Art des absoluten Außereinander ist, sie doch nicht räumlich vorgestellt werden kann. Denn alle Dinge können nur mittelst
primärer causaler Beziehungen mir gegeben werden; der
Begriff derselben schließt aber wie schon gezeigt die Nothwendigkeit einer qualitativen Unterscheidung der in Beziehung mit einander stehenden Dinge in sich. b) Aus demselben Grunde können keine primären causalen Beziehungen
zwischen Dingen statt finden, deren Außereinander räumlich
vorgestellt wird, d. h. zwischen Dingen im Raume. Doch
das sind bloße Anticipationen von Sachen, die später noch
zur Sprache kommen werden.

3) Einen absoluten Gegensatz haben wir noch in der

Zeit, in dem Nach- oder Außer-einander ihrer Theile nachgewiesen. Doch ist das Nacheinander keine Form des Seins
der Dinge selbst, welche als Substanzen außerhalb der Zeit
gesetzt werden müssen; es kann nur die Bestimmungen der
Dinge in sich befassen, die von dem eignen Wesen derselben
zu unterscheiden sind. Solange nun ein Ding in der vollen
Identität nicht nur seines eigensten Wesens, sondern auch
aller seiner Bestimmungen, bis ins kleinste Detail genommen
beharrt, — geht es das Aufeinanderfolgen der Zeitmomente
gar nichts an und kann in dasselbe keinen Gegensatz ein-
führen. Wenn aber in dem Dinge irgend eine Veränderung sich ereignet, dann ist wirklich ein absoluter Gegensatz da. Denn obschon in dem Dinge mehrere Bestimmungen neben einander bestehen können, ohne im absoluten
Gegensatze mit einander zu sein, so können es doch die aufeinanderfolgenden Bestimmungen auf keine Weise, weil
die spätere gerade die Stelle der früheren einnimmt und
folglich die frühere absolut und unbedingt ausschließt, wie
sie selbst von einer noch späteren wiederum ausgeschlossen
werden kann. Die aufeinanderfolgenden verschiedenen Bestimmungen können nie als an einem Dinge zusammenbestehend gedacht werden.

Hier wird also der Gegensatz durch den qualitativen
Unterschied bedingt, so aber, daß weder der qualitative
Unterschied der Bestimmungen für sich allein, noch das
Aufeinanderfolgen der leeren Zeitmomente für sich allein
den Gegensatz constituiren können, sondern nur beide zusammengenommen, der qualitative Unterschied in der Succession der Bestimmungen. Der absolute Gegensatz, welcher
in der Zeit vorkommen kann, ist mithin jederzeit qualitativ. Eine entwichene, vergangene Bestimmung ist freilich
nicht mehr da, um ihren Theil der Entgegensetzung tragen

zu können, allein für unsere Auffassung des Aufeinanderfolgens ist sie unentbehrlich; denn die ihr nachfolgende vermag nur durch ihre Vermittlung in jene Auffassung aufgenommen zu werden, da ja die Vorstellung des Aufeinanderfolgens nur in dem Bewußtsein des Verhältnisses
zwischen Gegenwart und Vergangenheit und der Bewegung,
die den Zeitmomenten in diesem Verhältnisse zukommt, bestehen kann.

Der Widerspruch, welcher hier zu Grunde liegt,
ist derjenige, der überhaupt zwischen den Begriffen der
Bewegung und des absoluten Aussereinander obwaltet
und im vorigen Kapitel schon erwähnt worden ist.

Ausser diesen drei Arten des absoluten Gegensatzes:
dem Gegensatze in dem Begriffe der Dinge selbst, in
dem Dasein der Substanzen und dem Aufeinanderfolgen
ihrer Accidenzien gibt es aber keine anderen.

4.

Man kann überhaupt sagen, ein Geschehen werde nur
dadurch als Wirkung aufgefaßt, daß man ihm etwas
Anderes als Ursache gegenüberstellt. Ohne diese Gegen-
überstellung (welche zugleich eine Unterscheidung ist) verliert
der ganze Gedanke der Causalität allen Sinn und alle
Bedeutung. Es ist aber unglaublich, wie oft dieses außer
Acht gelassen wird und man da von Causalität redet, wo
gar kein Gegensatz aufzuweisen ist, wie z. B. bei einer sogenannten psychischen Thätigkeit, oder in der monströsen
Behauptung einer causa sui.

Der Begriff der Causalität überhaupt ist von dem
Bewußtsein des Gegensatzes unzertrennlich. Nun ist aber
klar, daß ein Gegensatz entweder ein absoluter oder ein
bedingter und sonst gar keiner sein kann, und daß der

bedingte Gegensatz den absoluten voraussetzt, auf diesem
allein fußen kann. Doch um dieses einleuchtender zu machen,
will ich die Begriffe des Absoluten und des Bedingten selbst
näher betrachten.

Absolut ist überhaupt Alles dasjenige, in dessen
Begriffe das Denken sich beruhigen kann, dessen Begriff nur auf sich beruht, keiner weiteren Voraussetzungen bedarf, das Denken zu keinem weiteren Fortschreiten nöthigt; *bedingt* dagegen ist dasjenige, was nur
mit Beziehung auf etwas Anderes gesetzt werden kann,
in dessen Begriffe mithin für das Denken ein Motiv
des Weitergehens liegt, um das Bedingte zu begründen.
Absolut ist also, was ausserhalb aller Beziehungen gesetzt werden muss, bedingt dagegen, was ausserhalb
aller Beziehungen nicht denkbar ist.

Wenn man nun überlegt, dass die Bewegung des
Denkens nicht vom Absoluten, sondern nur vom Bedingten, als in welchem allein ein Motiv des Fortschreitens liegt, ausgehen kann, so wird man einsehen
müssen, dass ein wahrhaftes Begründen des Bedingten
im Absoluten unmöglich sei; denn dieses würde ja nur
von dem Absoluten aus geschehen können, was aber
die umgekehrte von der uns allein offen stehenden
Richtung bildet. Ein Begründen des Bedingten im
Absoluten ist aber unentbehrlich, weil durch den Begriff des Bedingten (des nur in einer Beziehung Möglichen) selbst gefordert. In unserem Denken ist nun
diese Nothwendigkeit näher dahin bestimmt, dass zu
jeder Beziehung zwei Dinge angenommen werden müssen,
die ihrem Sein und Bestehen nach ausserhalb aller
Beziehungen, d. h. als unbedingt oder absolut Seiende
zu setzen sind.

Hier mache ich den Leser noch einmal auf zwei Punkte aufmerksam: 1) dass dieser unser Begriff der Beziehung ein widersprechender und 2) dass es unmöglich ist, eine Beziehung ohne Widerspruch zu denken, weil die Begriffe der Einheit und Vielheit, der Identität und des Gegensatzes, mittelst deren allein dieses Denken vollzogen werden kann, mit dem Widerspruche behaftet sind. Eine Beziehung ist ausserhalb des absoluten Gegensatzes schlechterdings nicht denkbar, weil im wirklichen, gesetzmässigen (immanenten) Denken der Gegensatz überhaupt nur als absoluter Gegensatz ein unabhängiges Bestehen haben kann. Dies wird sich gelegentlich mehr beleuchten lassen.

Der *Begriff des Seins* bedeutet die *absolute Position* überhaupt *); das *Seiende* ist das *Absolute*, das nur auf sich Beruhende, dessen Begriff kein Motiv des Herausgehens aus sich selber enthält. Das Absolute im immanenten Sinne ist aber die Substanz; Etwas *als seiend* oder *als Substanz* setzen ist also im immanenten Sinne eins und dasselbe. Daraus folgt nun: 1) dass das Sein nie gegeben werden kann. Sein und Gegebensein sind unverträgliche Begriffe; denn gegeben sein heisst — in der Vorstellung enthalten sein und also nur in Beziehung auf das erkennende Subject möglich sein, — das Sein dagegen bedeutet das Bestehen ausserhalb aller Beziehungen.

Sein und *Geschehen* sind aber die einzigen Begriffe, unter denen wir das Reale bloss als solches, seinem Bestehen nach genommen, subsumiren können, — also 2) kann das *Geschehen* allein das *Gegebene* sein.

---

*) Das hat so viel ich weiss *Herbart* zuerst ganz klar erkannt und ausgesprochen.

Dieses letztere erhellt noch aus folgenden Betrachtungen: *a)* das Vorstellen und Erkennen ist selbst ein
Geschehen, gegeben ist uns aber, wie man weiss, ganz
allein der Inhalt eben dieses Vorstellens und Erkennens, — es ist mithin offenbar, dass er nicht anders
als in der Form des Geschehens gegeben werden kann.
Die in diesem Inhalte vorkommende Vielheit kann nicht
anders als successiv in die Einheit des Bewusstseins
aufgenommen werden.

b) Das Erkennen ist überhaupt von dem Bewusstsein des absoluten Gegensatzes unzertrennlich; dieses
Bewusstsein würde aber nie entstehen können (wenigstens in seiner objectiven Bestimmtheit nicht), wäre
uns nicht ein absoluter Gegensatz gegeben; aus den
obigen Auseinandersetzungen wird aber unzweifelhaft geworden sein, dass ein absoluter Gegensatz nur im Nacheinander, nur in der Form des Geschehens, in uns angetroffen, d. h. gegeben werden kann.

Diesem allen gemäss ist in uns ursprünglich die
Grundnothwendigkeit gelegen, das Geschehen als einen
Ausdruck und ein Product von Beziehungen (d. h. als
das Bedingte, das, wovon ausgegangen werden muss,
das Gegebene) aufzufassen und folglich dasselbe in dem
Sein, in dem Absoluten, zu begründen. Wie dieses
Begründen in unserem Begriffe der Beziehungen näher
bestimmt ist — weiss man schon; hier habe ich nun
zu zeigen, dass dieses für uns allein mögliche und nothwendige Begründen des Bedingten in dem Absoluten,
des Geschehens in dem Sein, ein verfehltes ist. Das
wird aber klar aus Folgendem:

1) Daraus, dass in allem unseren Denken und Erkennen der Dinge *Sein* und *Qualität* gesondert vor-

kommen. Das Bewusstsein des Seins schmilzt nicht mit demjenigen der Qualität in dem Begriffe des *Dinges* zusammen, wie es doch unfehlbar geschehen musste, wenn wir zum wahrhaften Erkennen eines absoluten Dinges'wirklich gelangt wären. Sollte denn nicht gerade in dem Was, der Qualität, der Beschaffenheit des Dinges seine Absolutheit (sein Sein) zum Ausdruck kommen?

Dass wir überhaupt an das Sein und an die Qualität gesondert zu denken veranlasst werden, beweist schon, dass wir keinen Begriff von dem Absoluten haben; dies kommt aber daher, dass aller Stoff, aus welchem der Inhalt dieses Begriffs construirt werden müsste, uns nur in der Form des Geschehens, d. h. nur als ein Bedingtes gegeben werden kann und dass unser Zurückführen des Bedingten auf das Absolute, wie es durch den Begriff der Beziehungen geboten wird, kein wahres Begründen des Bedingten im Absoluten, sondern ein bloss *äusserliches* Anheften jenes an dieses zu Stande bringt. Das Bewusstsein des Seins der Dinge bleibt auf diese Weise wie ein unerfülltes und unerfüllbares Postulat (den Stoff als ein Absolutes zu denken) neben dem Stoffe stehen, aus welchem wir unsere Kenntniss der Dinge zusammensetzen, ohne mit diesem Stoffe eine wirkliche Verbindung eingehen zu können.

Die Nothwendigkeit, die Substanz selbst ihrem Sein nach (d. h. der geforderten Absolutheit nach) von ihrer eigenen Beschaffenheit oder Qualität zu unterscheiden, die Bestimmungen, Eigenschaften, die, sofern sie als in das Gebiet des Geschehens gehörend gedacht werden, auch *Accidenzien* heissen, — der Substanz selbst ent-

gegenzustellen zeugt für das gänzliche Fehlschlagen
unseres immanenten Begründens des Bedingten, unseres
Versuchs, den in der Form des Werdens (Geschehens)
gegebenen Stoff, das Bedingte, mit dem Absoluten (dem
Sein) in einem Bewusstsein wahrhaft zu vereinigen.

2) Wäre das Begründen des Bedingten im Absoluten wahr und unfehlerhaft, so würde es auch bei ihm
sein Bewenden haben; mit unserem (nothwendigen) Begründen ist es aber ganz anders bewandt. Wir fassen
das Geschehen (das Bedingte) als einen Ausdruck oder
ein Product von Beziehungen auf; — ganz wohl; nun
fordert unser Begriff einer Beziehung zwei Dinge, die
in ihr begriffen sind und die selbst als absolut seiende
Substanzen gesetzt werden müssen, — auf diese Weise
wäre also das Bedingte wirklich im Absoluten begründet? Nein, diese durch die blosse Negation gewonnene Ansicht von dem Absoluten ist durchaus unzureichend, die Beziehung wirklich begreiflich zu machen.
Das verräth sich nun sogleich an der Auffassung der
Beziehung selbst; denn eben derselben Nothwendigkeit
zufolge, die das Setzen der Substanzen (ausserhalb aller
Beziehungen) gebeut, können wir nicht umhin einzusehen,
dass die Beziehung selbst *nicht* ausserhalb aller Beziehungen gedacht werden kann, d. h. dass sie selbst
wiederum als ein *Bedingtes* zu fassen ist. Das Misslingen der Begründung des Bedingten im Absoluten
wird hier also ganz augenscheinlich. Denn daraus,
dass keine Beziehung ausserhalb aller Beziehungen mit
anderen denkbar ist, folgt unmittelbar, dass keine kann
die *erste* gewesen sein (die erste Beziehung müsste ja
im Augenblicke ihres Zustandekommens ausserhalb aller
Beziehungen gedacht werden, was unmöglich ist), dass

wir mithin die Reihe der einander vorhergehenden Beziehungen immer höher hinaufführen müssen, *ohne Ende*, d. h. ohne dass in unserer Auffassung die wirkliche Ableitung des Bedingten aus dem Absoluten zu erwarten wäre.

Dies würde nimmermehr der Fall sein können, wäre unser Begriff der Beziehungen die Vorstellung des wahren, zwischen dem Absoluten und dem Bedingten bestehenden Verhältnisses; schon darum nicht, weil alsdann ihr Begriff nicht gesondert von demjenigen dieser beiden im Bewusstsein festzuhalten wäre, um Stoff für eine weitere Auffassung zu bieten. Die wahrheitswidrige Unabhängigkeit des Begriffs der Beziehungen in unserem Denken (die wegen ihrer Unwahrheit sich selber nicht zu behaupten vermag) ist allein schuld daran, dass wir die Beziehung selbst als ein Bedingtes (nicht ohne Zusammenhang mit anderen Beziehungen) aufzufassen genöthigt sind.

Ob nun zwar die ganze erkennbare Welt auf unserer immanenten Begründung des Bedingten (des Gegebenen) im Absoluten beruht, so müssen wir doch eingestehen, dass diese Begründung keine Wahrheit hat, weil sie im Widerspruche empfangen und geboren wird; dass folglich das Absolute im immanenten Sinne (die Substanz) kein wirkliches Absolute und das auf immanentem Wege gesetzte Sein — ein bloss scheinbares, kein wahres Sein ist. Aber ebenso unentbehrlich ist es auch einzusehen, dass die wahre Vorstellung von dem Verhältnisse zwischen dem Absoluten und dem Bedingten schlechterdings unmöglich ist; hauptsächlich deshalb unmöglich, weil der Begriff des Geschehens, welches ja allein das Gegebene ist, wovon man aus-

zugehen hat, selbst, wie wir später (im VII. Kapitel)
sehen werden, ein widersprechender ist; der Widerspruch
kann aber dem wahren Begreifen keinen Anknüpfungspunkt bieten, da er der Abgrund selbst ist, worin alle
Begreiflichkeit aufhört.

Nachdem ich auf diese Weise auch vom transcendenten Standpunkte aus einen Blick in die ersten
Gründe des Erkennens eröffnet habe, was unentbehrlich
war, damit man mit mehr Sicherheit und Leichtigkeit
auf dem unebenen Boden der transcendentalen Reflexion
sich bewege, — nehme ich jetzt den Faden der immanenten Betrachtung wieder auf.

5.

Der Zusammenhang der primären causalen Beziehungen
kann nicht anders, denn als ein bedingter Gegensatz gedacht werden, d. h. als ein Gegensatz, welcher zwischen der
Einheit und dem absoluten Gegensatze die Mitte hält und
nur aus dem Antheil beider entstehen kann, mithin nur
unter Voraussetzung beider denkbar ist.

Man merke nur auf die Art, wie der Causalbegriff bei
der gewöhnlichen Auffassung der Dinge angewendet wird, —
die Unentbehrlichkeit des (absoluten) Gegensatzes wird daraus von selbst erhellen. Z. B. von zweien nacheinanderfolgenden
Zuständen der Dinge, die vollkommen identisch sind, sagt
man nicht: der Nachfolgende sei eine Wirkung, sondern
eine bloße Fortsetzung des Vorhergegangenen, weil hier
der Gegensatz in der Ordnung der Zeit (welcher allemal
qualitativ sein soll) — fehlt. Ist dagegen der nachfolgende
Zustand von dem Vorhergegangenen verschieden, so muß
er nothwendig als die Wirkung desselben angesehen werden.

Allein auch unabhängig von aller Veränderung ist der
Zustand der Dinge doch immer ein Geschehen. Es ist
nämlich allbekannt, daß die Erfahrung uns nie etwas von
den Dingen selbst (an sich) zu erkennen gibt, sondern nur
von ihren Beziehungen auf uns und unter einander. Alle
Merkmale der Dinge, wie Härte und Weichheit, Farbe,
Glanz oder Mattigkeit, Durchsichtigkeit oder Opacität,
Wärme und Kälte, Schwere, Cohäsion, chemische Affinität
u. s. w. drücken durchweg Beziehungen aus; es sind keine
eigentlichen Attribute, sondern bloß Beziehungsweisen der
Dinge, sie bleiben also immer nur auf dem Gebiete des
Geschehens denkbar, ohne dem Sein der Dinge je einverleibt werden zu können. Sofern nun unter den Merkmalen
eines Dings kein absoluter Gegensatz besteht, ist auch kein
causaler Zusammenhang zwischen denselben möglich: die
gelbe Farbe des Goldes ist nicht Ursache seines Klanges
und seine Schwere nicht die seiner Dehnbarkeit oder umgekehrt; alle diese Merkmale werden am Golde zugleich
wahrgenommen, ohne einander irgendwie auszuschließen
oder einander auf irgend eine Weise entgegengesetzt zu
sein. Die Dinge selbst aber sind absolut außer einander,
es muß also unter ihnen ein causaler Zusammenhang statt
finden können, welcher zwar nicht das Sein der Dinge
(das außerhalb aller Beziehungen zu setzen ist), wohl aber
ihr Dasein betreffen mag und zu seiner Offenbarung nicht
nothwendig des Nacheinander bedarf. Er kann auch darin
bestehen, daß die Dinge in einem bestimmten räumlichen
Verhältnisse gegen einander beharren müssen, wenn nur
der Grund dieses Müssens für jedes von den in diesem
Verhältniß befangenen Dingen in ein anderes (oder in
alle anderen) gelegt wird, wodurch dann der Begriff
eines causalen Zusammenhangs und eines Geschehens, in

dem keine Veränderung vorkommt und das man Gleich-
gewicht nennt, charakterisirt wird.

Die Causalität (die secundären Beziehungen) hat also
eine doppelte Grundlage, den qualitativen Gegensatz in dem
Wechsel der Zustände und den quantitativen Gegensatz in
dem räumlichen Dasein der Dinge. Das meiste Geschehen
fußt zwar auf beiden zugleich, allein je nachdem der eine
oder der andere besonders hervorgehoben wird, wird die
Causalität entweder als Zusammenhang der wechselnden
Zustände oder der zugleichseienden Dinge gefaßt. Sie bedeutet auch in dieser weiten apriorischen Acception im ersten
Falle nichts als die Nothwendigkeit des Aufeinanderfolgens
der Zustände, im zweiten nichts als die Nothwendigkeit des
Zugleichgesetztseins der Dinge.

Die secundäre Beziehung ist also Zusammenhang
im Gegensatz, die primäre dagegen — Gegensatz in
der Gemeinschaft. *) Bei der primären ist die Gemeinschaft gegeben und der Gegensatz aus ihr herausgehoben;
bei der secundären muß der Gegensatz erst gegeben sein
(natürlich nicht immer unmittelbar; der absolute Gegensatz
der 3. Art kann allein unmittelbar gegeben werden, derjenige im räumlichen Dasein der Dinge nur mittelst primärer causaler Beziehungen) und der Zusammenhang wird
zu ihm hinzugedacht.

---

*) Aber jedenfalls *Einheit im Gegensatze* ist das allgemeine Gesetz der Natur. Vom Menschen anfangend, von dem
Gegensatze der beiden Geschlechter, welcher ihre Zusammengehörigkeit und ihre gegenseitige Neigung bedingt, bis zu den
Gegensätzen, die der chemischen Affinität, der electrischen An-
ziehung und der Gravitation zu Grunde liegen, ist Alles eine
Darstellung und eine Illustration des Grundbegriffs der Beziehungen.

6.

Vor dem weiteren Fortrücken scheint es mir nicht
überflüssig, den Begriff der *Nothwendigkeit* näher zu
betrachten.

Alle Nothwendigkeit, sagte ich, ist subjectiver Natur, nämlich innerer Zwang; Zwang kann aber nur
eine solche Beschränkung anthun, über die hinausgestrebt wird; denn er entsteht nur im Conflicte des
Strebens gegen die Beschränkung. Wie kann nun eine
innere Bestimmung als Zwang gefühlt werden? Offenbar nur, wenn sie etwas Unmögliches, im Erkennen
nämlich, das Setzen eines *Widerspruchs* vorzunehmen
nöthigt. Nun liegt das Princip aller Widersprüche in
dem allgemeinen Begriffe der Beziehungen, welcher
Einheit und absoluten Gegensatz in einem Bewusstsein
zusammenbestehend vorstellt, — so ist nur das Denken
und Erkennen von Beziehungen nothwendig, und weil
eben dadurch die objective Gültigkeit dieses Denkens
und Erkennens (versteht sich, nur in immanenter Auffassung) ausgemacht wird, so ist es dasselbe zu sagen:
die Beziehungen allein sind nothwendig, ausser denselben ist dagegen gar keine Nothwendigkeit denkbar.

Das müssen sich die Empiristen merken; nach
Hume's Vorgang meinen sie: die Nothwendigkeit im
Begriffe der Causalität stamme von der *Gewohnheit*
her, stets zusammen vorkommende Erscheinungen in
Gedanken zu *associiren;* allein diese Gewohnheit kann
nur ein inductives Verfahren veranlassen, durch welches
wohl die (comparative) Allgemeinheit eines empirisch
gegebenen Zusammentreffens, nie aber die Nothwendigkeit desselben festzusetzen ist. Denn diese letztere

kann in dem empirischen Stoffe nimmermehr ihren
Ausdruck finden, sondern wird aus subjectiven Gründen
zu demselben rein hinzugedacht. Jeder wird doch einsehen, dass keine den Objecten selbst anhaftende Nothwendigkeit kann wahrgenommen werden, denn die
Nothwendigkeit ist ein Zwang, also ein innerer Zustand.
Hier sind nun überhaupt nur zwei Fälle denkbar: dieser Zwang ist entweder durch die dem Subjecte selbst
eigne Bestimmungen erzeugt und dann müssen wir die
apriorische Beziehung dieser letzteren auf die Objecte
des Erkennens, mithin ihre Gültigkeit (in immanenter
Auffassung) in Ansehung derselben anerkennen, oder
er entsteht aus der Gewohnheit, gewisse Vorstellungen
zu associiren. Stammte nun die Nothwendigkeit von
der Gewohnheit her, so würde ihre objective Gültigkeit
durch das Bewusstsein ihres Ursprungs unvermeidlich
aufgehoben werden müssen (was jedoch nie geschieht
noch geschehen kann); denn was hat das Wesen der
Dinge selbst mit unseren Gewohnheiten in deren Auffassung zu thun? Wir sehen aber auch umgekehrt,
dass da, wo keine Beziehungen im Spiele sind, auch
die eingewurzelteste Gewohnheit in der Auffassung von
zusammen vorkommenden Thatsachen nicht ausreicht,
um die Nothwendigkeit dieser Auffassung zu begründen.
Man erinnere sich nur der im I. Kapitel erwähnten
unabänderlichen Verknüpfung der Merkmale der chemischen Stoffe; hat man denn je vermocht, in dieser Verknüpfung irgend eine Nothwendigkeit aufzudecken?
Und doch ist sie unzweifelhaft das ausnahmsloseste
Zusammentreffen, das in der ganzen Erfahrung nur zu
finden ist.

Wollen die Empiristen die Nothwendigkeit ganz

und gar und überhaupt leugnen, so hat man von ihnen nur den *Beweis* zu fordern, der die Gründe dieser Leugnung angeben soll; es wird eine missliche Aufgabe für sie sein, die *Nothwendigkeit* des Satzes: *es gibt keine Nothwendigkeit*, darzuthun. Leugnen die Empiristen die Nothwendigkeit nicht, ·so müssen sie uns noch erklären, was dieselbe zu bedeuten hat; denn ihre beliebte Gewohnheit in der Association ist ganz nichtssagend.

Da das Sein der Substanzen in Beziehungen nicht aufgeht, so kann es an sich. nie als nothwendig gedacht werden. Eine Substanz mag sein oder auch nicht sein, solange sie mir nicht gegeben, d. h. zu mir nicht in einer Beziehung begriffen ist, — ist mir das eine ebensogut wie das andere denkbar. Der Gedanke eines absolut (d. h. außerhalb aller Beziehungen) nothwendigen Wesens ist daher ganz ungereimt; man machte die Nothwendigkeit, ein außerhalb aller Beziehungen zu setzendes Sein anzunehmen, zu einer Nothwendigkeit in dem Sein selbst, d. h. in dem Begriffe des Seienden selbst, und aus dieser Verwechselung entsprang der sogenannte ontologische Beweis vom Dasein Gottes, gegen den Kant so viel zu streiten hatte. Kant's Widerlegung desselben besteht, wie man weiß, in der richtigen Nachweisung: der Gedanke eines absolut nothwendigen Wesens sei ganz leer, da ich mir keine Vorstellung · von einem Dinge machen könne, welches, wenn mit allen seinen Prädicaten zugleich aufgehoben, einen Widerspruch zurücklassen möchte, oder dessen Aufhebung in Gedanken unmöglich wäre (in dessen Begriffe Sein und Qualität unzertrennlich wären).

Als das Gegentheil des Nothwendigen nimmt man gewöhnlich das Zufällige an, allein mit Unrecht; der Begriff des Zufälligen umfaßt bei weitem nicht die ganze

Sphäre des Nichtnothwendigen. Von dem Sein der Sub=
stanzen z. B. kann ebensowenig die Zufälligkeit als die Noth=
wendigkeit prädicirt werden (und gleichfalls von der oben
erwähnten Verknüpfung der Merkmale). Wenn Substanzen
einmal gegeben sind, so können sie durchaus nicht als etwas
Zufälliges gedacht werden; denn da sie nie entstanden sind,
so könnte auch ihr Nichtsein nimmermehr statt finden. —
Das Gebiet des Zufälligen liegt in der Zeit. Der Caufal=
begriff sagt zwar aus, daß jede Begebenheit nur im Zu=
sammenhange mit anderen Begebenheiten denkbar ist, er
statuirt aber nicht einen Zusammenhang mit allen Be=
gebenheiten. Es kann sich also recht gut ereignen, daß zwei
Erscheinungen zu einer Zeit und an einem Orte zusammen=
treffen, die mit einander in keinem (wenigstens keinem un=
mittelbaren) causalen Zusammenhange stehen, — ein solches
Zusammentreffen kann allein zufällig heißen. Beide Er=
scheinungen mußten freilich mit Nothwendigkeit durch andere
herbeigeführt werden, sie selbst aber können für einander
gleichgültig sein. Die Zufälligkeit bedeutet also die Abwesen=
heit des causalen Zusammenhangs zwischen zusammentreffen=
den Ereignissen; dies war schon von Anderen gelehrt
worden, durfte jedoch hier nicht ausgelassen werden. *) Der
Begriff des Zufälligen bezeichnet eigentlich diejenige Seite
des Geschehens, welche in Beziehungen nicht aufgeht, die
Seite des absoluten Außereinander in demselben, da alle
Nothwendigkeit nur innerhalb der Beziehungen denkbar ist.

---

*) Ich werde es nicht überall angeben, ob ich eine Lehre
von Anderen her oder aus eignem Vorrath habe, weil die Frage
nach dem historischen Ursprung einer Lehre für diese selbst
vollkommen gleichgültig ist. Die Hauptsache ist nur, dass das
Wahre erkannt und in das allgemeine Bewusstsein eingeführt
werde.

Die Schranke als solche ist nur unter Voraussetzung des Strebens sie zu überschreiten denkbar; in dem
Begriffe der Schranke liegt es aber ebensosehr, dass
sie nicht überschritten werden kann, weil sie dann keine
Schranke mehr sein würde. Das hat nun unter Anderen *Hegel* nicht begriffen; er meinte, eine ganz besondere, weit über die gewöhnliche erhabene Art und
Weise des Wissens, die er die *speculative* nannte und
für eine absolut-wahre hielt, — zu besitzen. Wäre
aber dies wirklich der Fall gewesen, so müsste die gewöhnliche Art des Wissens durch jene höhere ganz und
positiv aufgehoben werden, *Hegel* also und seine Schü-
ler Dinge auf eine ganz andere Weise wahrnehmen und
erkennen können, als wir. In der That, wie hätte unsere widersprechende, sich selber in der transcendentalen Reflexion (negativ) aufhebende Auffassung der
Dinge neben der absolut-wahren bestehen, wie hätte
sie sich uns noch in der inneren Nothwendigkeit als
die thatsächlich (weil positiv) *nicht* aufgehobene Schranke
unseres Denkens fühlbar machen können? Wir vermögen uns also des Verdachts nicht zu erwehren, das
Hegel'sche absolute Wissen bestehe in der blossen Einbildung. Denn wenn wir auch für einen Augenblick annehmen wollten, dass ein absolutes Wissen möglich sei,
so würden wir doch gleich einsehen müssen, ein solches
Wissen könnte nimmermehr selbst wiederum zum Gegenstande der Erkenntniss gemacht werden. Denn dieser
Vorgang ist eine Rückkehr des Erkennens auf sich selbst,
welche nur durch einen unüberwindlichen Widerstand
veranlasst werden kann, auf den das Erkennen in seinem Fortgange stösst, der aber bei dem absoluten Wissen gar nicht denkbar ist. — Was ist die Beglaubigung

der Wahrheit, das Merkmal, welches dieselbe von der blossen willkürlichen Phantasie unterscheidet, wenn nicht die ihr inhärirende Nothwendigkeit? Und die ist wie schon gesagt ein Zwang, unter Zwang kann aber nur eine solche Bestimmung des erkennenden Subjects verstanden werden, die der ganzen (nach absoluter Wahrheit strebenden) Natur desselben widerstreitet und über die es sich daher hinwegzusetzen sucht.

Indem wir die Schranken unseres Erkennens selbst erkennen, sind wir freilich über sie hinausgetreten und die Schranken dadurch aufgehoben; allein diese Aufhebung lässt ja nichts als die leere Negation zurück, wodurch sie selbst zu Stande gebracht wurde und in der selbstverständlicherweise kein positiver Gehalt zu finden ist. Unser ganzes Wissen liegt *innerhalb* der Schranken (der immanenten Gesetze des Erkennens), zum Behufe des Wissens dürfen also die Schranken *nicht* aufgehoben werden.

7.

Ehe ich mich auf die ausführliche Auseinandersetzung des Hauptbegriffs der Beziehungen einlasse, muss ich noch den Begriff der *Substanz*, überhaupt des Seienden, erörtern. Dieser Begriff an und für sich bedeutet nichts als die absolute Unabhängigkeit des Seins, die *Nichtrelativität* desselben. Man sieht leicht, dieser Begriff ist ein abgeleiteter, nur durch eine Negation gewonnener, obgleich er das ganz ursprüngliche, nicht abzuleitende Sein bezeichnet; dies aber muss gerade sehr bemerkt werden, dass das *an sich Ursprüngliche* in *unserem* Denken und Erkennen das *Abgeleitete* ist, und das *an sich Abgeleitete* in *unserem* Denken und Erkennen

das *Ursprüngliche.* Die Substanz kann nie anders als
negativ definirt werden, die Beziehungen dagegen machen
den positiven Gehalt alles Erkennens aus.

Das Setzen eines Scienden (ausserhalb aller Beziehungen) mag überhaupt die *absolute Position* heissen;
in dieser Position muss man aber eine sehr wichtige
Unterscheidung hervorheben. Sie bedeutet zwar nichts
als die Negation aller Beziehungen im Setzen der Dinge,
allein diese Negation kann auf zwei verschiedene Weisen
genommen werden: 1) Wird darunter die dem Begriffe
der Beziehungen selbst inhärirende Negation verstanden,
so ergibt sie die absolute Position in *immanentem* Sinne,
nämlich die Position von *mehreren* und natürlich im absoluten Gegensatze unter einander stehenden Substanzen,
die auch *Dinge an sich* im immanenten Sinne genannt
werden können. — In diesem Sinne ist auch die absolute Position (der einfachen realen Wesen) von *Herbart*
gemeint, der ohne ein klares Bewusstsein von dem Begriffe der Beziehungen gehabt zu haben, den Widerspruch nicht sah, der in allem Denken eines absoluten
Gegensatzes stecken muss, wiewohl er das Unstatthafte
des gewöhnlichen Zusammenfügens von Sein und Qualität wohl eingesehen hat, wodurch sein Begriff der
„einfachen realen Wesen" zu einem Zwitterdinge von
immanenter und transcendenter Auffassung geworden ist.

2) Wird dagegen die Leugnung der absoluten Gültigkeit des Begriffs der Beziehungen selbst gemeint, die
durch das Bewusstsein des in ihm liegenden Widerspruchs veranlasst wird, — so hebt diese Leugnung alles
das auf dem immanenten Wege gesetzte Sein auf und
verwandelt dasselbe in Schein. Nun bleibt der Schein,
wenn auch nicht gerade als solcher, wenigstens seinem

Inhalte nach, doch immer stehen; am Schein gibt es
also Etwas (nämlich den Inhalt), was gar nicht auf-
gehoben werden kann, noch darf. Es ist uns folglich die
Forderung gestellt, diesen Inhalt (welcher eben das
Gegebene, das Bedingte, das der absoluten Begründung
Bedürftige ist) auf eine Weise zu setzen, dass er nicht
mehr aufgehoben werden müsste (nicht mehr blosser
Schein wäre), ihn dem wahren Sein einzuverleiben.
Der Inhalt des Scheins gehört ja dem wahrhaft Seien-
den an, er kann nur von diesem herstammen; denn wie
Herbart sich ganz richtig ausdrückt: wo nichts ist, da
kann auch nichts scheinen.

Also obschon die obige Forderung nie erfüllt werden
kann, so kann sie doch ebensowenig abgewiesen, mithin
das Setzen eines wahrhaft Seienden, welches von dem
Begriffe der Beziehung ganz unabhängig wäre, auf keinen
Fall unterlassen werden. Dieses Setzen ist aber die absolute Position im *transcendenten* Sinne, die auch *Kant*
unter seinem *Ding an sich* oder *transcendentalen Objecte*
gemeint, wiewohl auch er kein klares Bewusstsein von
der Bedeutung des Begriffs der Beziehungen gehabt hatte.

Von dem im transcendenten Sinne (wahrhaft) Seienden können wir nun im eigentlichen Sinne nicht sagen,
weder dass es Eins, noch dass es Mehreres ist, auf
dasselbe können wir weder den Begriff der Identität
noch den des Gegensatzes anwenden. Diese Position ist
von der immanenten wesentlich verschieden; die immanente ist allein fähig, in den Zusammenhang des Erkennens aufgenommen zu werden, die transcendente nicht, —
ich werde mich also nur mit jener zu beschäftigen haben.

Um diesen Zusammenhang zu ermitteln, stelle ich sogleich die Frage auf: wie verhält sich der Begriff der Sub-

ſtanz zu den anderen Kategorien des Erkennens und na=
mentlich zum Begriffe der Quantität? mit anderen Wor=
ten: wie iſt die Subſtanz in quantitativer Hinſicht zu denken?

Wir haben ſchon geſehen, daß bei der Anwendung
der quantitativen Auffaſſungsweiſe dreierlei Art Verhält=
niſſe zwiſchen Einheit und Vielheit ſich herausſtellen: 1) in=
tenſive Größe, d. h. Identität der Einheit und Vielheit,
2) extenſives Außereinander, d. h. abſoluter Gegenſatz
der Einheit und Vielheit, 3) organiſches Außereinander,
d. h. bedingter Gegenſatz beider. Es iſt nun gleich einleuch=
tend, daß das dritte Verhältniß zum Begriffe der Subſtanz
nicht paſſen kann, der ein unbedingtes Sein bezeichnet,
das erſte dagegen iſt ihm vollkommen angemeſſen, — die in=
tenſive Größe kann in der That nicht anders, denn als
Subſtanz gedacht werden; denn wäre ſie ſelbſt ein Product
von Beziehungen, ſo würde der allen Beziehungen zu Grunde
liegende abſolute Gegenſatz in ihr ſeinen Ausdruck finden
müſſen, während die intenſive Größe das gerade Gegentheil
des abſoluten Gegenſatzes bedeutet.

Was nun das zweite Verhältniß betrifft, ſo iſt darüber
erſtens Folgendes zu ſagen: verſuche ich eine Subſtanz als
eine abſolute Einheit mit unbedingter Ausſchließung aller
inneren Vielheit, als ein ganz einfaches Weſen zu den=
ken, — ſo liegt zwar in dieſem meinen Denken kein Wider=
ſpruch, es mißlingt aber bemungeachtet dieſes Denken ganz
unvermeidlich. Denn da der Begriff der Subſtanz an und
für ſich ein ganz leerer Begriff iſt, der nur die Negation
aller Relativität im Sein bedeutet, und ebenſo der Begriff
der abſoluten Einheit auch ein leerer Begriff iſt, der nur
die Negation aller Vielheit bedeutet, — ſo ergibt ihre Ver=
knüpfung im Begriffe eines einfachen Weſens einen ganz
leeren Gedanken, bei dem man eigentlich gar nichts denkt,

weil die Vielheit allein einen Stoff für das Denken bieten kann. Das wird noch deutlicher, wenn man dieses Verhältniß in Rücksicht auf die Qualität betrachtet; doch muß ich diese Betrachtung bis auf Weiteres verschieben.

Der Begriff eines einfachen Wesens, den Herbart seiner Ontologie zu Grunde gelegt hat, ist also ganz unstatthaft und widerspricht sogar seinem eignen dritten Satze im 3. Kapitel des 2. Abschnitts des 2. Theils seiner „Allgemeinen Metaphysik", welcher Satz so lautet: „Die Qualität des Scienden ist allen Begriffen der Quantität schlechthin unzugänglich." *) Soll denn aber die Behauptung der absoluten Einheit des Seienden mit ausdrücklicher unbedingter Ausschließung aller Vielheit nicht eine quantitative Bestimmung des Begriffs desselben sein? Herbart verwechselt hier ganz offenbar Vielheit mit Quantität, wie er weiter in dem nämlichen Kapitel auf eine ebenso unzulässige Weise zwei Acceptionen des Begriffs der Vielheit in Ansehung des Seienden unterscheidet. **)

Es wird aber vielleicht in einer anderen Weise das zweite Verhältniß (der Einheit und Vielheit) mit dem Begriffe der Substanz sich verknüpfen lassen. Ich habe schon früher davon gesprochen, wie das absolute Außereinander bei der Auffassung des Gegebenen sich in ein extensives verwandelt, mittelst der dabei unentbehrlichen Bewegung in Gedanken. Die Bewegung führt eine Verbindung in dem Außereinanderliegenden ein, so daß sich daraus ein Continuum erzeugt, worin zwar Alles absolut außer einander ist, jedoch nichts sich von seinem Nächsten trennen läßt und so die ganze Auffassung einen Widerspruch verräth. Bringen wir

---

*) Werke, herausgegeben von Hartenstein. Band 4. S. 87.

**) „Vielheit des Seienden ist nicht Vielheit im Seienden."

nun zu dieser Vorstellung (des Continuums) den Begriff
der Substanz herbei, so wird dadurch der Widerspruch
nicht gehoben, im Gegentheil, er wird nur noch auf-
fallender und unerträglicher. Denn wie in aller Welt
sollte es sich denken lassen, dass das Wesen einer
Substanz in dem extensiven Aussereinander bestünde?
Ist nicht der Sinn des Substanzbegriffs — Negation aller
Relativität und besteht nicht das Aussereinander aus
lauter Relationen? Wie kann man sie denn vereinigen?

Wäre Alles in der räumlichen Auffassung aufrichtig
aussereinander und durch keine bastarde, dem Begriffe
widersprechende Mittel zusammengefügt, dann würde
keine Gewalt der inneren Nothwendigkeit uns zwingen
können, dieses im Raume Aussereinanderzerstreute als
ein Ding zu denken: die Lampe, das Tintenfass, die
Glocke, die ich vor mir sehe, kann ich doch unmöglich
für ein einziges Ding halten. Es können aber Gründe
in der Natur unseres Erkennens enthalten sein, die uns
nöthigen, das durch die Bewegung in Gedanken schon zu=
sammenverschmolzene räumliche Außereinander als eine Sub=
stanz aufzufassen, den Begriff einer räumlich=ausgedehn=
ten Substanz (der Materie) zu bilden, deren Wesen also
in dem continuirlich=extensiven Außereinander bestehen soll.
Der in diesem Begriffe (der Materie) enthaltene Widerspruch ist ein dreifacher: 1) der schon angeführte
zwischen den Begriffen der Substanz und des Aussereinander hinsichtlich der Relativität; 2) derjenige, welcher darin besteht, dass das Wesen *eines* Dinges als
solchen — absolute *Vielheit* sein soll, ohne alle Einheit, den Zusammenhang des Continuums ausgenommen;
3) der zwischen der Substanz, die ihrem Begriffe nach
durch nichts hervorgebracht werden kann, und gerade

diesem Continuum, welches, wie man weiss, durch die Bewegung in Gedanken erzeugt wird.

Trotz aller dieser Widersprüche können wir doch den höchst ungereimten Begriff der Materie nicht fallen lassen; die Aufweisung der Gründe, welche denselben unvermeidlich und unentbehrlich machen, folgt aber später.

Es sollte jetzt die Erörterung des Verhältnisses zwischen Substanz und Accidens folgen; allein dieses Verhältniß kann aus dem allgemeinen Begriffe der Substanz gar nicht ersehen werden, weil es von dem Verhältniß zwischen Einheit und Vielheit in derselben abhängt; — es muß also bei der Erforschung jede von den beiden Arten der Substanzen besonders untersucht werden.

8.

Nun gehe ich zur weiteren Auseinandersetzung des Begriffs der Beziehungen über und nehme dabei zum Ausgangspunkt die gewöhnliche Auffassungsweise, der zufolge man alles Geschehen als Wirkung irgend einer Kraft ansieht. Ob diese Auffassungsweise nothwendig und berechtigt ist oder nicht, werde ich nicht besonders auszumitteln suchen, sondern dieselbe nur consequent entwickeln. *)

Die erste Forderung dabei ist, — Festhalten des Gegensatzes zwischen Kraft und Wirkung; denn sobald man diesen Gegensatz aufgibt, verschwindet der ganze Gedanke der Causalität und das Geschehen ist bloß ein Geschehen, aber keine Wirkung einer Kraft.

Die Kraft ist dasjenige, was ein Geschehen als seine

---

*) Denn bei dieser Entwickelung wird es sich zeigen, daß diese Auffassungsweise nichts ist als der Ausdruck jenes Begriffs der Beziehungen selbst.

Wirkung hervorbringt. Die Kraft kann uns nur in ihren Wirkungen, auf keine Weise aber außerhalb derselben gegeben werden. Die Kraft ist nun mit ihrer Wirkung identisch, sofern sie in ihr gegeben ist; denn was sollte dieses sonst zu bedeuten haben: die Kraft ist in der Wirkung gegeben? Ist nun die Kraft ganz und gar mit ihrer Wirkung identisch? Nein, sonst würde sie in der Wirkung ganz aufgehen, von ihr nicht zu unterscheiden sein; und da die Wirkung allein unmittelbar gegeben ist, die Kraft dagegen nur in ihr, so würde das Wort „Kraft" bei der Voraussetzung einer vollkommenen Identität von Kraft und Wirkung zu einem gänzlich leeren Worte, wodurch gar nichts bezeichnet wäre, sich verflüchtigen. Es muß also an der Kraft etwas von der Wirkung Unterschiedenes geben. Wie ist nun dieses Unterschiedene näher zu bestimmen? Nur Eins können wir von demselben aussagen, nämlich daß es außerhalb der Zeit gesetzt werden muß, weil eben im Geschehen bloß als solchem, also in der Zeit, die Identität von Kraft und Wirkung gegeben und enthalten ist. Außerhalb der Zeit kann aber allein die Substanz gesetzt werden, die Substanz an der Kraft ist folglich das von der Wirkung Unterschiedene; und da in der Wirkung selbst nur das Identische gegeben ist, so muß die Substanz der Kraft außer der Wirkung gesetzt werden.

Betrachten wir nun die Sache von der andern Seite, so ist ebenso einleuchtend, daß an der Wirkung selbst etwas angenommen werden müsse, was von der Kraft verschieden ist; sonst würde die Wirkung ganz in der Kraft aufgehen; die Kraft also würde uns ganz unmittelbar an und für sich gegeben sein, was dem Begriffe der Kraft widerspricht, als welche nur in ihren Wirkungen, nicht aber an sich kann gegeben werden.

Die Betrachtung des Verhältnisses zwischen Kraft und
Wirkung führt mithin nothwendig zur Annahme zweier
Substanzen, deren Gemeinschaft, als Identität von Kraft
und Wirkung, der causale Vorgang darstellt. Es ist aber
offenbar, daß der Antheil dieser Substanzen an der Gemeinschaft ein verschiedener sein muß, welche Verschiedenheit dadurch bedingt wird, daß die Gemeinschaft nur an
einer von den beiden Substanzen gegeben werden kann.
Bei der Erforschung der causalen Gemeinschaft kommen also
zweierlei Arten Verhältniß zum Vorschein, welche die Weise
vorstellen, wie jede von den Substanzen an der Gemeinschaft
betheiligt ist.

Betrachten wir zuerst dieses Verhältniß auf der Seite
der Kraft. Die Kraft ist in der Wirkung gegeben, also in
ihr enthalten und insofern mit ihr identisch; an der Kraft
gibt es aber zugleich eine Substanz, welche außerhalb der
Wirkung gesetzt werden muß. Wegen dieses Verhältnisses
soll also eine innere Unterscheidung in dem Begriffe der
Kraft selbst vorgenommen werden, nämlich das in der Wirkung Gegebene soll von der Substanz der Kraft unterschieden werden, obgleich es mit derselben eins ist; d. h.
mit ihr in einem Begriffe zu denken ist und aus ihr hervorgeht.

Dieses von der Substanz der Kraft Unterschiedene und
doch mit ihr Identische und aus ihr Hervorgehende, möchte
ich die Manifestation der Substanz nennen.

Der Begriff der Manifestation ist gewiss der räthsel-
hafteste von allen unseren Begriffen; denn er ist der
eigentliche Träger des in dem Denken von Beziehungen
enthaltenen Hauptwiderspruchs; doch ist er, wie wir
sehen werden, einiger näheren Bestimmungen nicht unfähig.

Worin besteht nun der Antheil der Substanz der Wir=
kung an dem causalen Vorgang? Sie muß offenbar als
der Träger dieses Vorgangs angesehen werden; denn ob sie
zwar in der Wirkung als solcher nicht mit einbegriffen ist, —
da die Substanz vollkommene Beziehungslosigkeit bedeutet, —
so ist sie doch eben das, worin die Unabhängigkeit der Wir=
kung, ihr Nichtaufgehen in der Kraft, das durch ihren Be=
griff gefordert wird, begründet ist. Die Wirkung ist aber
selbst gegeben, ihre Substanz kann also nicht in dem Sinne,
wie die der Kraft, außer der Wirkung gesetzt werden. Die
Substanz bedeutet hier nur diejenige Seite des gegebenen
Realen, welche in die Identität der causalen Gemeinschaft
nicht eingegangen ist.

Die Wirkung nun im Verhältniß zu ihrer Substanz wird
herkömmlicher Weise Accidens genannt. Wie ich schon ge=
sagt habe, muß dieses Verhältniß (zwischen Substanz und Acci=
dens) bei jeder Art Substanzen besonders untersucht werden.

Die causale Gemeinschaft kann also in diese beiden
Verhältnisse, zwischen Substanz und Manifestation einerseits,
und zwischen Substanz und Accidens andrerseits zerlegt
werden, und folglich die Frage: was denn die (causale)
Gemeinschaft selbst enthält oder bedeutet? durch die bloße
Summirung der zeitlichen, in der Identität begriffenen
Glieder dieser beiden Verhältnisse beantwortet werden:

Die causale Gemeinschaft ist also die Manifestation
einer Substanz in den Accidenzien einer anderen
(Substanz).

Von den beiden, in der causalen Gemeinschaft be=
griffenen Substanzen werde ich, der gewöhnlichen Annahme
gemäß, die Substanz der Manifestation oder der Kraft —
das Subject, die Substanz der Wirkung dagegen — das
Object der Gemeinschaft nennen.

9.

Die Manifestation bedeutet ein Herausgehen des Subjects aus sich selber, wodurch Wirkungen am Objecte hervorgebracht werden. Wie ist nun der Begriff des Subjects zu
bestimmen, damit dieses Herausgehen (die Manifestation) nur
einigermaaßen denkbar wäre? Ohne viele Worte zu verlieren, sage ich ganz kurz: Die intensive Größe kann allein
als Subject einer causalen Gemeinschaft gedacht werden.

Wiewohl im Begriffe der intensiven Größe nichts von
einem Triebe, aus sich selber herauszugehen, zu finden ist,
wie es sich übrigens von selbst versteht, da in dem Wesen
einer Substanz nichts von Relationen stecken darf; doch wenn
dieses Herausgehen einmal nothwendig angenommen werden
muß, so bietet der Begriff der intensiven Größe wenigstens
die Möglichkeit, dasselbe einigermaßen begreiflich zu machen.
Denn wenngleich in der intensiven Größe der Gegensatz von
Einheit und Vielheit als aufgehoben, beide in einer ursprünglichen (realen) Identität zu denken sind, b. h. eine
innere Mannichfaltigkeit und Gegensätzlichkeit *) als in der
Einheit enthalten und von ihr nicht zu unterscheiden, —
so ist doch offenbar, daß dieser Begriff nicht frei vom
Widerspruche ist, da ja Einheit und Vielheit einander contradictorisch entgegengesetzt sind. Der Gegensatz ist nur aufgehoben, aber nicht vernichtet; dem Begriffe nach bleibt er
immer stehen. (Einen solchen in der Einheit aufgehobenen
Gegensatz nenne ich — den potentiellen [Gegensatz]).
Es darf uns also nicht wundern, wenn wir die Vielheit der
intensiven Größe einmal auf irgend eine Weise in einem

---

*) So nenne ich nämlich den Gegensatz, wenn in quantitativem
Sinne genommen.

zwar nicht absoluten, sondern bedingten, aber doch in einem
wirklichen (realen) nicht bloß begrifflichen, (potentiellen)
Gegensatze mit der Einheit erblicken möchten; wenn wir ein
Herausfallen, ein Ausbreiten und Entfalten der in der Ein-
heit der intensiven Größe enthaltenen Mannigfaltigkeit und
Gegensätzlichkeit anzunehmen uns veranlaßt finden möchten.
Es kommt nur noch darauf an, einige nähere Bedingungen
dieses Vorgangs anzugeben.

Solange die innere Mannigfaltigkeit und Gegensätzlichkeit in der Einheit der intensiven Größe aufgehoben und
enthalten, mit ihr in voller Identität bleibt, ist sie natürlich
nicht in ihrer ganzen Wirklichkeit, sondern nur potentiell
vorhanden; in der Manifestation soll sie zuerst zur Wirklichkeit gelangen. Wie ist nun dieses zu denken?

Diese Gegensätzlichkeit kann nie zu einer absoluten
werden, denn eine solche ist das gerade Gegentheil der intensiven Größe; man kann sie also nicht aus derselben ableiten, weil bei dieser Ableitung die Identität, d. h. der
Begriff der intensiven Größe selbst ganz aufgehoben werden
müßte, was widersinnig ist. Es versteht sich aber von selbst,
daß eine Vielheit, die unabhängig als solche besteht, —
eine absolute Vielheit ist, daß eine bedingte Vielheit dagegen
auf solche Weise nicht bestehen kann, mithin eine unbedingte
(absolute) Vielheit als ihre Grundlage fordert. Dieser
Betrachtung bitte ich die volle Aufmerksamkeit zu schenken.

Es wollte den Pantheisten nie gelingen, aus der Einheit ihres Absoluten diese unsere in absoluten Gegensätzen
sich ausbreitende Welt abzuleiten, und dies ist ganz begreiflich.
Wäre das Absolute wirklich allein vorhanden, so würde der
Begriff der Manifestation keinen denkbaren Sinn haben;
denn wie hätte sie (die Manifestation) dann außer dem
Absoluten gerathen können, was doch ihr Begriff unum-

gänglich fordert? Sie mußte vielmehr in solchem Falle von
der intensiven Größe des Absoluten gar nicht zu unterscheiden sein. *) Ich glaube nämlich nicht, daß ein Pantheist
sich unterstehen könnte, zu behaupten, das Absolute sei
keine intensive Größe; denn ganz gewiß muß er in demselben
Einheit sowohl als Vielheit setzen; in welchem Verhältniß
also? Offenbar, weder in einem unbedingten noch in einem
bedingten Gegensatze; denn die sind mit dem Begriffe des
einen Absoluten unverträglich, also in Identität mit einander, d. h. als intensive Größe? Wollte er dagegen behaupten: im Absoluten stehen Einheit und Vielheit in einem solchen Verhältniss zu einander, von dem wir uns
gar keinen Begriff bilden können, so würde ich ihm meine
volle Zustimmung geben; denn das wahre Absolute, das
im transcendenten Sinne wahrhaft Seiende ist überhaupt
kein Gegenstand der Erkenntniss.

Die in der Manifestation sich ausbreitende Gegensätzlichkeit ist nicht anders, denn als eine bedingte Gegensätzlichkeit, als ein organisches Außereinander zu begreifen.
Insofern sie bloß aus der Einheit der intensiven Größe
herstammt, kann die Gegensätzlichkeit nie zu einer absoluten
werden, kann also an und für sich nie zur Wirklichkeit gelangen, sondern muß stets in einem Zustande der Latenz,
der bloßen Potentialität bleiben, bis anderweitige Bedingungen hinzukommen, die ihre Realisirung möglich machen.
Diese sind folgende: 1) damit die Manifestation einer intensiven Größe begreiflich wäre, muß sie als an einem
Objecte geschehend gedacht werden, welches schon ganz

---

*) Selbst den Begriff des Außer, des Gegensatzes zwischen In-
nerem und Aeußerem konnten die Pantheisten doch nur dadurch gewinnen, daß sie unvermerkt und unbewußt sich selber dem Absoluten
gegenüberstellten.

ursprünglich (absolut) außerhalb der intensiven Größe (des Subjects) existirt; 2) die in dieser Manifestation sich ausbreitende Gegensätzlichkeit kann nie als Manifestation des Subjects, wohl aber als Accidenz einer vielheitigen Substanz (des Objects) — eine absolute sein. Das Subject für sich allein kann es zu keiner Manifestation bringen, weil die in ihm enthaltene Gegensätzlichkeit immer nur zu einer bedingten, nie zu einer absoluten zu werden vermag, mithin stets eine absolute als ihre Grundlage voraussetzt; sie kann folglich nur an einem Objecte, und zwar an einem vielheitigen Objecte realisirt werden.

Was möchte nun dieses vielheitige Object sein, eine bloße Vielheit der Objecte oder etwas Anderes? Das ist jetzt die Frage. Das Object muß eine absolute Gegensätzlichkeit, ein absolutes Außereinander bieten, welches der Entfaltung der inneren Mannigfaltigkeit bei der Manifestation zur Basis dienen könnte; es möchte also scheinen, daß jede absolute Vielheit, d. h. jede Vielheit von Substanzen, mithin auch eine Vielheit von intensiven Größen (oder von Henaden, wie ich der Kürze halber die intensive Größe manchmal nennen werde) zur Basis der Manifestation zu werden tauglich wäre; allein die nähere Betrachtung zeigt, daß dieses nicht der Fall ist. Denn obgleich wir noch nicht untersucht haben, was für ein Verhältniß zwischen Substanz und Accidens in der Henade statt findet, so können wir doch so viel schon im Voraus ersehen, daß dieses Verhältniß namentlich demjenigen von Einheit und Vielheit in derselben correspondirt, und zwar so, daß die Einheit der Substantialität, die ja stets sich selber gleich bleiben soll, — entspricht, die Vielheit dagegen als Träger der wechselnden Accidenzien gedacht werden muß. Nun ist aber die Vielheit in der intensiven Größe eine ganz innere, in der Einheit aufgehobene,

die Accidenzien der Henade können also auch nur ganz in=
nere Vorgänge fein. Wenn also eine Menge von Henaden
zum Object der caufalen Gemeinschaft, mithin der Mani=
festation dienen sollte, so würde die Manifestation im In=
neren der Henaden so zu sagen absorbirt und das Band der
Einheit in derselben dadurch zerriffen, was unmöglich ist;
denn die Manifestation kommt ja selbst aus einer Henade
(Einheit) hervor.

Dieses möchte ich gern einleuchtend machen. Wir
wiffen schon, daß der caufale Vorgang zwei Seiten dar=
bietet; er ist Manifestation des Subjects einerseits und
Accidens des Objects andererseits; die in diesem Vorgang
zum Vorschein kommende Gegensätzlichkeit soll eine absolute
auf der Seite des Objects und eine bedingte auf der Seite
des Subjects sein. Es müffen aber dem Begriffe der cau=
falen Gemeinschaft zufolge diese beiden Seiten in Identität
mit einander gedacht werden; gerade in den Accidenzien des
Objects soll die Manifestation des Subjects gegeben sein.
Wäre aber das Object eine Vielheit von Henaden, so würde
diese Identität nicht bestehen können; denn da die Acci=
denzien der Henaden innere Vorgänge sind und die Henaden
selbst (als Substanzen) absolut außer einander existiren, so
ist gar kein Zusammenhang zwischen ihren Accidenzien als
möglich zu denken, worin doch der Antheil des Subjects
an der Hervorbringung dieser Accidenzien, die Seite der
bedingten Gegensätzlichkeit, sich darstellen sollte. Es müßte
denn dieser Zusammenhang als eine bloße leere Ueberein=
stimmung (der Accidenzien) zu denken sein; diese wäre aber
gar nicht dazu tauglich, um die in der Manifestation aus=
einanderzulegende Mannigfaltigkeit zum Ausdruck zu
bringen.

Nur dadurch kann das Accidens des Objects zur Ma=

nifestation des Subjects geeignet sein, daß an ihm eine
Relation auf andere Accidenzien und also in der Vielheit
dieser letzteren ein Zusammenhang schon ursprünglich gelegen
ist; die Relativität soll mithin in dem Wesen solcher Acci=
denzien selbst liegen, was bei Henaden wie gesagt nicht
denkbar ist. — Was für eine absolute Vielheit können wir
denn aber außer den Henaden finden, die zum Objecte der
causalen Beziehungen zu werden tauglich wäre? Etwa die
Vielheit der Herbart'schen einfachen Wesen? Leider ist der
Begriff dieser Wesen ein ganz leerer; in einem einfachen Wesen
sind keine Accidenzien möglich, denn die Einheit bleibt sich
immer gleich.

Es bleibt nur noch eine einzige Art von Substanz zu
betrachten übrig, nämlich die Materie, bei welcher gerade
das Verlangte zu finden ist. Denn soll die Relativität
in den Accidenzien an sich schon liegen, so muß sie in
dem Wesen der Substanz selbst begründet sein (wiewohl
dieses freilich dem Begriffe der Substanz durchaus zuwider
ist), weil das Accidens eine Bestimmung der Substanz,
d. h. in irgend einer Hinsicht Ausdruck ihres Wesens ist.
Das einzige mögliche unmittelbare Object der causalen Be=
ziehungen ist folglich die raumerfüllende Substanz, die Ma=
terie, deren Wesen in dem extensiven Außereinander, d. h. in
einer zusammenhängenden und dennoch absoluten
Gegensätzlichkeit besteht. Ihr alleiniges Accidens ist die
Bewegung; nun ist Bewegung überhaupt Veränderung
des räumlichen Verhältnisses der Dinge unterein=
ander; in ihr haben wir also die obengeforderte Relativität. *)

---

*) Bei Kant, „Metaphysische Anfangsgründe der Naturwissen=
schaft", 1. Ausg., Seite 5, heißt es: „Bewegung eines Dinges ist
die Veränderung der äußeren Verhältnisse desselben zu einem gegebenen
Raum." Diese Definition scheint mir aber ungenügend zu sein, denn

Man vergegenwärtige es sich noch einmal, daß die intensive Größe allein als Subject von Beziehungen gedacht werden kann. Die derselben eigne innere Elasticität, wodurch sie aus sich selber herauszugehen und so zum Princip des Geschehens zu werden befähigt ist, — nennt man Spontaneität oder Kraft. Der Grund der Spontaneität ist offenbar der in der Einheit aufgehobene, aber nicht vernichtete und also der Realisirung (Verwirklichung) fähige potentielle Gegensatz; die nothwendige Bedingung dieser Realisirung ist aber das Vorhandensein eines räumlich ausgedehnten Objects, an dem die aus der Einheit (des Subjects) hervorgehende Gegensätzlichkeit sich ausbreiten kann.

Da das Geschehen überhaupt in causale Beziehungen aufgelöst werden soll, so müssen an ihm nothwendig die beiden Seiten der causalen Gemeinschaft, die unbedingte und die bedingte Gegensätzlichkeit, das extensive und das organische Außereinander, der Antheil des Subjects und des Objects anzutreffen sein. Die beiden Seiten sind zwar in der Gemeinschaft nicht von einander getrennt, das Geschehen

---

gegeben, d. h. eigentlich bestimmt, kann ein Raum nur durch die ihn einnehmenden Körper werden. Bewegten sich alle im Raume existirenden Dinge in einer und derselben Richtung und mit ganz gleicher Geschwindigkeit immer fort, so also, daß ihr räumliches Verhältniß unter einander stets dasselbe bliebe, so würde diese ihre Bewegung von der absoluten Ruhe gar nicht zu unterscheiden sein, sie würde mithin auch nicht für Bewegung gelten können. Denn die Bewegung ist eigentlich kein besonderer Zustand der Körper an sich und abgesehen von ihren gegenseitigen Verhältnissen, da die Körper durch die bloße Bewegung nicht im mindesten afficirt werden können. Daher ist auch die gewöhnliche Definition der Bewegung als einer Ortsveränderung in der Philosophie unzulässig, weil die dem Begriffe der Bewegung so wesentliche Relativität in dieser Definition gar nicht angedeutet wird, was zum Irrthum Anlaß geben kann.

ist zugleich und ungetheilt Manifestation des Subjects und zugleich Accidens des Objects, der Unterschied soll sich aber dabei ebenfalls geltend machen. Diejenigen Bestimmungen des Geschehens nun, in welchen unmittelbar seine Abkunft aus der Einheit, der Antheil des Subjects sich offenbart, — nenne ich potentielle oder virtuelle (allgemeine) Bestimmungen; diejenigen dagegen, in welchen die Vielheit des Geschehens im absoluten Gegensatze mit der Einheit erscheint, worin also der Antheil des Objects sich offenbart, die Seite der absoluten Gegensätzlichkeit repräsentirt wird, — actuelle oder individuelle Bestimmungen.

Wir wissen, außer der absoluten Gegensätzlichkeit im räumlichen Dasein, auf der das Geschehen fußen kann, hat es noch eine absolute Gegensätzlichkeit in dem Wechsel, der Succession seines eignen Verlaufs, worin es sich auseinanderlegt; in beiden erscheint es also als actuell oder individuell bestimmt. Kraft der ursprünglichen Grundnothwendigkeit unseres Denkens soll aber alles Geschehen als Ausdruck und Product von primären causalen Beziehungen aufgefaßt werden, es muß sich folglich in seinen actuellen Bestimmungen als das Product einer Menge solcher Beziehungen darstellen; und da eine primäre Beziehung überhaupt nur im Zusammenhange mit anderen Beziehungen denkbar ist, so wird die Nothwendigkeit klar, daß das Geschehen auch eine bedingte Gegensätzlichkeit darbiete, poten-tielle, allgemeine Bestimmungen in sich aufweise, welche aber, wie wir gesehen haben, nur aus der Einheit des Subjects herstammen, durch dessen Natur allein festgesetzt werden können.

In diesen secundären Beziehungen offenbaren sich die potentiellen Bestimmungen des Geschehens, die das All-gemeine, das aus der Einheit des Subjects Herstammende, gegenüber den individuellen Bestimmungen des Geschehens an Zeit und Ort darstellen und Gesetze heißen. Alles zu bestimmter Zeit und am bestimmten Ort sich ereignende Geschehen ist also zugleich zu betrachten als durch Gesetze erzeugt, für welche diese actuelle Bestimmtheit in Zeit und Raum vollkommen gleichgültig ist. Sie ist indessen keineswegs gleichgültig für das Geschehen selbst; denn gerade wegen des Zusammenhangs einer Begebenheit mit anderen, mithin zufolge der Gesetze, die diesen Zusammenhang ausdrücken, war für sie diese Bestimmtheit festgesetzt; gerade wegen dieses Zusammenhangs mußte sie zu dieser bestimmten Zeit und an diesem bestimmten Ort sich ereignen, mußte so und nicht anders ausfallen. So tragen die actuellen Bestimmungen selbst, durch welche die Vielheit im Geschehen als eine absolute sich darstellt, in sich zugleich die Manifestation der Einheit. Trotz seiner empirischen Zufälligkeit, die die Unabhängigkeit seiner Vielheit, ihr Nichtaufgehen in der Einheit bedeutet, wird das Geschehen dennoch einerseits als nothwendig, d. h. als Offenbarung der Einheit erkannt. Demnach sind die beiden Seiten — die der absoluten und der bedingten Gegensätzlichkeit, — die dem Begriffe der Beziehungen zufolge am Geschehen unterschieden werden müssen, wie dieser Begriff fordert, auch wirklich unzertrennlich; sie setzen sich gegenseitig voraus.

IV.

Von der Natur des Ich im Allgemeinen.

1.

Richten wir unsere Blicke in das Innere unseres Wesens hinein, so ist dasjenige, was sich darin zuerst der Betrachtung darbietet, was unser Wesen so zu sagen von allen Seiten umspannt, die Grundform desselben ausmacht, — unstreitig — das Selbstbewußtsein. Das Selbstbewußtsein besteht darin, daß ich mich selber erkenne; dieses Erkennen greift aber so tief in die Gründe meines Daseins ein, dass ich mit Recht sagen kann: ich bin nur insofern, als ich mich erkenne, oder wenigstens insofern ich mich erkennen kann. Was in den Bereich dieses Erkennens gar nicht fällt, darf ich durchaus nicht als etwas zu mir Gehöriges betrachten, es muss von mir schlechthin ausgeschlossen bleiben.

Das Erkennen seiner selbst ist nun ein ganz besonderes, weil in ihm anstatt des absoluten Gegensatzes die Einheit, die Identität des Subjects und Objects, des Erkennenden und des Erkannten statuirt werden muß. Trotz der Einheit und Identität darf aber auch der Gegensatz und der Unterschied von Subject und Object nicht aufgehoben werden; denn alles Erkennen ist doch nur in dem Gegensatze und dem Unterſchiede möglich. Der allem Erkennen überhaupt anhaftende Widerspruch kommt also hier beim Erkennen seiner selbst ganz unmittelbar zum Vorschein, und da dieses Erkennen die Grundlage meines Daseins ausmacht, so muss ich einsehen und gestehen, dass mein Dasein keine absolute Wahrheit hat.

Wir haben ſchon geſehen, daß das Erkennen nicht nur den Gegenſatz von Subject und Object vorausſetzt, innerhalb deſſen es allein beſtehen kann, ſondern daß es auch von dem Bewußtſein des Gegenſatzes unzertrennlich, weshalb kein unvermitteltes Erkennen, nicht einmal eines von ſich ſelber, möglich iſt. Dieſes Bewußtſein wird nur durch das wirkliche Gegebenſein eines abſoluten Gegenſatzes erweckt; gegeben, d. h. in meinem Inneren angetroffen werden kann aber ein abſoluter Gegenſatz nur im Nacheinander, als ein Geſchehen, eine Veränderung. Der Grundnothwendigkeit unſeres Denkens gemäß ſoll nun alles Geſchehen als Ausdruck und Product von primären cauſalen Beziehungen aufgefaßt werden, und da ich beim Erkennen nur von mir ſelber ausgehen kann, ſo muß ich mich als das allgemeine (nur nicht unmittelbare) Object aller derjenigen cauſalen Beziehungen anſehen, die zu meiner Erkenntniß gelangen können. Was keine Beziehung auf mich hat, exiſtirt nicht für mich, es iſt, als wäre es gar nicht da. Aller Stoff des Erkennens wird mir mittelſt primärer cauſaler Beziehungen, deren Object ich ſelbſt bin, gegeben; der Begriff der Beziehungen fordert aber, daß wir die an der Beziehung betheiligten Dinge (das Subject und das Object) ſelbſt als Subſtanzen ſetzen; es iſt alſo in meinem Erkennen die Nothwendigkeit vorhanden (wie die äußere Welt ſo auch) mich ſelber als Subſtanz zu ſetzen. Dieſe Nothwendigkeit iſt der Grundpfeiler der Individualität.

Im transcendenten Sinne ist dieses sich als Substanz Setzen nur eine nähere Bestimmung des Erkennens überhaupt, im immanenten Sinne dagegen ist das Erste und Ursprüngliche die Substanz und das Erkennen ein blosses Accidens an derselben. Die Hauptsache liegt nun darin, dass man einsehe und begreife, dass dieses sich als Substanz Setzen den Gesetzen des Erkennens gemäss schlechthin nothwendig ist, und im immanenten Sinne absolute Wahrheit hat, dass es aber keine absolute Wahrheit hat im transcendenten Sinne, wie aus vielen Betrachtungen hervorgehen wird.

Jetzt suche ich zu bestimmen, was denn in mir als Substanz könnte angesehen werden. Die Untersuchung soll vom Selbstbewußtsein anheben. Das Selbstbewußtsein ist ein Erkennen seiner selbst, mithin eine Beziehung auf sich selbst und zwar eine primäre Beziehung, weil hier nicht der Gegensatz, sondern die Einheit zuerst gegeben wird. *) Eine primäre Beziehung setzt aber zwei Dinge voraus, die selbst (dem Sein nach) außerhalb aller causalen Beziehungen, also wie es scheint im absoluten Gegensatze der zweiten Art gedacht werden müssen; — hier dagegen muß statt des Gegensatzes die Einheit und Identität beider gesetzt werden; es verstößt aber nicht gerade gegen den Sinn des Begriffs der Beziehungen. Denn die unmittelbare Einheit von Subject und Object ist in der That keine causale Beziehung zwischen denselben; das Setzen in unmittelbarer Einheit mag daher auch für eine Art des Setzens außerhalb aller causalen

---

*) Ich erkenne mich selber, heißt das nicht: ich erkenne etwas, das mit mir, dem Erkennenden Eins ist? Die Einheit seiner selbst, nicht der darin bestehende Gegensatz ist mithin offenbar das Erste, was erkannt werden kann.

Beziehungen genommen werden. Nun ist aber in dem Gegensatze von Subject und Object zugleich ihr qualitativer Unterschied mitbegriffen und das ist derselbe, welcher überhaupt zwischen dem Erkennenden und dem Erkannten, zwischen dem Vorstellenden und dem Vorgestellten, dem Begriffe nach statt findet und darin besteht, daß das Vorstellende überhaupt keinen eigenen Inhalt hat, welcher ihm von dem Vorgestellten muß dargeboten werden. Das Subject des Selbstbewußtseins hat als solches keinen Inhalt, hätte auch das Object keinen gehabt, so würde das Selbstbewußtsein ganz leer, ohne allen Inhalt sein, es wäre aber alsdann überhaupt nicht möglich. Im Objecte muß also ein dem Ich eigner Inhalt, d. h. ein concretes Element des Ich enthalten sein. Die Einheit von Subject und Object als Substanz ist also die Einheit eines vorstellenden (ideellen) und eines concreten Elements, und diese Einheit ist das erste Object des Selbstbewußtseins.

Wenn wir nun nach dieser apriorischen Festsetzung die innere Beobachtung zu Hülfe rufen, um zu erfahren, was wohl in uns als Substanz gelten möchte, so müssen wir darauf Acht geben, daß es nicht Etwas sei, was in den Zusammenhang des Erkennens so aufgeht, daß es darin sein ganzes Bestehen hat; denn die Substanz soll ja etwas von dem Denken und Erkennen ganz Unabhängiges sein. Wie kann aber diese Unabhängigkeit näher bestimmt werden? Der Zusammenhang der Vorstellungen ist offenbar nur unter der Bedingung möglich, daß dieselben reproducirt werden; denn ohne die Reproduction würden die Vorstellungen spurlos vorübergehen und das Bewußtsein würde wohl ein Durchgangspunkt, aber schlechterdings kein System von Vorstellungen sein können, was es doch zum Behuf des Erkennens unfehlbar sein muß. Reproduciren kann nun das

Subject nur einen von ihm schon aufgenommenen und an=
geeigneten Inhalt; was dagegen wirklich außerhalb des Sub=
jects und unabhängig von ihm sich erhält und befindet, —
kann nicht reproducirt werden. Als solches finden wir
aber in uns nur die Empfindungen. Die Nichtreproduc-
tibilität ist diejenige Grundeigenschaft, welche die Empfindung
von der eigentlichen Vorstellung unterscheidet. Das Bild
eines von mir früher gesehenen Gegenstandes kann ich z. B.
im Gedächtniß wohl hervorrufen, aber nicht so, als ob ich
den Gegenstand wirklich sähe, und der Unterschied besteht
nicht nur in dem Grade der Lebhaftigkeit, sondern ist ein
ganz fundamentaler und für das ganze Erkennen von durchgreifender Bedeutung. Hätte ich nach Belieben meine Empfindungen (die ja allein das Gegebene sind) reproduciren
können, so würde ich in ihnen unmöglich ein objectives un=
abhängiges Bestehen voraussetzen können, das doch dem
Begriffe des Erkennens zufolge unumgänglich nothwendig ist.

Die Empfindungen sind es also, was ich zur Substanz
des Ich rechnen muß. Allein von der übergroßen Mannig=
faltigkeit, die der Inhalt der Empfindungen darbietet, kann
ich nur Eines als einen mir eigenst angehörigen Inhalt an=
sehen, nämlich das Angenehme und das Unangenehme
derselben. Alles übrige ist dagegen ganz und gar objectiv;
darin erkenne ich von mir selber schlechterdings nichts, wie
z. B. im Sehen und Betasten irgend eines Gegenstandes.
Daher ist Annehmlichkeit und Unannehmlichkeit Etwas, das
gelegentlich bei jeder Empfindung vorkommen mag, ihr In=
halt und ihre Art seien, welche sie wollen: Farben, Töne,
Gerüche, Geschmack, sind von einander durchaus verschieden,
haben aber dieses mit einander gemein, daß sie alle unter
gewissen Umständen angenehm und unangenehm sein können.

Daß die Gefühle von Lust und Unlust in der That

einen dem Ich selbst eignen, diejenigen dagegen, in denen
nichts von Lust oder Unlust zu spüren ist, einen rein objec=
tiven, dem Ich fremden Inhalt haben, davon kann sich
jeder durch eigne Ueberlegung überzeugen: im Schmerz und
in der Freude fühle ich mich selbst, im Sehen eines Gegen=
standes dagegen empfinde und erkenne ich nichts von mir
selber; im Betasten fühle ich den Druck vom Widerstande
des Körpers, die Beschaffenheit seiner Oberfläche, aber auch
nichts von mir selber, und dieser Unterschied zwischen dem
eignen und dem fremden, rein objectiven Inhalt ist nicht
durch unsre Willkür festgesetzt und kann auch durch dieselbe
nicht beseitigt werden.

Jetzt liegt es mir ob, zu zeigen, daß die Gefühle und
Empfindungen wirklich zur Substanz des Ich gehören, daß
sie Accidenzien derselben sind, und weder äußerlich noch
innerlich durch irgend welche Kraft hervorgebracht werden
können. Das heißt, die einzelnen Gefühle und Empfindungen
als Accidenzien in ihrer jedesmaligen Bestimmtheit werden
hervorgebracht, nicht aber das, daß überhaupt Gefühle da
sind (d. h. nicht die Substanz).

Wären meine Gefühle und Empfindungen — nicht hin=
sichtlich der Verschiedenheit ihres Inhalts, sondern in Hinsicht
auf ihre Einheit, derzufolge ich sie alle als meine erkenne —
von außen hervorgebracht, dann würde der Gegensatz zwi=
schen mir und den äußeren Dingen, zwischen dem Inneren
und dem Aeußeren, kein denkbares Bestehen haben können.
Denn das Bewußtsein dieses Gegensatzes wird aufgeregt
durch die Nothwendigkeit, den Inhalt der Empfindungen von
ihrer eignen Wesenheit zu unterscheiden. Wäre in dem Stoffe
der inneren Erfahrung kein Grund der Unterscheidung eines
subjectiven, mir angehörenden, Elements von einem ob=
jectiven, von außen her gekommenen, dann würde jenes

Bewußtsein nie erwachen können. Nun wissen wir aber, daß in uns keine äußeren Dinge existiren; sie sind uns nicht unmittelbar selbst gegeben, sondern nur ihre Manifestation in unseren Empfindungen; wäre also der Inhalt meiner Empfindungen als Manifestation der äußeren Dinge von der eignen Wesenheit der Empfindungen, als mir angehörender, mithin in der Identität des Geschehens nicht aufgehender, — nicht zu unterscheiden; — dann wäre auch keine Erkenntniß von äußeren Dingen als solchen möglich. Folglich können unsere Gefühle und Empfindungen an und für sich nicht durch Dinge hervorgebracht werden, welche in den Bereich unseres Erkennens fallen.

Anmerkung. Es wäre freilich kaum zulässig zu meinen: der zu erkennen anfangende Intellect unterscheide wirklich den Inhalt seiner Empfindungen von ihrer eignen Wesenheit, die ideelle Seite derselben von der reellen. Das Erkennen des Ideellen als solchen ist überhaupt nur auf einer höheren Stufe des Bewußtseins möglich, auf welcher der Gegensatz von Subject und Object selbst zum Objecte des Denkens gemacht wird. *) Zuerst kann das Subject sich lediglich mit dem Inhalte seiner Gefühle und Empfindungen befassen; an diesem Inhalte selbst also muß die geforderte Unterscheidung angebracht werden können, — dies ist nun auf zweierlei Weise denkbar. Zuvörderst muß man sich aber erinnern, daß das Gegebene, das wovon die Bewegung des Erkennens ausgeht, nur eine Veränderung im Inneren des Ich sein

---

*) Die Eigenthümlichkeit des Ideellen als solchen besteht wie man weiß in einer Negation, der Abwesenheit des eignen Inhalts; daher kann das Ideelle nur im Gegensatze gegen das Concrete gedacht werden. Dem Begriffe dieses letzteren aber haftet der Gegensatz nicht an.

kann, in einer solchen Veränderung allein sind die Bedin=
gungen, welche von dem Begriffe eines Gegebenen gefordert
werden, wirklich erfüllt. Eine der hauptsächlichsten dieser
Bedingungen ist die Grundnothwendigkeit des Denkens, alle
Veränderung als Ausdruck und Product von primären cau=
salen Beziehungen aufzufassen, was, wie aus den Auseinan=
andersetzungen des vorigen Kapitels erhellt, bedeutet, daß
in der Veränderung Etwas muß gefunden werden, was als
eine Manifestation äußerer Substanzen angesehen werden
kann, welche Manifestation als solche aber natürlich nur zu=
folge der Nothwendigkeit einer Unterscheidung in dem ge=
gebenen Stoffe selbst erkannt werden kann. Oder vielmehr,
die Nothwendigkeit eine solche Unterscheidung in seinem In=
neren vorzunehmen, ist eins mit der Nothwendigkeit, eine
lediglich im Inneren des Ich gegebene Veränderung als Aus=
druck und Product primärer causaler Beziehungen (als Ma=
nifestation äußerer Substanzen) aufzufassen. Diese Unter=
scheidung hat nun eine zwiefache Grundlage; ich kann 1) einen
mir eignen von einem fremden Theile des Inhalts selbst
unterscheiden, das Gefühl (der Lust und Unlust) von der
reinobjectiven Vorstellempfindung (wie ich die Empfin=
dungen nennen werde, in deren Inhalt wir nichts uns selber
Angehörendes zu erkennen vermögen), und 2) ich kann mein
Gefühl als Ausdruck meines Wesens und zur Substanz des
Ich gehörend von der im gegebenen Augenblicke bestehenden
(für die Substanz zufälligen) Bestimmtheit (als einem Acci=
dens) desselben unterscheiden, welche letztere in diesem Falle
als Manifestation der äußeren Substanzen, mithin als durch
diese hervorgebracht angesehen wird. Es war aber im vo=
rigen Kapitel ausgemacht, daß in jedem Falle die Möglich=
keit dieser Unterscheidung mit dem Begriffe der Beziehungen,
welcher das in der Veränderung Zusammengegebene auf ver=

schiebene Substanzen (das Subject und das Object der cau=
salen Gemeinschaft) zurückführt, also mit dem sich als
Substanz Setzen (welches ja im Inneren des Ich seinen
Stoff finden soll) unzertrennlich zusammenhängt.

Ebensowenig können unsere Gefühle durch irgend eine
innere (psychische) Thätigkeit an und für sich verursacht
werden. Denn wenn man mit leeren Worten nicht spielen
will, so muß man sich hüten, da von Thätigkeit, von Cau=
salität zu reden, wo kein Gegensatz von Thätigem und
Leidendem, von Subject und Object aufzuweisen ist. Nun
ist zwar ein solcher Gegensatz in dem Erkennen seiner selbst
vorhanden; das ist aber auch der einzige und das Erkennen
die einzige innere Thätigkeit. Das Wesen des Gefühls
dagegen besteht darin, daß in ihm zwei Elemente so innig
von einander durchdrungen sind, daß sie sich auf keine Weise
einander entgegensetzen lassen. Ich fühle mich selbst,
aber ich kann mich als Fühlenden von mir als Gefühltem
nicht unterscheiden; das Gefühl ist mir die Offen=
barung meines inneren Zustandes, der Zustand selbst
besteht aber lediglich in dieser Offenbarung; — im Ge=
fühle läßt sich das vorstellende Element von dem concreten
nicht trennen, keins von den beiden für sich einzeln dar=
stellen. Daß sie jedoch beide darin enthalten sind, wird
jeder einsehen, der der mindesten Überlegung fähig ist.

Denn 1) daß Lust und Unlust ein concretes Element
enthalten, und zwar ein solches, welches wir unmöglich den
äußeren Dingen aneignen können, ist zu offenbar, um
bezweifelt werden zu können. Etwas ganz Leeres würde
nie das Bewußtsein beschäftigen können; selbst die Vor=
stellungen, die ihrem Wesen und Begriffe nach keinen eignen
Inhalt haben, erhalten ihre ganze Bedeutung ganz allein
von dem objectiven aufgenommenen Inhalt, ohne den sie

nicht einmal denkbar wären; selbst das rein Subjective des
Erkennens, die Gesetze desselben, haben einen Sinn lediglich
in Bezug auf diesen Inhalt. Das Selbstbewußtsein ist
ohne einen dem Ich eignen Inhalt nicht möglich, nun ist
aber das Selbstbewußtsein die unumgängliche Bedingung
des Erkennens auch der äußeren Dinge.

Aber ein rein concretes Element für sich allein ist
ebensowenig denkbar, ein solches würde in das Ich, welches
ja Einheit des Vorstellenden und des Vorgestellten, des
ideellen und des concreten Elements bedeutet, durchaus nicht
passen. Hier mache ich auf den Unterschied aufmerksam
zwischen der unmittelbaren Durchdringung der beiden Elemente, wie sie im Gefühle stattfindet, und der bloß so zu
sagen ideellen Erfüllung einer Vorstellung mit einem objectiven Inhalt. Es schmerzt mich z. B. der Fuß; in dem
Bewußtsein dieses Zustandes müssen zwei Momente unterschieden werden: das Gefühl des Schmerzes und die Vorstellung von demselben. Eine Vorstellung muß nothwendig
dabei zugegen sein; denn das Gefühl an und für sich läßt
sich nicht in den Zusammenhang des Bewußtseins selbst
aufnehmen, es kann überhaupt von der erkennenden Thätigkeit auf keine Weise afficirt, mithin auch nicht benutzt werden.
Die Gefühle selbst kann ich nicht unter einander vergleichen,
um allgemeine Begriffe von Gefühlen dadurch zu gewinnen,
denn die Gefühle werden nicht nach Belieben reproducirt,
sondern wenn die Bedingungen, die ein Gefühl hervorgebracht
und unterhalten haben, sind vorbei, dann ist auch das betreffende Gefühl nicht mehr da, und ich vermag durch die
Macht der bloßen Einbildungskraft es nicht wieder hervor-
zurufen. Gewöhnlich wird natürlicherweise die Vorstellung
des Gefühls von dem Gefühle selbst nicht unterschieden,
wegen ihrer vollkommenen Identität in Betreff des Inhalts,

nur baß biefer Inhalt im Gefühle ein so zu sagen autoch=
thonifcher ist, in ber Vorstellung bagegen ein eingewanberter,
frember, objectiver. Unb weil bas Wesen ber Vorstellung
so ganz in ber Hinweisung auf etwas Anberes besteht, fällt
es so Wenigen ein, bie Vorstellung selbst zum Gegenstanbe
ber Betrachtung zu machen, ober auch nur ihr Vorhanbensein
in sich zu vermuthen.

In bem obigen Beispiele können aber auch im Gefühle
selbst verschiebene Momente nachgewiesen werben. Es schmerzt
mich ber Fuß; ber Fuß ist für mich ein ebenso äußerer
Gegenstanb wie alle Anberen, ich kann ebensowenig meinen
Fuß in mir selber setzen als biese Feber ober jenes Papier;
bie Eigenthümlichkeit bes Schmerzes also, welche macht,
baß ich ihn auf ben Fuß beziehe, ist eine rein objective,
bem Ich frembe Bestimmung; unb ba gerabe burch solche
Bestimmungen bie Mannigfaltigkeit ber Gefühle bebingt ist,
ist sie offenbar objectiven Ursprungs. Was bem Ich ganz
allein eigen ist, bas ist ber Schmerz bloß als solcher, bas
Gefühl selbst. Daß aber im Gefühle objective Bestimmungen
angetroffen werben, ist ein Zeichen bavon, baß 2) barin
ein ibeelles (vorstellenbes) Element vorhanben ist; benn
ein solches ist allein für einen fremben Inhalt empfänglich,
bas rein Concrete ist seinem Begriffe nach absolut unburch=
bringlich.

2.

Vor aller weiteren Entwickelung des Begriffs des
Ich muss ich den in diesem Begriffe liegenden *Wider-*
spruch näher beleuchten. Es ist derselbe Widerspruch,
welcher allem Erkennen überhaupt zu Grunde liegt
und darin besteht, dass Subject und Object einander nothwendig *entgegengesetzt* und von einander noth-

wendig *verschieden* sein müssen und beide zugleich
ohne die Voraussetzung ihrer *Einheit* nicht denkbar
sind. Hier, beim Erkennen seiner selbst tritt aber der
Widerspruch ganz in den Vordergrund, weil hier die
Einheit von Subject und Object nicht bloss vorausgesetzt, sondern ganz unmittelbar gegeben und erkannt wird.

Das Ich hat aber an diesem Widerspruche schon
genug und es war bloss Missverständniss, wenn *Herbart*
dasselbe noch in eine unendliche, unzuvollziehende
Reihe von Setzungen auflösen wollte. Das Ich ist
Identität des Wissenden und des Gewussten; das Selbstbewusstsein besteht darin, dass *ich mich* selber erkenne;
daraus folgert nun *Herbart:* „Wenn man fragt: *als was
denn erkennt sich das Ich?* soll nicht geantwortet werden
(wie es doch der Begriff des Ich fordert): *als Identität
des Wissenden und des Gewussten.* Denn wenn so
geantwortet wird, so erfolgt sogleich die weitere Frage:
was ist denn das Gewusste? Antwort: *das Ich, oder
die Identität des Wissenden und des Gewussten.* Neue
Frage: was ist denn nun *hier* das Gewusste? vorige
Antwort, vorige Frage, und wiederum dieselbe Antwort
und abermals dieselbe Frage und so in's Unendliche." *)
Offenbar hat *Herbart* unter Identität die Einerlei-

***

*) Herbart's „Allgemeine Metaphysik", §. 324. Herbart
hat diese Materie noch ausführlicher in seiner „Psychologie als
Wissenschaft, neu gegründet auf Erfahrung, Metaphysik und
Mathematik", §. 27, behandelt. Doch ist das Nachsehen des
ganzen Abschnitts vom §. 24 bis §. 30 seiner Psychologie (Werke,
herausgegeben von Hartenstein, S. 266—289) sehr nützlich,
um das Bewusstsein des im Ich nistenden Widerspruchs rege
zu machen.

Prais, Wahrheit.   8

heit, *Unterschiedslosigkeit* von Subject und Object verstanden, welche im Begriffe des Ich gar nicht liegt.
Dieser Begriff bedeutet vielmehr die Identität als *Einheit* von Subject und Object, welche beiden dieser ihrer
Einheit ungeachtet einander nicht nur entgegengesetzt,
sondern auch von einander nothwendig *verschieden* sind,
weil das Object nothwendig einen eignen Inhalt haben
muss, welcher dem Subjecte ebenso nothwendig abgeht; — was Alles den schon oben angeführten fundamentalen Widerspruch im Ich bildet.

Diese Bemerkung von *Herbart* ist aber sehr wichtig, weil an ihr ganz offenkundig wird, dass das Ich,
das Selbstbewusstsein, das Erkennen seiner selbst, nur
unter der Bedingung möglich ist, dass man *sich* selber
als Substanz setze, sonst würde in der That das Ich
in eine unvollendbare Reihe sich auflösen müssen.
Wenn gefragt wird: *was ist das Object des Selbstbewusstseins*, oder *als was erkenne ich mich im Selbstbewusstsein?* so ist die einzige Antwort, welche sich
nicht wieder aufhebt (natürlich immer im immanenten
Sinne): ich erkenne mich als Substanz, als unmittelbare
Einheit des vorstellenden und des concreten Elements,
d. h. ich setze mich als eine solche Einheit ausserhalb
aller causalen Beziehungen. Ohne die Substanz als
den festen Anknüpfungspunkt würde die Beziehung
zwischen Subject und Object nirgends haften können,
sie wäre mithin überhaupt unhaltbar. Denn der Unterschied zwischen Subject und Object ist, sofern er denkbar sein kann (d. h. im immanenten Sinne), ganz auf
demjenigen zwischen der Substanz rein *als solcher* und
derselben Substanz *als Subject der Thätigkeit* (hier
der erkennenden Thätigkeit) begründet; nun gibt uns

der Begriff der Beziehungen — demzufolge wir uns nothwendig als Substanz setzen müssen — allein die Möglichkeit dieser Unterscheidung an die Hand. Ohne diese Unterscheidung ist aber das Selbsterkennen gar nicht denkbar; wie alles Erkennen überhaupt setzt es den Unterschied von Subject und Object nothwendig voraus, ohne welchen es sich wirklich in dem Setzen selbst zugleich aufheben würde, wie es *Herbart* gezeigt hat.

Wäre mein Dasein kein Sein (oder ich selbst keine Substanz), sondern bloßes Geschehen, wie es z. B. die Materialisten wollen, so würde unter mir ein erkennendes Subject verstanden werden, welches kein mit ihm identisches und zugleich von ihm verschiedenes Object gehabt hätte, mithin kein Subject des Selbstbewußtseins, überhaupt nicht Moment eines Ich sein könnte. Denn im Geschehen bloß als solchem liegt gar kein Grund der Unterscheidung dessen, was in der Einheit gegeben ist. Ueberdieß ist das Unzweifelhafteste, was in dem ganzen Gebiete meines Wissens vorkommt, gerade das Wissen von meinem Sein. Ich erkenne mich als seiend, d. h. als Substanz, darüber kann kein Zweifel obwalten; die Frage ist nur: was darf ich zu meiner Substanz rechnen? Ob etwa den Leib? Doch wohl nicht den ganzen Leib, nicht den Fuß z. B., oder die Hand; die müssen schon unstreitigerweise außer dem Selbstbewußtsein gesetzt werden. Denn sie können ja sogar von dem übrigen Leib getrennt werden, ohne daß mein Selbstbewußtsein, mein Ich, dadurch zu Grunde ginge, oder auch nur irgend wie verstümmelt würde. Was Anderes also? Man lehrt uns, daß das Nervensystem am Denken und Erkennen überhaupt, mithin auch am Selbstbewußtsein, am nächsten und unmittelbarsten betheiligt ist; allein es gibt gewiß viele Leute, die keine Ahnung von der

8 *

Bedeutung des Nervensystems für das Selbstbewußtsein, oder auch überhaupt von dem Vorhandensein irgend eines Nervensystems haben und doch sind sie von ihrer eigenen Existenz ebenso fest überzeugt, als die gelehrtesten Naturforscher von der ihrigen. Das Nervensystem ist also nicht das Object des Selbstbewußtseins (die Substanz des Ich); im Selbstbewußtsein dieser Leute wenigstens kommt es gar nicht vor. Und in der That, Object des Selbstbewußtseins kann nur etwas sein, was mit dem erkennenden Subjecte identisch und zugleich von ihm verschieden ist, in dessen Wesen also die Identität sowohl als der Gegensatz ausgedrückt sein müssen. Es kann mit einem Worte dieses Object nur ein potentieller Gegensatz sein.

Die Nothwendigkeit, sich selber als Substanz, d. h. dem Sein nach ausserhalb aller Beziehungen zu setzen, ist die Grundlage der Individualität. Nun ist diese Grundlage etwas so ganz Allgemeines, dass darin kein Grund der Unterscheidung eines Individuums von einem anderen gefunden werden kann; sie ist die Grundlage der Individualität überhaupt, nicht *dieser* oder *jener* bestimmten Individualität in dieser ihrer Bestimmtheit und Einzelnheit. Eine wirklich existirende Individualität kann aber ausser den Bestimmungen, die sie von anderen Individualitäten unterscheiden, die so zu sagen ihre geistige Physiognomie ausmachen, gar nicht gedacht werden. Hier offenbart sich also auf das Evidenteste der im Innern des Ich liegende Widerspruch. Alle Bestimmungen meines Ich sind *durch Beziehungen* und *in Beziehungen* mit anderen Dingen erhalten; ich bin ein Ich aber nur dadurch, dass ich mich selber als Substanz, d. h. dem Wesen nach *ausserhalb aller Beziehungen* setze und setzen muss; folglich müssen mir alle empirischen Bestimmungen meines Ich als für dasselbe rein *zufällige* erscheinen, so dass ich ganz derselbe Ich wäre, wenn auch unter ganz anderen Umständen und Bedingungen entwickelt. Zugleich sehe ich aber ein, dass diese Bestimmungen für mich ganz und gar *nicht* zufällig sind, dass sie vielmehr den ganzen Gehalt meiner Persönlichkeit, als dieser bestimmten, von allen anderen unterschiedenen ausmachen. Ausser diesen Bestimmungen würde ich vielleicht ein Ich überhaupt sein können (wenn ein solches nur irgend denkbar wäre), schlechterdings aber nicht die *bestimmte Persönlichkeit*, als welche ich mich doch allein denken kann.

Mit der Einsicht: ich existire nur dadurch, dass ich mich selber als Substanz erkenne, ist die Einsicht unzertrennlich verbunden, dass dieses Erkennen keine absolute Wahrheit hat; denn als Substanz müsste ich auch von allem Erkennen unabhängig existiren können. Also nur im immanenten Sinne kommt mir das Sein (das Bestehen ausserhalb aller Beziehungen) zu; dagegen vom transcendenten Standpunkte aus betrachtet, löst sich mein ganzes Dasein in *Geschehen* auf. Wie unangenehm diese transcendente Ansicht dem in . dem Widerspruch befangenen Bewusstsein auch scheinen möchte, so ist sie doch in der That die tröstlichste und beruhigendste, die sich uns nur bieten kann.

3.

Jetzt habe ich zuerst das Verhältniß zwischen Substanz und Accidens in dem Ich zu untersuchen. Zu diesem Zweck will ich vor Allem auf die Correspondenz der folgenden Gegensätze aufmerksam machen, derjenigen nämlich:

zwischen Einheit und Vielheit
zwischen Substanz und Accidens
zwischen Form nnd Stoff
zwischen dem Aeußeren und dem Inneren
zwischen dem ideellen und dem concreten Element.

Die Vielheit kann allein einen Stoff ausmachen, dagegen die Einheit allein die Form bestimmen. Diese Correspondenz werde ich nicht ausführlich und besonders entwickeln,
sondern sie wird sich von selbst im Verlaufe der Untersuchung
mehr aufhellen lassen. Hier bitte ich nur stets im Bewußtsein zu behalten, daß es einzig und allein dreierlei Art
Gegensatz geben kann: 1) Der potentielle Gegensatz, wenn
verschiedene oder gar entgegengesetzte Bestimmungen, wie
Ideelles und Concretes, oder Einheit und Vielheit, in der
Einheit zusammen verschmolzen sind. Der potentielle Gegensatz geht nicht in der Einheit ganz auf, sondern bleibt
immer in einem Zustande der Latenz fortbestehen, weshalb
ihm auch der Name des Gegensatzes nicht entzogen werden
darf. 2) Der absolute Gegensatz, der die Einheit schlechthin ausschließt und dessen es wiederum zwei Arten gibt,
die in der immanenten Auffassung in Betracht gezogen
werden müssen. 3) Der bedingte Gegensatz (in quantitativer Auffassung das organische Auseinander), der die
Mitte zwischen jenen beiden hält und nur durch ihren
beiderseitigen Antheil zu Stande kommen kann.

Denke ich nun mich selber rein als Substanz, also
außerhalb aller Beziehungen, so kann ich mich definiren:
1) als intensive Größe, 2) als die Einheit von einem
ideellen (vorstellenden) und einem concreten Element, mithin überhaupt als potentiellen Gegensatz, oder kürzer als
Henade. In der Einheit meiner selbst ist nicht nur eine
Vielheit, sondern noch obendrein eine Mannigfaltigkeit,

nämlich die von den beiden verschiedenen Elementen, ent=
halten; keine andere Mannigfaltigkeit wird aber durch den
Begriff der Substanz des Ich, des sich selbst erkennenden
Wesens gefordert, und das muß wohl beachtet werden.

In diesem Zustande der vollen Abgeschlossenheit ist
dem Begriff der Henade zufolge der Gegensatz zwischen
Einheit und Vielheit und folglich die diesem correspondirenden
zwischen Substanz und Accidens, zwischen Form und Stoff,
zwischen dem Aeußeren und dem Inneren, zwischen dem
Ideellen und dem Concreten, im Ich als aufgehoben und
nur potentiell vorhanden zu betrachten. In der obigen empiri=
schen Nachweisung war aber ausgemacht, daß das Gefühl
allein zu meiner Substanz gerechnet werden muß, es entsteht
also die Frage: was für ein Gefühl kann diesen unseren
Zustand bezeichnen (ausdrücken)? Es ist ein Zustand der
Identität, der unbedingten Harmonie der Henade mit sich
selber, mithin ein Zustand der vollkommenen Bedürfniß=
losigkeit (jedes Bedürfniß drückt α. Beziehungen auf irgend
einen Gegenstand aus und verräth β. einen inneren Zwie=
spalt und Gegensatz), also der vollkommenen Selbstzufrieden=
heit, in einem Worte, der absoluten Glückseligkeit.

Verfolgt man den Begriff der absoluten Glückseligkeit,
und führt man ihn durch, so wird man unfehlbar einsehen
müssen, daß sie nur bei diesem Zustande der vollen inneren
Identität denkbar ist. Denn im Begriffe der absoluten
Glückseligkeit liegen ganz ostensibel diese Forderungen:
1) kein Wechsel der inneren Zustände, 2) keine Bedürfnisse
und folglich auch kein Grund der Thätigkeit, des Heraus=
gehens aus sich selbst, der Gemeinschaft mit anderen Wesen;
aber auch 3) keine Mannigfaltigkeit des Interesses der
bewegenden Principien, des inneren Lebens überhaupt und
was daraus von selbst folgt 4) kein Bewußtsein von sich

ſelbſt, weil bieſes jene Mannigfaltigkeit unb jenen Wechſel
ber inneren Zuſtänbe nothwenbig vorausſetzt, wie es benn
auch ben inneren Zwieſpalt (ben Gegenſatz von Subject
unb Object) vorausſetzt, bebingt iſt burch bas Erkennen
unb folglich bas Einbringen eines objectiven Elements in
bas Ich, nur in ber Zeit als ein Geſchehen möglich unb
überhaupt ganz unb gar an Beziehungen geknüpft iſt, in
bieſelben vollſtänbig aufgegangen.

Nun wirb aber gewiß keiner von uns einen Augenblick
anſtehen wollen, bieſen unbewußten, von aller Gemein=
ſchaft mit ben übrigen Seienben ausgeſchloſſenen Zuſtanb
ber abſoluten Glückſeligkeit gleich bem Nichtſein zu achten.
Unser Begriff der absoluten Glückseligkeit ist also mit
einem inneren Widerspruch behaftet, und es ist von
Wichtigkeit, dass man dieses einsehe. Fürs Erste darf
man daraus nicht folgern, dass die Glückseligkeit unmöglich sei. Denn sie soll ein innerer Zustand, ein
Gefühl sein, die Gefühle sind uns aber nicht mittelst
der Begriffe, sondern unmittelbar gegeben; es kann
also die Glückseligkeit möglich sein, ungeachtet dessen,
dass wir uns von ihr keinen wahren Begriff bilden
können.

Wir finden uns nie im Zustande der Glückseligkeit,
der vollkommenen Selbstzufriedenheit und Abgeschlossenheit, sondern umgekehrt stets in Gegensätze gespalten
und in Beziehungen dergestalt befangen, dass unser
Wesen darin ganz auf- und unsere Individualität verloren gehen müsste, wenn die Nothwendigkeit nicht da
wäre, sich selber dem Sein nach ausserhalb aller Beziehungen, d. h. als Substanz zu setzen. Und noch steht,
wie schon bemerkt, diese Nothwendigkeit im Widerspruch mit der übergrossen Bedeutung der Beziehungen

für die Constitution unserer Individualität; so dass diese letztere auf diesem Conflicte, auf einer zwiespaltigen, widersprechenden Grundlage beruht.

Wir müſſen folglich das Ich in Beziehungen auffaſſen, und zwar zuerſt als Object von Beziehungen. Wie ich ſchon gezeigt habe, kann die räumlich ausgedehnte Subſtanz allein als unmittelbares Object der primären causalen Beziehungen gedacht werden, dieſe erreichen alſo das Ich nur ſo zu ſagen per Reflexion oder aber eigentlich per Refraction von der Materie; ſie erreichen mithin daſſelbe als eine, wenn man ſo ſagen darf, convergirende, nicht divergirende (wie es bei der Manifeſtation, deren Object und Grundlage die Materie bildet, der Fall iſt) Vielheit. — Jedenfalls muß aber das Ich, inſofern es Object von causalen Beziehungen iſt, durch dieſelben afficirt ſein, oder mit anderen Worten ein fremdes Element muß in das Ich eindringen. Daß das Ich für ein ſolches Eindringen zugänglich iſt, wiſſen wir ſchon, denn es hat eine ideelle Seite. Dadurch wird aber die urſprüngliche Harmonie im Inneren des Ich geſtört; denn es muß nothwendig in Folge dieſes Eindringens ein Theil des concreten Elements des Ich aus dem ideellen Element herausgedrängt werden, welcher Theil alſo nicht mehr zur Darſtellung in dieſem letzteren gelangt und folglich für das Ich rein verloren geht, da das Weſen des Ich Einheit und Durchdringung der beiden Elemente iſt. Die Realität des Ich wird alſo dadurch wirklich vermindert, und das gibt das Gefühl des Mangels, der Entbehrung überhaupt und ohne alle nähere Beſtimmung.

Dieſem zufolge ſollte alſo das normale Lebensgefühl des Menſchen das der Unbehaglichkeit, des Schmerzes ſein, wie es auch ſtreng genommen in der That der Fall iſt.

Doch bietet uns hier die Erfahrung eine wichtige Unterscheidung, die wir in Erwägung ziehen müssen. Sie zeigt
uns nämlich, daß es einen Zustand des inneren Lebens
gibt, den wir gewissermaßen als den Nullpunkt desselben
betrachten, den wir mit dem Nullpunkt des Thermometers
vergleichen dürfen, so daß eine Erhöhung des inneren Zustandes über diesen Nullpunkt von uns als Lust, dagegen eine
Depression unter denselben — als Unlust empfunden wird.
Daß dieser durch äußere Bedingungen hervorgebrachte und
unterhaltene so zu sagen Gleichgewichtszustand nicht als
besonders eigentlicher und unmittelbarer Ausdruck oder
Repräsentant der Substanz des Ich gelten kann, daß er
für die Substanz selbst nicht wesentlich ist, wird daraus
klar, daß er nicht nur bei verschiedenen Menschen verschieden
ist (von welcher Verschiedenheit jedoch in dem allgemeinen
Begriffe der Substanz des Ich gar kein Grund zu finden
ist), sondern auch bei einem und demselben Menschen
wechseln kann, so daß ein Mensch in einer Periode seines
Lebens das als Elend ansieht, was er in einer anderen
Periode für Glück gehalten haben mochte, oder umgekehrt.
Der Begriff dieses Nullpunkts ist aber nothwendig, um
begreiflich zu machen, warum Lust und Unlust, die ja
eigentlich nur dem Grade nach von einander verschieden
sind, als etwas der Art nach Verschiedenes erscheinen
müssen. Ebenso wie Wärme und Kälte in uns als ver-
schiedenartige Gefühle auftreten, obgleich sie blos dem Mehr
und Minder desselben Agens in der äußeren Natur entsprechen, weil es einen gewissen Grad der Temperatur
gibt, der dem lebenden Organismus vollkommen natürlich
und angemessen, und daher von ihm nicht besonders empfunden wird. Außerdem ist der Begriff dieses Nullpunkts
unentbehrlich, um die Möglichkeit solcher Empfindungen,

die weder Luft noch Unluft enthalten, begreiflich zu machen; solche sind wie man weiß die Empfindungen mit rein objectivem Inhalte, wie die des Gesichts, des Gehörs, des Tastsinnes.*)

Dieses Verhältniß muß so gedacht werden: wir finden uns immer in Beziehungen befangen, also nie in der ursprünglichen Harmonie und vollkommener Durchdringung der beiden Elemente; ein Theil des concreten Elements — nur stelle man sich dieses nicht auf räumliche Weise vor — ist stets außerhalb des Ich selbst, dessen Wesen ja in der Selbstoffenbarung besteht (nicht nur im Erkennen, sondern auch in dem bloßen Gefühle seiner selbst). Dieser Theil geht folglich für das Ich so ganz verloren, daß er selbst gar nicht in Betracht kommen kann, wohl aber seine Abwesenheit, sein Mangel im Ich; die Selbstoffenbarung des Ich ist nothwendig zugleich Offenbarung oder Gefühl

---

*) Im gemeinen Bewußtsein bezieht man ohne Bedenken den Inhalt dieser Vorstellempfindungen auf äußere Gegenstände und eignet ihn diesen letzteren vollkommen an. Bei dem ersten Stadium der Reflexion über die Natur des Erkennens kommt aber die Einsicht, daß diese Vorstellempfindungen doch etwas ganz und gar in uns Enthaltenes sind, können also unmöglich objective Gültigkeit haben: roth, hart, süß, sind es denn Eigenschaften der äußeren Dinge? Wie könnten sie dann in meinem Inneren sich einfinden? Das ist die Stufe des Idealismus. Ein tieferes Eindringen in das Wesen des Erkennens lehrt uns aber, daß wir in der That vollkommene objective Gültigkeit diesem Inhalt zugestehen müssen. Denn wer den Ursprung des Begriffs der Substanz kennt, weiß auch, daß ich mich selber als Substanz nur im Gegensatze gegen andere Substanzen erkennen (setzen) kann, und dieser Gegensatz muß mir an mir selber (natürlich nicht unmittelbar) gegeben, mithin als ein fremdes Element in mir angetroffen werden. Leugne ich die Fremdartigkeit, die Objectivität dieses Elements, so muß ich auch meine eigne Individualität verleugnen und aufheben, als welche nur im Gegensatze gegen Jenes zu Stande kommt.

dieſes Mangels. Dieſes (wechſelnde) Verhältniß der beiden Elemente iſt nun das Accidens des Ich. Der Theil des ideellen Elements aber, welcher von dem concreten Element des Ich erledigt iſt, wird durch den von außen einbringenden Inhalt erfüllt; dieſer iſt nun ganz objectiv, ohne alle Beimiſchung des eignen Stoffs des Ich, und der betreffende Theil (des ideellen Elements) kann mithin auch eigentlich nicht zum Ich gerechnet werden; eine Vorſtell⸗ empfindung iſt auch wirklich für mich nur inſofern da, als ich mich ihrer bewußt bin. Iſt meine Aufmerkſamkeit durch irgend etwas ſtark in Anſpruch genommen, ſo kann es mir leicht begegnen, daß ich ſchaue, ohne zu ſehen, und höre, ohne zu vernehmen.

Die Intenſität dieſer Empfindungen iſt eine objective, das Ich nicht betreffende, aber nur bis zu einem gewiſſen Punkte, nämlich bis ſie den ganzen ledigen Theil des ideellen Elements (welches, wie alles im Ich, eine intenſive Größe, d. h. wenn man ſo ſagen darf, ein innerliches Volumen hat) eingenommen hat. Die Steigerung der In⸗ tenſität über dieſen Punkt trifft ſchon das Ich ſelbſt; die Vorſtellempfindung wird alſo in dieſem Fall einerſeits zu einem Gefühle. Ein zu helles, grelles Licht z. B. iſt unangenehm. Dieſen Umſtand darf man nicht außer Acht laſſen. Daß rein objective Empfindungen möglich ſind, kommt daher, daß unſer Ich in dem Zuſtande einer be⸗ ſtimmten Selbſtentfremdung (des Außereinander der beiden Elemente) beſtändig erhalten wird — das iſt es eben, was ich den Nullpunkt genannt habe, — ſo wird ein Theil des ideellen Elements vom fremden Inhalte erfüllt werden können, ohne daß das Ich dadurch näher afficirt wäre. Man denke ſich nur nicht: dieſer Theil könne durch die Mannigfaltigkeit oder die extenſive Vielheit des einbringenden

Stoffs erfüllt werden; man erinnere sich nur dessen, was schon **Kant** gelehrt hat: daß alle Wahrnehmung *successiv* ist. Die in jedem Augenblicke statt findende Empfindung enthält keine Mannigfaltigkeit und keine Ausdehnung, sondern nur Intensität, mittelst deren allein der objective Stoff den ledigen Theil des ideellen Elements des Ich erfüllen kann. Es können freilich mehrere, durch verschiedene Sinne erregte Empfindungen in einem Augenblicke im Ich zusammentreffen, allein die auf diese Weise erzeugte Mannigfaltigkeit bezeichnet bloß die oben erwähnte Convergenz der objectiven Vielheit der Beziehungen im Ich und trägt nichts besonders zu seiner Erfüllung bei.

Wenn wir nun das ideelle Element des Ich im Ganzen betrachten, so sehen wir, daß ein Theil desselben von dem concreten Elemente des Ich selbst, der übrige Theil aber von einem objectiven, den Dingen angehörenden, die Manifestation derselben im Ich ausmachenden, Inhalt eingenommen oder erfüllt ist. Es muß also in dem ideellen Element gewissermaßen eine **Grenzlinie** geben, wodurch der subjective (dem Ich angehörende) Inhalt von dem objectiven geschieden ist und woran beide aneinander stoßen. Diese (imaginäre) Linie wird natürlich durch den objectiven Inhalt bestimmt, als welcher dem einbringenden, thätigen Principe gehört; der subjective Inhalt erhält dadurch eine **objective Bestimmung**, die eine Mannigfaltigkeit der **Gefühle** (des subjectiven Inhalts) veranlaßt, welche ihnen an sich fremd ist. Diese Bestimmung ist es, welche macht, daß wir unsere Gefühle auf verschiedene Theile des Leibes beziehen, oder verschiedenen äußeren Ursachen zuschreiben. Die Verschiedenheit der Gefühle ist in dieser Hinsicht directer Ausdruck der Verschiedenheit dieser objectiven Agenzien selbst.

Die **Möglichkeit** der Accidenzien im Ich ist also über-

haupt auf der Dualität seiner Elemente begründet. Der
Wechsel der Accidenzien ist nichts als der Wechsel des Verhältnisses, in welches die beiden Elemente zu einander gebracht werden. Ihr ursprüngliches, normales Verhältniß
ist vollständige Durchbringung des ideellen Elements von
dem concreten; durch den von außen kommenden Stoff wird
aber das concrete Element des Ich aus dem ideellen zum
Theil herausgedrängt und die Größe dieses Theils bestimmt
den Grad der Intensität des Gefühls, in welchem alsdann
das Accidens des Ich besteht. Die Unterschiede und der
Wechsel in dem Grade der Intensität betreffen also, wie
sich übrigens von selbst versteht, nicht die Substanz des Ich,
sondern nur das Verhältniß ihrer beiden Elemente, d. h.
ihre Accidenzien. Die beiden Elemente können aber auf
keine Weise vollständig auseinandergezogen werden; denn
ein solches Verhältniß, ein absolutes Außereinander derselben
würde Aufhebung der Einheit des Ich sein, Zerstörung
seiner Substanz, welche undenkbar ist.

4.

Nun kommt die Untersuchung an die Reihe, welche
zeigen soll, wie das Ich zum Subjecte der Thätigkeit, der
causalen Beziehungen werden kann.

Das Ich ist eine intensive Größe, d. h. eine Einheit,
in welcher eine innere Vielheit in der Form der beiden
Elemente enthalten ist, so daß der Gegensatz von Einheit
und Vielheit und alle diesem correspondirenden Gegensätze
im Ich als aufgehoben zu denken sind. Ihrem Begriffe
nach sind aber Einheit und Vielheit dennoch einander contradictorisch entgegengesetzt; der Gegensatz darf also nie als
ganz vernichtet und verwischt gedacht werden, sondern er ist,
und mit ihm alle übrigen ihm correspondirenden, im Ich

potentiell enthalten. Wenn nun das Eindringen eines fremden Elements alle diese Gegensätze realisirt, zur Wirklichkeit, zur Actualität bringt, so entsteht dadurch im Ich, dessen Natur der (actuelle) Gegensatz zuwider ist, eine Spannung und ein Streben, die Gegensätze aufzuheben und in den ursprünglichen Zustand der Identität zurückzukehren.

Das Ich kann also nur sich selbst zum Ziel seiner Bestrebungen haben. Man mißversteht die Natur des Ich auf das Gewaltigste, wenn man meint: in seinem Wesen könnten ursprünglich Triebe oder auch Gesetze liegen, die auf Etwas außer ihm gerichtet wären. Das Ich ist vor allem Substanz, Substanz bedeutet aber die Nichtrelativität des Seins. Man kann aber die eigne Qualität eines Dinges von seinem Sein nicht trennen, sonst würde der Begriff des Seins in der Anwendung allen Sinn verlieren. Denn er bedeutet nur die (absolute) Position des Dinges, — also doch wohl in dessen Eigenthümlichkeit oder Qualität, wenn er die Position eines bestimmten Dinges und nicht Position überhaupt, d. h. ohne allen Inhalt, bedeuten soll. Wenn also ein Ding dem Sein nach außerhalb aller Beziehungen zu setzen ist, so wäre dieses Setzen unausführbar, falls die Qualität des Dinges relativ wäre. Man soll nur das Bewußtsein, welches ein Mensch von seinem Streben hat, nicht mit dem spontanen Impuls dieses Strebens selbst verwechseln. Der Mensch kann sich ja mancherlei Dinge, wie z. B. absolute, der menschlichen Persönlichkeit ursprünglich inhärirende Gebote, oder kategorische Imperative, einbilden, denen in der Wirklichkeit nichts wahrhaft entspricht.

In nichts findet die Individualität einen unmittelbareren und kräftigeren Ausdruck als in dieser Richtung des Strebens des Ich auf sich selber; durch dieses Streben bewährt und erhält sich die Individualität in dem complexen System von

Beziehungen, worin das Ich hineingezogen und festgehalten wird. Die Individualität ohne diese Richtung des Strebens, wie diese Richtung ohne Individualität sind durchaus undenkbar.

Auf dem im Inneren des Ich aufgehobenen Gegensatz zwischen Einheit und Vielheit beruht, wie gesagt, die Elasticität, die das Ich zum Grunde des Geschehens, zum thätigen Subjecte zu werden befähigt; es liegt also aller denkbaren Thätigkeit ein Gegensatz zu Grunde, und zwar nicht insofern er bloß als aufgehobener, als ·potentieller in der Einheit ruht, sondern sofern er durch irgend welche Einflüsse theilweise zur Wirklichkeit befördert wird, wodurch sein begrifflicher Gegensatz gegen die Einheit realisirt wird. ˙Das ganze Streben des Ich geht nun dahin, diesen Gegensatz wieder aufzuheben, welches Streben bloß als innerer Vorgang betrachtet, überhaupt Begehren genannt werden kann. Da aber dem Begriffe der Thätigkeit (der Manifestation) zufolge dieselbe nicht nach innen, sondern nur nach außen gerichtet werden kann, so entsteht daraus die Nothwendigkeit von näheren objectiven Bestimmungen des Begehrens, die ihm an und für sich fremd sind. Es werden äußere Dinge zu Gegenständen des Begehrens, sofern ihre Einwirkung auf das Ich zur Hebung des inneren Gegensatzes beiträgt; diese werden vor allem zum Ziele seiner Thätigkeit. Es ist aber schon klar, daß dabei eine Kenntniß von diesen Dingen und folglich auch überhaupt Bewußtsein vorauszusetzen ist. Das bewußte Begehren heißt nun überhaupt das Wollen, und als constitutive Eigenschaft des Ich betrachtet — der Wille. Das allgemeine Ziel aller Bestrebungen des Willens ist — Realisirung von Zwecken, oder, wenn man so sagen darf, — Incorporiren von Ideen oder Gedanken. Denn unter Zweck versteht man eine solche

Idee oder einen solchen Gedanken, der zum Bestimmungs-
grunde des Geschehens mittelst der Thätigkeit des Ich (als
einer Manifestation desselben) werden kann; eine Zweckbeziehung ist also eine durch die Idee vermittelte Beziehung.
Es drängt sich mir nämlich ein Gegensatz auf zwischen meiner Idee und der Wirklichkeit, den ich aufzuheben trachte;
es scheint mir, die Wirklichkeit sei nicht so beschaffen, wie
sie meinen Ideen zufolge beschaffen sein sollte, und ich strebe
demnach, dieselbe den Ideen gemäß umzugestalten, also den
ideellen Gehalt meiner Gedanken zur concreten Wirklichkeit
zu bringen. Das Ziel des Wollens ist also im Allgemeinen — Aufhebung des Gegensatzes zwischen dem Ideellen
und dem Concreten, woraus ganz nothwendig zu ersehen
ist, daß ein solcher Gegensatz allem Wollen auch zu Grunde
liegen muß. In der That, das Mißverhältniß zwischen der
Wirklichkeit und der Idee kommt ja doch nur daher, daß
die Wirklichkeit als Grund des in mir erzeugten Gegensatzes
zwischen dem Ideellen und dem Concreten angesehen wird;
sonst würde ich in ihr nichts der Umgestaltung Bedürftiges
finden können.

Diese Grundbestimmung des Strebens des Ich (nach
Aufhebung des Gegensatzes) ist aber die einzige demselben
eigene, weil aus seiner Natur selbst hervorgehende; alle
übrigen, näheren Bestimmungen des Strebens des Ich dagegen, welche Relationen auf äußere Dinge ausdrücken,
wie: Bedürfnisse, Leidenschaften, Neigungen u. s. w. sind
dem Ich an sich ganz fremd, sind ihm von außen auf-
gezwungen und stehen meistens, wie wir später sehen
werden, mit dem innigsten und eigensten Sinne seines
Strebens im Widerspruche, auf welchem auch die dem
Ich mögliche Freiheit beruht.

Die Richtung des Strebens des Ich auf sich selber

follte auch eine entfprechende (analoge) Nichtung der Thätigkeit deffelben beftimmen oder erzeugen; allein diefe ift unmöglich, fofern das Ich noch bei fich felber, in Identität
und Durchdringung feiner Elemente bleibt. Denn Thätigkeit ift Manifeftation, Herausgehen aus fich, Entfaltung der
inneren Vielheit und Gegenfätzlichkeit außer fich; diefe fetzt
aber nicht nur den Gegenfatz von Subject und Object,
fondern auch eine abfolute Gegenfätzlichkeit im Objecte felbft
voraus. Derjenige Theil des Ich alfo, in welchem Ideelles
und Concretes noch von einander durchdrungen find, der
der eigentliche Repräfentant der Subftanz des Ich ift, und
den ich das moralifche Ich nennen möchte, kann fich nur
nach außen, nicht aber in fich felber manifeftiren; es wird
zum Subjecte und zum Grunde des Gefchehens lediglich in
der äußeren Welt und nur mittelbar in fich felbft. Meine
Gefühle, meine inneren Zuftände kann ich gewiß nicht unmittelbar beftimmen, kann diefelben nicht nach Belieben
wechfeln laffen. Vom Ich als praktifch-thätigem Subjecte
habe ich nun hier nicht mehr zu reden, nur feine innere
Thätigkeit wird hier betrachtet, die Möglichkeit diefer muß
alfo gezeigt werden.

Der von dem concreten Elemente des Ich ledige Theil
des ideellen Elements ift nun eigentlich außerhalb des
Ich felber; doch ift diefes Außereinander kein abfolutes in
der Weife des räumlichen; die Einheit des Ich kann doch
nicht aufgehoben werden, trotz dem in ihr gewaltfam erzeugten Zwiefpalte. Das muß man erwägen, um zu begreifen, wie das Ich zum vorftellenden Subjecte wird.
Das von außen erzeugte Außereinander des ideellen und
des concreten Elements ift nämlich feft und weit genug,
um den Gegenfatz von Subject und Object tragen zu können,
die Einheit des Ich aber lebendig genug, um fich in dem

Außereinander selbst zu bewähren und zu behaupten; hier kommt also wirklich jene Richtung der Thätigkeit des Ich auf sich selber zu Stande, die oben gefordert wurde.

Im ganzen Ich stehen sich nun zwei Dinge, das moralische Ich einerseits und der ledige Theil des ideellen Elements andererseits, gegenüber; diese beiden stellen das gespaltene Ich dar und können nicht außerhalb seiner Einheit gedacht werden. Die Richtung der Thätigkeit des einen von diesen Dingen auf das andere würde also in der That eine Rückkehr des Ich auf sich selber bedeuten. Es bleibt nur noch auszumitteln, welches von diesen beiden Dingen zum Subjecte und welches zum Objecte der inneren Thätigkeit des Ich werden muß. Zum Objecte, das wissen wir, kann nur dasjenige werden, in dem eine absolute Gegensätzlichkeit der zweiten oder der dritten Art anzutreffen ist. Nun kann aber die absolute Gegensätzlichkeit der zweiten Art im Ich gar nicht vorkommen, denn das Ich ist doch nur eine Substanz und keine Mehrheit von Substanzen, also nur diejenige der dritten Art, d. h. die absolute Gegensätzlichkeit im Wechsel der Accidenzien. Nun vermag diese allein zum Objecte des Erkennens, nicht aber zum Objecte der concreten Thätigkeit zu werden. Denn nur im Erkennen können die aufeinanderfolgenden Accidenzien, mittelst der Reproduction ihrer Vorstellungen, zugleich ergriffen und behalten werden; in der Wirklichkeit schließt das Dasein des einen das des anderen unbedingt aus, und eben darin besteht ihr absoluter Gegensatz, daß, wenn das eine da ist, das andere nicht sein kann, das vergangene Accidens nicht zugleich mit dem gegenwärtigen bestehen. Ein solcher Gegensatz ist als Gegensatz offenbar nur für das Erkennen vorhanden, der Entfaltung der sich zugleich ausbreitenden inneren Vielheit des concreten Subjects kann er unmöglich zur

Grundlage dienen. In der inneren Thätigkeit vermag daher das Ich nur in dem ledigen Theil des ideellen Elements — als Subject, und natürlich als vorstellendes, erkennendes Subject, aufzutreten; das moralische Ich dagegen kann nur zum Objecte dieser Thätigkeit werden. Die einzige denkbare innere Thätigkeit des Ich ist also — das Vorstellen und Erkennen; was man aber von anderen inneren Thätigkeiten des Ich gelehrt hat, entsprang aus mangelhafter Erforschung der Begriffe.

Das Grundstreben des Ich ist — Aufhebung des inneren Gegensatzes, Rückkehr zu der ursprünglichen, ungestörten Einheit und Harmonie, dieses soll seine Thätigkeit bestimmen; es scheint aber dem Begriffe der Thätigkeit zu widersprechen, die ja Manifestation, Ausbreitung und Entfaltung des vielheitigen, mannigfaltigen Inhalts des Subjects am Objecte bedeuten soll. Man bedenke jedoch, daß, was hier in der vorstellenden Thätigkeit als Subject auftritt, das Ich in dem ledigen Theil des ideellen Elements, seinem Wesen zufolge keinen eignen Inhalt hat, den es manifestiren könnte; hier muß also die ganze Richtung der Thätigkeit eine umgekehrte sein. Nicht das Object wird sich am Objecte darstellen, nicht die potentielle Vielheit des ersten aus seiner Einheit heraustreten, sondern umgekehrt, das Object wird hier zum Subjecte zurückgeführt, die Vielheit am Objecte in die Einheit des Subjects aufgenommen. Das Erkennen ist eine thätige Receptivität. *)

---

*) Das Ich als Subject nimmt den Inhalt seiner selbst als Object in seiner Totalität in sich auf. Dieses ideelle Aufnehmen des Inhalts, welches Vorstellen heißt, ist nun ganz verschieden von der unmittelbaren Durchdringung des ideellen und des concreten Elements, wie sie im moralischen Ich, im Gefühle, sich zeigt; so daß, wiewohl das Ich sich durch diese Thätigkeit so zu sagen ganz versammelt, seine

Doch kann das Subject nicht alles Inhalts baar sein, sonst würde es nimmer selbst zum Objecte der Erkenntniß werden können. Den Inhalt des erkennenden Subjects als solchen machen die Gesetze des Erkennens aus. Es war schon im I. Kapitel hervorgehoben worden, daß in dem Ideellen selbst zwei Seiten, eine ideelle und eine reelle, sich unterscheiden lassen; zugleich war bemerkt, daß an der reellen Seite nichts Erkennbares gefunden werden kann, was nicht Bezug auf die ideelle (vorstellende) Seite, mithin auf die Objecte des Vorstellens, hätte. Denn die Eigenthümlichkeit des Ideellen besteht in einer Negation, welche, wie man weiß, nothwendig relativer Natur ist. Wofern aber das Ideelle als Element einer Substanz gedacht werden muß, soll darin nichts von Relationen (auf äußere Dinge) anzutreffen sein; in diesem Zustande (bloß in der Substanz oder an sich betrachtet) kann es also nicht zum Objecte des Erkennens werden, was sich übrigens von selbst versteht, weil ja alles Erkennen eine Beziehung ist und Beziehungen voraussetzt. Daraus folgt nun, daß die Gesetze des Erkennens der Substanz des Ich an sich ganz fremd, derselben von außen her eingepflanzt sind. Diese Gesetze

---

innere Mannigfaltigkeit im Bewußtsein erfassend, und dadurch seine unzerstörte Einheit wieder erkennend, so kann es doch dadurch den von außen erzeugten und unterhaltenen Zwiespalt nicht wirklich aufheben und den ursprünglichen Zustand nicht wiederherstellen. Indessen gibt dieses Auffassen im Selbstbewußtsein dem inneren Leben eine Innigkeit des bei- und-in-sich-Seins, eine, wenn man so sagen darf, wahrhaft ichliche Selbstgegebenheit und Selbstgehörigkeit, welche macht, daß dieser bewußte Zustand viel höher geschätzt werden muß, als jener obenerörterte der absoluten Glückseligkeit (der Identität), wiewohl jener als der normale und ursprüngliche Zustand unseres Ich (freilich nur im immanenten Sinne) zu betrachten ist.

sind in sich widersprechend und stehen dadurch auch mit der, nach absoluter Wahrheit strebenden Natur des erkennenden Subjects im Widerspruche, welchem wir die Möglichkeit, sich selber als Subject aufzufassen, mithin die Freiheit des Denkens verdanken.

V.

Von der Materie.

Es wird wohl schwerlich jemand bezweifeln wollen, daß das Erwachen des intellectuellen Lebens durch äußere Eindrücke herbeigeführt wird. Unter dem äußeren Eindruck kann aber nichts anderes verstanden werden, als das Eindringen eines fremden Elements in das Ich, welches Eindringen natürlich in demselben eine Veränderung, ein Geschehen verursacht, wie denn auch dem Grundgesetze unseres Erkennens gemäß alles Geschehen als Ausdruck und Product der causalen Gemeinschaft aufzufassen ist. Die in solcher Gemeinschaft mit einander begriffenen Dinge müssen aber demselben Gesetze zufolge ihrem eignen Bestehen nach außerhalb aller Beziehungen, d. h. als Substanzen gesetzt werden. Es muß also das Ich sowohl sich selber, wie auch das Subject der an ihm gegebenen Beziehungen (deren Object es, das Ich, selbst ist) als Substanzen setzen. Nun ist aber die Wahrnehmung continuirlich, es muß folglich auch das Subject der Manifestation, die den Stoff der Wahrnehmung ausmacht, — als eine räumlich ausgedehnte Substanz gesetzt werden.

Ich glaube nicht, daß hier viele Erläuterungen nöthig sind. In jedem untheilbaren Augenblicke der Zeit sollte das

Ich eine Substanz außerhalb sich selbst setzen; ein vielfaches Setzen würde eine Mehrheit von Substanzen ergeben, deren Außereinander, wie wir wissen, sofern dabei keine qualitativen Unterschiede in Betracht gezogen werden müssen, — ein räumliches ist. Diese der Wahrnehmung in jedem Augenblicke entsprechenden Substanzen können nun nicht alle voneinander getrennt gesetzt werden, weil in der Wahrnehmung selbst Continuität sich findet; vielmehr entsteht daraus das Setzen von extensiven, continuirlichen, räumlich ausgedehnten Substanzen, deren allgemeines Wesen durch das Wort M a t e r i e bezeichnet wird.

Man wird mich vielleicht erinnern wollen, ich hätte schon früher behauptet: die Materie könne kein Subject von causalen Beziehungen sein. — Gewiß, dafür ist sie aber das einzige mögliche unmittelbare Object derselben; die Beziehungen afficiren das Ich nur so zu sagen per Reflexion von der Materie, die daher am Anfange des Erkennens selbst zuerst als Subject erscheinen muß.

Es ist schon gezeigt worden, dass in dem Begriffe der Materie Widersprüche enthalten sind. In der That, die Absurdität ihres Begriffs ist so auffallend, dass es unbegreiflich scheint, wie sie jeder oberflächlichsten Betrachtung entgehen konnte. Die Materie ist ein Gedankending, nur darf man deshalb mit ihr nicht nach Belieben schalten und sie nicht nach Gutdünken construiren wollen. Sie bezeichnet eine Nothwendigkeit im Erkennen, die weder aufgehoben noch umgedeutet werden kann; und die ganze Construction der Materie kann nur darin bestehen, dass man den Grund dieser Nothwendigkeit angibt, welcher, wie ich gezeigt habe, ein zwiefacher ist: 1) die gleichoben erwähnte Continuität in der Wahrnehmung und 2) die in dem Begriffe der

Manifestation (der causalen Beziehungen) liegende Forderung eines, eine absolute Vielheit enthaltenden, Objects, dessen Accidenzien schon ihrem Wesen nach relativ seien.

Die Materie bedeutet das Ansich der Welt im immanenten Sinne. Da aller Stoff des Erkennens in Beziehungen gegeben und der Begriff der Beziehungen durchaus unzureichend ist, um diesen Stoff, das Gegebene, das Bedingte, dem Sein oder dem Unbedingten einzuverleiben, so bleibt für die Substanz (das Sein im immanenten Sinne) der Welt nichts, als die räumliche Ausdehnung übrig. Fassen wir die Welt außerhalb aller Beziehung auf unsere Wahrnehmung auf, so ist sie bloß — ausgedehnte Substanz, Materie, und nichts weiter.

Nach dieser Auseinandersetzung und nachdem man sich einen Begriff von dem, was Kraft heißt, gebildet hat, wird man gleich einsehen, daß die sogenannte dynamische Construction der Materie aus dem Conflicte von (eingebildeten) attractiven und repulsiven Kräften nicht den mindesten wissenschaftlichen Werth haben kann; ich werde auch kein Wort mehr darüber verlieren. Aber auf eben so schwachen Füßen steht auch die von einigen Philosophen versuchte Construction der Materie aus Monaden oder einfachen Wesen. Daß aus einer Menge von Punkten oder unausgedehnten Wesen, man mag sie drehen und wenden, wie man will, keine Ausdehnung hervorzuzaubern ist, wie aus einer Menge von Nullen keine Einheit, — dies ist zu offenbar, um noch besonders erhärtet werden zu müssen. Die Continuität kann nur in einer Bewegung angetroffen, oder durch eine Bewegung hervorgebracht werden; kein andrer Ursprung der Vorstellung des Continuums ist zu finden, man sollte also diese hoffnungslosen Versuche nicht erneuern. Die Erwähnung der einfachen

Wesen will ich aber benutzen, um Einiges über die Verknüpfung der Begriffe der Qualität und der Quantität in
unserem Denken zu sagen.

Nicht nur hat alle uns bekannte Qualität einen bestimmten Grad, d. h. intensive Größe, sondern alle Qualität
ist auch nur in der intensiven Größe, in der inneren Vielheit denkbar; mit dem absoluten Gegensatze der Einheit und
Vielheit dagegen ist sie durchaus unverträglich. Ein einfaches Wesen z. B. kann keine Qualität haben, weil es in
ihm nichts gibt, woran sie haften könnte. Man kann zwar
willkürlich dem einfachen Wesen Qualität beilegen, aber
dadurch wird doch nur eine Verbindung von Worten und
keine von Gedanken zuwege gebracht, und man wird nie
angeben können, wie denn diese Qualität zu denken, oder
womit sie zu vergleichen ist. Der Begriff des einfachen
Wesens ist nun überhaupt ein ganz leerer aus Negationen
zusammengeflickter und mag daher recht füglich ganz ver-
nachläsßigt werden; von großer Wichtigkeit ist es dagegen,
daß man einsehe und begreife, daß die Materie selbst, die
raumerfüllende Substanz gleichfalls keine Qualität haben
kann.

Da in der Materie Alles außer einander ist, so würde
die Qualität, wenn man sie darin in Gedanken versetzen
wollte, sich gewissermaaßen in einem Schweben erhalten
müssen, ohne etwas zu finden, womit sie sich verbinden
könnte. Denn die Materie bietet eine Zusammensetzung dar,
in welcher jedoch nichts anzutreffen ist, was diese Zusammensetzung ausmachte, in ihr als Element enthalten wäre und
was allein Träger der Qualität sein könnte und sollte. Will
man in das Innere der Materie eindringen, so öffnen sich
darin immer neue Abgründe des Außereinander ohne Ende
wie ohne Unterschied und man wird genöthigt, einzusehen,

daß in der Materie kein Inneres zu finden ist, Alles zer-
fließt in lauter Aeußerlichkeiten, in lauter Relationen. Das
Außereinander ist die einzige Qualität oder Eigenschaft
der Materie, welche die Möglichkeit aller anderen Quali-
täten und Eigenschaften unbedingt ausschließt; hier habe ich
nur noch zu zeigen, daß alle nothwendigen und allgemeinen
Eigenschaften der Materie nur verschiedene Ansichten des
Außereinander, dieser Grundeigenschaft, sind.

Und für's Erste, was die Undurchdringlichkeit anlangt, so ist ganz offenbar, daß ihr Begriff mit demjenigen
des Außereinander vollkommen identisch ist. Denn was sonst
in aller Welt möchte die Undurchdringlichkeit bedeuten, wenn
nicht dieses: was außer einander sein soll, kann nicht in
einander sein? — Man stelle sich vor, alle existirende
Materie sei in einem vollkommen continuirlichen Klumpen
versammelt, und nun kommt die Frage: worin das Wesen
dieses Klumpens, als eines räumlich ausgedehnten Dinges,
bestehe? Offenbar darin, daß in demselben Alles außer
einander ist; von einer wechselseitigen Durchdringung der
Theile kann hier also gar keine Rede sein. Man vertheile
weiter den Klumpen in mehrere Stücke und trenne diese
Stücke von einander, wird dadurch etwas an dem Wesen
des Klumpens verändert? Woher würden denn diese seine
Theile jetzt die Fähigkeit bekommen, sich zu durchdringen,
die sie vorher nicht hatten? — Das ist nicht zu beantworten; bei dieser Betrachtung stellt sich aber deutlich der Umstand heraus, der zur Aufstellung des gedankenlosen Begriffs
einer durchdringlichen Materie die Veranlassung gab. Es
können nämlich die von einander getrennten Theile der Materie in Bewegung versetzt werden, und wenn einer von
ihnen auf seinem Wege einen anderen trifft, so muß er ihn
durchdringen, denn von einer Kraft des Widerstehens ist in

dem Begriffe der Materie nichts zu finden. Eine solche
Kraft besitzt nun die Materie allerdings nicht, dennoch können ihre Theile sich nicht durchbringen, we*" sie ihrem Begriffe zufolge immer außer einander bleiben müssen.
Man verkenne nur nicht das Relative in dem Wesen der
Bewegung. Bewegung ist Veränderung des gegenseitigen
Verhältnisses der Dinge im Raume, sie setzt mithin dieses
(räumliche) Verhältniß nothwendig voraus; wie hätte sie
also zu einer Durchdringung der Stoffe, d. h. zur Aufhebung
des räumlichen Verhältnisses derselben führen können?

Man erinnere sich auch dessen, was im II. Kapitel
über den Widerspruch zwischen der Bewegung und dem
absoluten Aussereinander gesagt worden ist; ich habe
schon dort gewarnt, wegen des Widerspruchs keins von
diesen beiden dem andern aufzuopfern. Dort hatte ich
die Bewegung gegen Zenon zu vertheidigen, der von
der unendlichen Theilbarkeit, d, h. dem absoluten
Aussereinander ausgehend, die Möglichkeit der Bewegung
leugnete, weil sie mit dem absoluten Aussereinander im
Widerspruche steht. Hier dagegen geht man von der
Bewegung aus und will ihretwegen die Durchdringlichkeit zulassen, d. h. das absolute Aussereinander aufheben, weil es mit ihr im Widerspruche steht. Die
Eine dieser Verfahrungsweisen ist aber ebenso unbe-
gründet wie die andere, denn weder hat die Bewegung
ein Vorrecht vor dem absoluten Aussereinander, noch
dieses vor jener; sondern sie müssen neben einander
bestehen in ihrem wesentlichen Widerspruche, der durch
keine Künstelei zu heben ist.

Man glaubte aber auch empirische Gründe gefunden zu
haben, um die Durchdringlichkeit der Materie zuzulassen.
In der chemischen Verbindung, sagt man nämlich, komme

eine so durchgreifende Veränderung des ganzen Wesens der sich verbindenden Stoffe vor, daß sie unmöglich durch die bloße Juxtaposition der kleinsten Theile derselben erklärt werden könne, welche überdieß sich dem Mikroskop verrathen sollte, was jedoch nie der Fall gewesen: wie in einem Stücke Zinnober z. B. auch unter dem Mikroskop Schwefel vom Quecksilber nicht zu unterscheiden ist. Man müsse folglich annehmen, daß bei chemischen Verbindungen eine wirkliche Durchdringung der Elemente statt finde. — Dagegen bemerke ich: wären die physischen und chemischen Eigenschaften, welche die Körper von einander unterscheiden, der Substanz der Körper selbst inhärirend, dann wäre überhaupt eine chemische Verbindung nicht denkbar. Denn die eigenthümliche Qualität der Substanz kann wie diese selbst weder entstehen noch vergehen, noch irgend wie latent gemacht werden, ist überhaupt keinem Wechsel unterworfen. Wenn es aber eine ausgemachte Sache ist, daß das allgemeine Substrat der Körper keine von den, die Unterschiede dieser letzteren betreffenden, Eigenschaften besitzt, sondern im Zinnober wie im Schwefel oder im Quecksilber sich selbst gleich ist, vollkommen identisch; so ist es etwas seltsam, sich einzubilden, daß in dem Producte einer chemischen Verbindung die darin einbegriffenen Stoffe in ihrer Eigenthümlichkeit immer noch beharren, wiewohl von den diese Eigenthümlichkeit ausmachenden Merkmalen keines mehr der Wahrnehmung sich offenbart und diese Merkmale doch nur in der Wahrnehmung ihr ganzes Bestehen haben, außerhalb derselben aber überhaupt nirgends anzutreffen sind. Es ist lächerlich, sich einzubilden, daß z. B. im Wasser Sauerstoff und Wasserstoff wirklich enthalten seien, obgleich im Wasser kein einziges Merkmal, weder des Sauerstoffs noch des Wasserstoffs wahrzunehmen ist; diese Merkmale inhäriren ja nicht den Stoffen an sich, sonst würden sie dieselben nie verlieren können, zugleich machen sie aber die ganze specifische Qualität des Stoffs aus, insofern derselbe ein physisch und chemisch bestimmter Stoff, Wasser oder Schwefel, oder was sonst anderes ist. Es ist also klar, wenn diese Merkmale nicht da sind, dann ist auch der dadurch specifisch bestimmte Stoff als solcher nicht da; denn nur der Unterschied dieser Merkmale, — welche Beziehungsweisen und nicht Attribute noch Accidenzien der Substanz sind, — macht den ganzen Unterschied der empirisch erkennbaren Stoffe aus.

Jetzt kommt die Theilbarkeit an die Reihe. Die Materie ist ihrem Begriffe nach in Gedanken ins Unendliche theilbar, weil alles in ihr außer einander ist; sie ist aber physikalisch schlechthin untheilbar, eben weil Alles in ihr außer einander ist. Denn um sie physikalisch zu vertheilen, müßte in sie etwas eindringen können, was eben unmöglich ist. Wenn uns also die Erfahrung lehrt, daß die Materie dennoch theilbar ist, so kann es nur daher kommen, daß sie von vornherein schon getheilt ist; und da folglich diese Theilung als eine vollendete anzusehen ist, so kann sie natürlich keine unendliche sein. Denn die Unendlichkeit bedeutet nur die Unvollendbarkeit eines Vorgangs und weiter nichts. Wir müssen also annehmen, daß die Materie aus Körpern besteht, welche physisch nicht weiter getheilt werden können und daher ganz schicklich Atome genannt werden, ob sie gleich in Gedanken unendlich theilbar sind und bleiben.

Die Trägheit der Materie ist eine negative Bestimmung und bedeutet nur, daß es in dem Begriffe der Materie liege, daß sie nie zum Subjecte der Thätigkeit, der causalen Beziehungen, sondern nur zum Objecte derselben werden könne. Um dieses klar zu machen, ist es hinreichend, die Begriffe von Kraft und Thätigkeit einerseits und den

der Materie andrerseits neben einander zu stellen; die
Unverträglichkeit dieser Begriffe erhellt dann von selbst. —
Unter Kraft versteht man das Vermögen eines Dings, in
einem anderen, außer ihm existirenden, Veränderungen zu
verursachen, und Thätigkeit ist die Ausübung dieses Vermögens. Dies ist aber ganz offenbar ein Vermögen aus
sich selber herauszugehen: das Ding soll Wirkungen da
hervorbringen, wo es selbst nicht ist. Nun ist das Herausgehen aus sich mit dem Wesen der Materie schlechthin unvereinbar, als in welcher Alles ursprünglich schon und absolut außereinander ist.

Zu diesem füge man hinzu, was ich im III. Kapitel
gesagt habe über die Unmöglichkeit das Außereinander der
in primären causalen Beziehungen begriffenen Dinge als
ein räumliches Außereinander vorzustellen, und noch die
folgende Betrachtung. — Bei primären causalen Beziehungen
ist die Gemeinschaft gegeben und aus ihr wird der Gegensatz
herausgehoben; umgekehrt bei den secundären Beziehungen
ist der Gegensatz (mittelbar oder unmittelbar, je nach der
Art des Gegensatzes) gegeben und der Zusammenhang wird
zu ihm hinzugedacht; daraus wird schon offenbar, daß unter
Dingen im Raume keine primären, sondern nur secundäre
Beziehungen statt finden können. Denn im Raume müssen
uns allemal erst die Dinge selbst (also ihr Gegensatz) gegeben sein, ehe wir von ihrem Zusammenhange etwas erkennen. Freilich nachdem ich mittelst Induction schon ein
Gesetz dieses Zusammenhangs erkannt habe, kann ich wohl
von dem Zusammenhang auf den Gegensatz schließen: wie
wenn ich z. B. des Morgens aufwache und das Zimmer
erleuchtet sehe, so brauche ich mich nicht nach der Sonne
umzusehen, um überzeugt zu sein, daß sie aufgegangen ist;
weil ich schon aus früherer Erfahrung weiß, daß das Tages-

licht von der Sonne kommt; zuerst konnte ich dies aber nicht anders erfahren als durch unmittelbare Wahrnehmung der Sonne selbst. Denn solange man einen Körper nicht kennt, kann man von seinen Wirkungen auf ihn selbst nicht schließen und ihn dadurch nicht erkennen, es sei denn, daß man sich in solchem Schließen durch Analogie leiten ließe. Ganz anders ist es dagegen mit den primären causalen Beziehungen bewandt, die Gefühle und Gedanken eines anderen Menschen z. B. können mir nie in der Wahrnehmung gegeben werden, dennoch erkenne ich ihn aus seiner Manifestation in der äußeren Welt. An den Accidenzien der räumlichen Dinge selbst also treffe ich Etwas von der Art an, daß ich sie (diese Accidenzien) für die Manifestation einer intensiven Größe, nämlich eines fühlenden und intelligenten Wesens, zu halten genöthigt bin, mithin aus der causalen Gemeinschaft dieses Wesens mit den räumlichen Dingen ihren Gegensatz als Substanzen hervorheben muß.

Die Trägheit der Materie bedeutet also weiter nichts, als daß die Materie sich von selbst nie in Bewegung versetzen kann, und einmal in Bewegung gerathen, sich nie von selbst zur Ruhe bringen. Was aber den Widerstand anbetrifft, den die bewegte oder auch die (relativ) ruhende Materie wirkenden Kräften leistet, also den Umstand, daß die Masse der Materie das Maaß der wirkenden Kräfte abgibt oder bestimmt, worauf sich die Gesetze der Mittheilung von Bewegungen gründen, — so hat dies mit dem Begriffe der Materie an und für sich gar nichts zu schaffen, sondern gehört zu den Bedingungen der Manifestation des allgemeinen Subjects oder Princips der Kräfte und überhaupt des Geschehens in der Natur, wie später nachgewiesen werden muß.

Das Wesen der Materie besteht in dem absoluten

Außereinander, in der absoluten Gegensätzlichkeit; die Materie
breitet sich selbst in Gegensätzen aus, aber dafür birgt sie
auch keinen Gegensatz in sich, da das reale Verhältniß, in
welchem die Vielheit in der Materie zu der Einheit steht,
dasselbe ist wie das begriffliche Verhältniß beider. Wie
nämlich in ihrem (abstracten) Begriffe selbst die Vielheit
als das contradictorische Gegentheil der Einheit dasteht, so
erscheint auch in der Materie die Vielheit als eine absolute,
die Einheit schlechthin ausschließende. Um nun zu verstehen,
was daraus folgt, muß man die Materie in dieser Hinsicht
mit der intensiven Größe vergleichen. In der Einheit der
intensiven Größe ist eine Vielheit zwar aufgehoben, aber
nicht vernichtet, sie ist also immer da und bildet mit der
Einheit einen (potentiellen) Gegensatz, welcher der Realisirung
fähig ist und in dem organischen Außereinander auch wirklich als ein reeller (actueller) erscheint. Dieser Gegensatz
fehlt nun in der Materie, weil die Materie selbst in Gegensätzen aufgeht, mit diesem Gegensatze fehlen aber auch alle
die übrigen ihm correspondirenden Gegensätze, die ich im
vorigen Kapitel angeführt habe.

1) In der Materie gibt es keinen Unterschied zwischen
dem Inneren und dem Aeußeren, zwischen Form und
Stoff. Jeder Theil der Materie (jeder Körper) muß freilich als begrenzt, folglich als in einer Form eingeschlossen,
gedacht werden; allein diese Form ist für den Körper selbst
durchaus unwesentlich und nur für die Auffassung des Zu-
schauers von Belang. Denn wenn man fragt: was ist in
der Form eingeschlossen? so ergibt sich als Inhalt eine ins
Unendliche theilbare Zusammensetzung, welche natürlich für
alle Formen, ihrer Unterschiede ungeachtet, dieselbe ist. Ein
Zoll ist gewiß ebensowohl wie der Abstand zwischen Fix-
sternen ins Unendliche theilbar, und eine Kugel ebensowohl

wie eine Pyramide. Nun müssen aber alle Unendlichkeiten als einander gleich gesetzt werden, also sind alle Unterschiede der Form, alle Bestimmungen derselben für die Materie vollkommen gleichgültig. Die Form bedingt hier nicht den Inhalt und bildet daher keinen reellen Gegensatz zu ihm.

Auch ist es ganz leicht, zu sehen, daß 2) in der Materie der Gegensatz von Substanz und Accidens nicht statt findet. Denn was man als das einzige Accidens der Materie ansehen muß, die räumliche Bewegung, ist für die Materie ebenfalls vollkommen gleichgültig. Ein Körper kann ja durch die Bewegung nicht im mindesten und auf keine Weise afficirt werden, mithin darf die Bewegung zu den Accidenzien desselben eigentlich nicht gerechnet werden.

Daß die Materie kein ideelles (vorstellendes) Element und folglich 3) keinen Gegensatz des Ideellen und des Concreten enthält, versteht sich von selbst; sie ist das einzige rein concrete Wesen, das in dem ganzen Umfange unseres Wissens vorkommt. Das rein Concrete ist aber seinem Begriffe zufolge schlechthin unfähig, einen fremden Inhalt in sich aufzunehmen; also hat nicht nur an sich die Materie keine Qualität, sondern sie kann auch keine von außen empfangen. Die alleinzige Eigenschaft der Materie ist das extensive Außereinander und das einzige in ihr denkbare und mögliche Geschehen — die räumliche Bewegung.

Da nun bei primären causalen Beziehungen die Manifestation des Subjects in den Accidenzien des Objects selbst enthalten sein soll, was aber allein unter der Bedingung denkbar ist, daß die Accidenzien nicht nur ein absolutes Außereinander, sondern zugleich auch ursprüngliche Relativität an sich besitzen; und da die (räumliche) Bewegung das einzige Accidens ist, in welchem diese Bedingungen erfüllt sind, so wird klar, daß alle Thätigkeit (alle Manifestation) sich zuerst in Bewegungen zu offenbaren hat. Wenn aber eine Thätigkeit, nachdem sie sich in der Materie in Bewegungen ausgebreitet hat, mittelst eines Vorgangs (den wir freilich gar nicht begreifen können) uns selber erreicht und als ihr Object afficirt, so convergirt dabei die Vielheit ihrer Manifestation von der breiten Grundlage des räumlichen Außereinander in die Einheit unseres Wesens hinein*), in dessen Accidenzien aber, d. h. den Gefühlen und Empfindungen, diese Manifestation ihre natürliche Beschaffenheit, die Intensität und die Qualität in deren ganzen Mannigfaltigkeit, wieder erlangt. Das Ich (als Substanz) ist gewiß das einzige Object, in welchem die Manifestation des Subjects ihre ächte Beschaffenheit bewahren und darstellen kann, weil das Ich ein ideelles, für den fremden Inhalt empfängliches Element enthält, welches dagegen der Materie vollständig abgeht.

Für alle und jede objective Qualität und Intensität also, die wir in unserer Wahrnehmung antreffen, muß in der äußeren Welt ein ihnen entsprechender quantitativer und zwar ein extensiver Ausdruck zu finden sein. Alle Intensität und alle Qualität soll in der äußeren Welt sich durch Masse und Bewegung ausdrücken lassen, — und die Aufgabe der Naturwissenschaft besteht darin, diesen Ausdruck zu finden.

Daß auch in der That, seitdem man die Naturforschung in einem wahrhaft wissenschaftlichen Sinne zu betreiben anfing, ihr Streben hauptsächlich dahin gerichtet war —

---

*) Auf eine dem zu vergleichende Weise, wie wenn der aus einem leuchtenden Punkte ausgehende und sich ausbreitende Bündel von Strahlen auf eine Linse fällt und durch deren brechendes Vermögen auf der andern Seite wieder zur Convergenz in einem Punkte, worin sich alle seine Strahlen sammeln, gebracht wird.

ift allbekannt. Die ächten Phyſiker haben einen ſo zu ſagen inſtinctiven Trieb, Alles auf räumliche Verhältniſſe zurück= zuführen, durch Zuſammenſetzungen und Bewegungen 'der Maſſen zu erklären, und die Reſultate, die auf dieſem Wege ſchon erlangt worden, ſind wirklich belehrend. Ich erinnere hier nur z. B. an die Theorie des Schalles, in der für alle Verſchiedenheiten in der Intenſität der Töne, wie für die überaus große Mannigfaltigkeit ihrer Qualität ein extenſiver Ausdruck, nämlich in den Schwingungen der Lufttheilchen aufgeſtellt iſt. Aber auch Licht, Wärme, Electricität ſind, ihrer großen Unterſchiede ungeachtet, alle drei nahe daran, als Bewegungserſcheinungen definitiv anerkannt zu werden.

Indeſſen will ich auch auf das Nachtheilige dieſes natur= wiſſenſchaftlichen Triebes, wenn er nämlich außerhalb ſeiner eigenthümlichen Sphäre ſich geltend machen will, aufmerkſam machen. Wenn Naturforſcher mit ihrer Neigung, alles auf räumliche Verhältniſſe zurückzuführen, ſich z. B. auf das Gebiet der Philoſophie wagen, ſo kann es nicht fehlen, daß ſie dort Schaden anrichten. Denn ſie wollen alsdann nicht nur die äußere Welt, ſondern alles Seiende überhaupt als Materie betrachten, oder die Materie als das einzige Seiende. Doch hat diese Betrachtungsweise eigentlich noch einen anderen Grund. Wer sich nämlich mit dem empirisch Gegebenen als einem Objecte der Erkenntniss viel zu beschäftigen hat, bekommt fast unvermeidlich die Ge- wohnheit, nur das empirisch Nachweisbare gelten zu lassen. Wiewohl nun die Empiristen kein klares Be- wusstsein von der Bedeutung der Begriffe des Seins und des Werdens haben, so fühlen sie doch wenigstens so viel, dass das Sein kein Werden ist und das Werden kein Sein; dass das Seiende nicht entstehen noch ver- gehen kann und dass, was entsteht und vergeht, nichts

Seiendes ist. Nun ist aber das einzige (im immanenten Sinne) Seiende, dessen Beharrlichkeit empirisch nachgewiesen werden kann, — die Materie, daher gilt sie den Empiristen für Alles in Allem. Das Ich dagegen sieht man entstehen und vergehen, es stellt sich selber als ein Geschehen dar, deshalb hüten sich die Empiristen mit Recht (im immanenten Sinne freilich mit Unrecht), dem Ich das Sein beizulegen, d. h. es als Substanz anzuerkennen. Der Empirismus führt also nothwendig zum Materialismus. Die neuesten sogenannten Positivisten — man sehe z. B. E. Littré's Vorrede zu der zweiten Ausgabe des „Cours de Philosophie positive par Auguste Comte" — protestiren zwar gegen den Materialismus und wollen nicht für Materialisten gelten aus dem Grunde, weil sie nicht zu wissen vorgeben, was die Materie in ihrem Wesen sei, — legen aber zugleich das Bekenntniss ab, dass für sie überhaupt nichts da ist, als die Materie und die Kräfte derselben. Unter dem Worte Materie aber denken die Positivisten sich doch etwas Bestimmtes: das im Raume Vorhandene, das im Raume allein Aufzufassende, sonst würden sie dieses Wort gar nicht brauchen dürfen; — also sind sie doch Materialisten und ihr Versuch, den Empirismus ganz rein zu erhalten, ist offenbar gescheitert.

Ich werde hier keine besondere Widerlegung des Materialismus unternehmen; ich will nur den Materialisten eine einzige Frage vorlegen, die sie zu beantworten geneigt sein mögen: Wenn, wie ihr es lehrt und wahrscheinlich auch wirklich meint, die Materie allein ist, woher kommt denn die Intensität und die Qualität, und zwar letztere in einer so reichen Mannigfaltigkeit, wie wir sie in unserer Wahr=

nehmung antreffen? Ihr werdet hoffentlich der Materie
selbst diese Mannigfaltigkeit nicht aneignen wollen; wozu
hättet ihr sonst es nöthig, oder wie hättet ihr es auch nur
möglich finden können, diese qualitative Mannigfaltigkeit
auf rein quantitative Unterschiede zurückzuführen? Aber
im Gegentheil werdet ihr bis ans Ende aller Tage auch
nicht im Stande sein anzugeben, was für eine Qualität in
der Materie unseren Empfindungen, wie: süß, blau, warm
und anderen solchen, entsprechen möge. ·

VI.

Von der immanenten Auffassung des Werdens oder Geschehens.

Wegen fast gänzlichen Mangels an positiven Kennt-
nissen werde ich hier nur einige Bemerkungen vorbringen
können.

Das wirkliche gegebene Geschehen wird jetzt Gegenstand
unserer Betrachtung und vor allem das Geschehen in der
äußeren Natur.

Aus dem vorhergehenden Vortrag wissen wir schon: 1)
daß die äußere Natur an sich betrachtet nichts ist, als ein
Aggregat von materiellen Atomen und 2) daß das einzige
in ihr mögliche Geschehen — die (räumliche) Bewegung
ist. 3) Daß in der Materie selbst kein Princip des Geschehens liegt, daß dieselbe nie zum Subjecte der Thätigkeit,
der causalen Beziehungen, sondern nur zum Objecte derselben
werden kann. 4) Daß das Subject der Thätigkeit und
Manifestation nur ein Ich sein kann, d. h. die Substanz,
welche einen potentiellen Gegensatz in sich schließt. — In
der Wahrnehmung ist uns aber eine große qualitative Mannigfaltigkeit dargeboten, die wir als eine uns fremde zu betrachten haben; daher müssen wir annehmen: 5) daß diese

Mannigfaltigkeit zu der Manifestation des Subjects gehört, welches als das Princip alles Geschehens sowohl in uns als in der äußeren Welt angesehen werden muß; 6) daß dieses Subject von uns selber wesentlich verschieden ist, weil seine Manifestation eine innere Mannigfaltigkeit zu Tage bringt, die unserem eignen Wesen fremd ist.

Es war auch ausgemacht: 7) daß die Materie keine ihr wesentliche Form hat, die mit dem Inhalte einen Gegensatz bilden könnte; daß in dem Begriffe der Materie selbst keine Möglichkeit der Unterscheidung zwischen Stoff und Form zu finden ist; daß die Materie ganz Stoff oder Inhalt und zugleich ganz Form, weil lauter Zusammensetzung (continuirliches oder extensives Außereinander) ist. Wenn wir demnach in der Natur Formen des Geschehens oder der Körper antreffen, deren Selbstständigkeit sich uns ganz unabweisbar aufdrängt, dann müssen wir nothwendig in diesen Formen die Offenbarung eines der Materie fremden Princips anerkennen. 8) Daß diese Selbstständigkeit der Form zugleich nothwendig die Offenbarung der Einheit (als Zusammenhang) und des ideellen Elements ist, weil die Gegensätze zwischen Form und Stoff, zwischen Einheit und Vielheit, zwischen dem Ideellen und dem Concreten mit einander corresponbiren und nur zusammen vorkommen können. *)

***

*) Die Einheit und das ideelle Element des Subjects können selbst an sich in der Manifestation nicht einbegriffen sein; der vielseitige, concrete Inhalt ist allein das heraustretende Element. Der Ursprung der Manifestation aus dem (bedingten) Gegensatze des Ideellen und des Concreten, der Einheit und Vielheit muß aber in ihr selber seinen Ausdruck finden; und in der That gibt er sich an dem Inhalte als die selbstständige Form kund, die mit dem concreten Inhalte selbst einen Gegensatz bildet und das Moment der Einheit und des Ideellen in der Manifestation ausmacht.

Wir wissen, daß ein durchgängiger Zusammenhang alles
Geschehen — welches wir als Product primärer causaler
Beziehungen aufzufassen haben — verknüpft, weil keine ri-
märe Beziehung außerhalb aller Beziehung auf andere gedacht werden kann. Dieser durchgängige Zusammenhang
alles Geschehens setzt aber offenbar ein einziges Subject
voraus, von welchem das Geschehen hervorgebracht wird;
denn dieser Zusammenhang kann nur als eine bedingte Gegensätzlichkeit gedacht werden, b. h. als eine solche, die nur
in den Beziehungen einer Einheit mit einer absoluten Gegensätzlichkeit zu Stande kommt. Das konnten wir auch vom
transcendenten Standpunkte aus nicht anders erwarten,
da ja die Möglichkeit des Erkennens nur unter Voraussetzung der Einheit desselben mit allem erkennbaren
Realen, welche aber ganz offenbar die Voraussetzung
der Einheit dieses Realen selbst mit einschliesst, denkbar ist. In unserer Betrachtung der Natur können wir
mithin so verfahren, als wären gar keine thätigen Subjecte,
außer diesem allgemeinen Subjecte alles Geschehens, vorhanden.

Zuerst haben wir die Thätigkeit dieses allgemeinen
Subjects in ihrem Grunde selbst zu untersuchen. Unter
Thätigkeit versteht man den Antheil des Subjects an (primären) causalen Beziehungen. Nun kann aber keine primäre
Beziehung als die erste gedacht werden, es könnte mithin
die Thätigkeit des allgemeinen Subjects nie anfangen, oder
das allgemeine Subject mußte von aller Ewigkeit her thätig,
wirksam, oder in Beziehungen befangen gewesen sein. Dies
wäre aber auf keine andere Weise denkbar, als daß in dem
Wesen des allgemeinen Subjects selbst als Substanz die
Nothwendigkeit dieses Wirkens, dieser Thätigkeit, b. h. der
causalen Beziehungen, begründet wäre; was jedoch unmög-

lich ist. Denn in dem Wesen einer Substanz selbst kann
nichts von Relationen liegen. Zum Subjecte kann bekanntlich die Substanz nur dann werden, wenn der in ihrer Einheit aufgehobene potentielle Gegensatz durch irgend eine Einwirkung zu einem bedingten actuellen geworden ist; die
Thätigkeit des Subjects setzt also diese Einwirkung als ihr
nothwendiges Antecedens voraus. Aber die Thätigkeit des
allgemeinen Subjects des Geschehens konnte keine Antece-
denzien haben, weil sie keinen Anfang gehabt hat, weil durch
sie eben alles denkbare Geschehen zuerst und immer hervorgebracht oder wenigstens vermittelt werden sollte, sie selbst
mithin aller und jeder Vermittlung entbehren mußte.

Alle Thätigkeit setzt einen bedingten Gegensatz im
Subjecte voraus, aber der bedingte Gegensatz setzt
selbst eine Thätigkeit als seine Bedingung voraus; das
ist der Cirkel, in dem uns das Widersprechende unseres
Begriffs der causalen Beziehungen führt, in welchem
auch das Fehlschlagen unserer immanenten Verbindung
des Geschehens mit dem Sein, des Bedingten mit dem
Absoluten, sich unzweideutig kund gibt. Das eigentliche treibende Princip der Thätigkeit des allgemeinen Subjects ist uns also schlechthin unbegreiflich.

Das allgemeine Subject ist nun von uns selber wesentlich verschieden, weil seine Manifestation, wie sie uns in
der Wahrnehmung gegeben ist, eine Mannigfaltigkeit enthält,
die uns eben fremd ist; doch als Subject kann dasselbe nicht
gedacht werden, wenn es nicht wie wir selbst den potentiellen
Gegensatz von einem concreten und einem ideellen Element
in sich trägt. Dies werde ich noch besonders zu erläutern
suchen.

Es wäre freilich überflüssig zu beweisen, daß das allgemeine Subject in seiner Substanz ein concretes Element

enthält; denn dieses ist uns ja in der Manifestation selbst
gegeben. Indessen wird es nichts schaden, wenn man sich
im Allgemeinen erinnert, daß die Eigenthümlichkeit des
Ideellen in einem Mangel, einer Negation besteht, welche wie
man weiß nothwendig relativer Natur ist, woraus folgt,
daß das Ideelle für sich allein das Wesen einer Substanz
nicht constituiren kann. Eine sogenannte reine Intelligenz
ist also in der That ein reiner Unsinn, den sich die philo-
sophische Phantasie zu ihrem Ergötzen ausgesonnen hat.
Hingegen ist es sehr wichtig einzusehen, daß in jedem Subjecte der Thätigkeit ein ideelles Element und in aller
Thätigkeit ein ideelles Moment nothwendig begriffen sein
muß.

Zuvörderst müssen wir uns noch einmal erinnern, daß
in causalen Beziehungen die Manifestation des Subjects
und die Accidenzien des Objects (der Materie) an einem
und demselben Geschehen sich darstellen, daß sie zwei Seiten
desselben Geschehens ausmachen. Das Geschehen geht an
der Materie vor sich, es besteht in Accidenzien derselben,
den Bewegungen. Worin können wir nun daselbst die Manifestation des Subjects erblicken? Offenbar in den Bestimmungen der Bewegungen selbst, — aber nicht in actuellen
Bestimmungen bloß als solchen, die der Bewegung, als einer
Veränderung des räumlichen Verhältnisses der Dinge, an
sich zukommen, — also in dem Zusammenhange, der die
Bewegungen verknüpft und beherrscht. — Nun ist schon klar,
daß in dem allgemeinen Subjecte eine Vorstellung von
der Materie vorausgesetzt werden muß. Das Geschehen soll
nämlich durch die Natur des Objects, der Materie, bestimmt
werden, denn es besteht in Accidenzien desselben. Zugleich
kann es aber nicht durch die Materie selbst bestimmt werden;
denn gerade in diesen Bestimmungen soll der Antheil des

Subjects sich offenbaren, welcher das Accidens der Materie
zu einer Manifestation desselben macht. Die Bestimmungen
des Geschehens sollen also vom Subjecte ausgehen, aber
mit Rücksicht auf die Natur der Materie festgesetzt sein,
welche Rücksicht ganz offenbar eine Vorstellung von der
Materie im allgemeinen Subjecte voraussetzt.

Woher oder wie diese Vorstellung in dem (allgemeinen)
Subjecte entspringen konnte, ist schlechterdings nicht zu begreifen, da beide, Subject und Materie, als Substanzen
dem Wesen nach außerhalb aller Beziehungen gesetzt werden
müssen. Aber die Unbegreiflichkeit darf uns in unserem
Fortschritt nicht aufhalten, weil wir im Voraus schon wissen,
daß sie uns begegnen wird, und den Umfang dessen, was
sie uns übrig läßt, bestimmen können. Es muß also im
(allgemeinen) Subjecte ganz ursprünglich eine Vorstellung
von der Materie liegen, welcher gemäß seine Manifestation
ihre Bestimmungen erhält. Diese Manifestation, wie sie
mittelst der Wahrnehmung gegeben ist, hat zwei Hauptseiten:
die Intensität und die Qualität; wir wissen aber, daß die
Materie von diesem Inhalte nichts in sich aufzunehmen
vermag; in ihr müssen beide, Intensität und Qualität, einen
extensiven Ausdruck finden, in welchem mithin allein die
Manifestation des (allgemeinen) Subjects in der äußeren
Welt bestehen kann. Die einzigen in der Materie zu findenden Elemente aber, die zu diesem Ausdruck dienen können,
sind Masse und Bewegung, welche letztere wiederum
zwei Elemente befaßt, Raum und Zeit, deren bestimmtes
quantitatives Verhältniß in ihr als Geschwindigkeit enthalten ist. Diese sind es also, in Rücksicht worauf und in
Gemäßheit womit die Bestimmungen und die Natur der
Manifestation festgesetzt werden müssen. Ihrer Natur nach
kann die Manifestation nur in Bewegungen bestehen; den

Bestimmungen nach soll sie durch Masse, Raum und Zeit sich ausdrücken lassen, diese also das Maaß derselben abgeben.

Wenn wir nun alles Geschehen als Product der causalen Gemeinschaft zweier Substanzen betrachten, so muß es dieser Auffassung zufolge überhaupt in Bewegungen (der Körper, als Accidenzien des Objects) bestehen, deren Grund und der Grund ihrer Bestimmungen im (allgemeinen) Subjecte liegt. Der Inhalt der Gemeinschaft (der Beziehung) besteht in der Verursachung der Bewegungen durch das Subject, worin unmittelbar die Intensität seines Wirkens sich beurkundet. Der Inhalt der Beziehungen, sofern er als Manifestation des Subjects gedacht werden muß, — heißt überhaupt Kraft. Was aber die Form derselben anlangt, so muß sie in doppelter Rücksicht bestimmt sein: 1) als Manifestation, als Ausdruck der Einheit des Subjects — durch diese Einheit als solche, 2) als Accidens der Materie aber, der im Subjecte liegenden Vorstellung von der Materie gemäß, mit Rücksicht auf Masse, Raum und Zeit. Diese zwei Rücksichten umfassen eine Mehrheit von Bestimmungen der Manifestation des Subjects, die als allgemeine potentielle Bestimmungen des Geschehens — Gesetze heißen. Es erscheint demnach das Gesetz als eine Form (eine Regel) des Geschehens, die demselben an und für sich (wofern es ein bloßes Accidens der Materie ist) fremd ist und das Ideelle und Einheitliche in demselben repräsentirt.

Aus dem Gesagten muß also einleuchtend geworden sein, daß der Zusammenhang in der absoluten Gegensätzlichkeit des räumlichen Geschehens aus secundären causalen Beziehungen besteht und in allgemeinen Gesetzen seinen Ausdruck findet, die sich darin vollziehen und offenbaren und somit das ideelle Moment und das Moment der Einheit — mit einem Worte die Manifestation des Subjects —

im Geschehen darstellen, und warum doch dabei diese absolute
Gegensätzlichkeit selbst Bestimmungsgrund der Gesetze ist,
warum die todte Masse das Maaß der bewegenden Kräfte ab=
geben und der leere Raum Träger von physischen Gesetzen
sein kann. *)

Es wird einleuchtend, warum, solange die Qualität der
Erscheinungen nicht in Betracht gezogen wird, alles in
der Naturlehre so allgemein, so präcis, so rational ist,
weil nämlich insofern das ireelle Moment das allein bestim=
mende ist. Dagegen ist die qualitative Mannigfaltigkeit
das concrete, vieltheitige Element des Subjects, mit ihr be=
ginnt in der Wissenschaft Verwicklung und Mangel an
Begreiflichkeit. Zwar kann in der Manifestation des Subjects die Mannigfaltigkeit nicht von der Einheit unabhängig,
das Concrete nicht vom Ideellen unabhängig vorkommen.
Die Mannigfaltigkeit ist auch allgemeinen Gesetzen unter=
worfen, welche die ideell bestimmte Art und Weise aus=
drücken, wie sie sich in dem räumlichen Geschehen darstellen
muß, und daher die Physik, die sich mit dieser Seite der
Allgemeinheit in der qualitativen Mannigfaltigkeit beschäftigt,
dem Ideal der Wissenschaft noch näher kommen kann als
die Chemie, welche sich gerade mit den specifischen Differenzen der Stoffe befaßt und dieses Ideal wohl nie er=
reichen wird, weil in ihrem Object zu wenig von dem
ideellen Element zu finden, ob er gleich nicht ganz ohne ein
solches ist, wie es das Gesetz der Aequivalente allein
schon hinreichend beweist. Die Schwierigkeiten in der Natur=
wissenschaft, wenn die Qualität in Betracht kommt, sind
deshalb so groß, weil die Qualität in ihrer Mannigfaltigkeit

---

*) Was Herbart z. B. auf seinem Standpunkte unzulässig fand
und finden mußte.

gerade den Inhalt der Manifestation ausmachen sollte; da sie aber von der Materie nicht aufgenommen werden kann, einen extensiven Ausdruck finden, d. h. zur bloßen Form des Geschehens (der Bewegungen) umgewandelt oder umgedeutet werden muß, was natürlich in dieser Form Verwicklung verursacht.

Die verschiedenen sogenannten Naturkräfte sind also nichts anderes als verschiedene Seiten, der Qualität nach, der Manifestation des allgemeinen Subjects des Geschehens und müssen sämmtlich in der äußeren Welt einen extensiven Ausdruck haben, d. h. bloß als Arten von Bewegungen sich darstellen, was unter anderem auch begreiflich macht, daß sie so leicht in einander übergehen können.

Allem Geschehen liegt die absolute Gegensätzlichkeit des Nacheinander und des räumlichen Außereinander zu Grunde; — die Bestimmungen, welche ihm von Seiten dieser Gegensätzlichkeit zukommen, heißen actuelle oder individuelle. Was nun die Materie betrifft, so kann sie nur actuelle Bestimmungen (die ihr übrigens ganz gleichgültig sind) haben, da ihr Wesen in der absoluten Gegensätzlichkeit selbst besteht; ihre einzigen allgemeinen Eigenschaften sind die im vorigen Kapitel erörterten, die aus ihrem Begriffe selbst folgen. Wenn wir also an individuellen Dingen eine Selbständigkeit der Form antreffen, die sich uns unwiderstehlich aufbringt, so ist sie uns die augenfälligste Offenbarung der Einheit und des ideellen Moments im Geschehen, welche sich sogar in dem Gebiete der absoluten Gegensätzlichkeit selbst geltend zu machen vermögen. So ist z. B. das Streben aller Körper, beim Uebergange unter gewissen Bedingungen aus dem flüssigen Zustande in den starren eine regelmäßige Form anzunehmen, ein schlagendes Hervorbrechen des Ideellen auch in der einzelnen Erscheinung.

Am intensivsten offenbart sich jedoch die Selbstständigkeit
der Form und somit das ideelle und einheitliche Moment
in organischen Gebilden, wo selbst der Stoff als etwas
Unwesentliches, oder wenigstens bloß Vorübergehendes, er=
scheint. Im Allgemeinen beharrt der Stoff bei allem
Wechsel der Formen, ohne durch diesen Wechsel im min=
desten afficirt zu sein, in den Organismen wird aber dieses
Verhältniß in einer Rücksicht gerade umgekehrt, hier ist das
(wenigstens relativ) Beharrliche — die Form, das Wech=
selnde und Flüchtige dagegen — der Stoff. In den Orga=
nismen ist die Einheit und das ideelle Moment so zu sagen
mit Händen zu greifen; das Unräumliche an ihnen ist so
auffallend, daß man sie von jeher ohne alles Bedenken ge=
radezu Individua, d. h. Untheilbare genannt hat, wiewohl
sie als materielle Dinge (d. h. als Aggregate von Atomen)
nothwendig theilbar sind. In den Organismen sind nämlich
die actuellen Bestimmungen selbst potentiell (allgemein),
so daß aus einem einzigen Organismus die allgemeine
Idee der Organisation (freilich nicht in ihrem ganzen Reich=
thum) zu erkennen ist, wogegen ein Gesetz nur durch eine
Menge von Beobachtungen ausgemittelt werden kann. Ein
Gesetz ist die von den actuellen Bestimmungen des Ge=
schehens (an Zeit und Ort) losgerissene allgemeine Formel
oder Regel einer Art des Zusammenhangs in demselben,
daher kann es in dem einzelnen Falle seine vollständige
Darstellung nicht finden und meistens auch den einzelnen
Fall durch sich allein nicht constituiren, welcher gewöhnlich
als das gemeinschaftliche Product aus dem Antheil mehrerer
Gesetze erscheint.

In den Organismen sind die actuellen Bestimmungen
selbst potentiell, d. h. diejenigen Bestimmungen, in welchen
die absolute Gegensätzlichkeit als solche sich ausdrückt, sind

zugleich zum Ausdruck der Einheit geworden; hier also, in den Organismen kommt der im Begriffe der Beziehungen enthaltene Widerspruch, selbst in der einzelnen Erscheinung, ganz unmittelbar, auffallend und greifbar zum Vorschein. Seinem Wesen zufolge ist der Organismus als solcher un= theilbar, eben dieses Wesen beruht aber auf einer unauf= hörlichen Assimilirung und Ausscheidung von Stoffen, mit= hin auf einer immerwährenden Theilung; der Organismus ist untheilbar der Form nach und theilbar dem Stoffe nach. Wie ist nun dieses zu denken?

Die actuellen Bestimmungen der Erscheinungen, die absolute Gegensätzlichkeit derselben, können wir als in dem allgemeinen Subjecte reell enthalten nicht denken; denn mit dieser Versetzung des absoluten Gegensatzes in das Subject würde dessen Einheit sich auf keine Weise vertragen können. Uebrigens wäre dies der Fall, so brauchten die Erschei= nungen nicht aus dem (allgemeinen) Subject, als dessen Manifestation, herauszugehen; die Natur würde alsbann in dem Subjecte unmittelbar selbst enthalten und von ihm nicht zu unterscheiden sein. Die Betrachtung der organisirten Körper zwingt uns aber anzunehmen, daß die actuellen Bestimmungen der Dinge in dem (allgemeinen) Subjecte wenigstens ideell, d. h. in den Ideen desselben enthalten sein müssen, was natürlich den Widerspruch nicht be= seitigt, sondern ihn nur auf die unvermeidliche Geltung beschränkt.

Unter Idee verstehe ich nämlich eine solche allgemeine Vorstellung, in deren Einheit individuelle oder actuelle Bestimmungen als solche einbegriffen sind, im Unterschiede von dem Begriffe, der nur lauter allgemeine Bestimmungen als solche enthält. Die Idee ist das Urbild, demgemäß die ganze Fülle der Bestimmungen als von der Einheit her=

stammend und in ihr begründet sich darstellt, der Begriff dagegen — ein bloßes Nachbild durch Abstraction gewonnen, um diese Fülle zur Einheit des Bewußtseins zu bringen. Daher, je allgemeiner ein Begriff ist — desto leerer und abstracter, die Idee hingegen, je allgemeiner — desto inhalts= reicher, und man möchte sagen concreter; der Begriff des Thiers z. B. enthält nur die allen Thieren gemeinsamen Merkmale, die Idee des Thiers — die ganze Mannigfal= tigkeit ihrer Erscheinungen. Diese kann aber auch ihre Darstellung in jedem einzelnen Thiere (besonders von den höheren Arten), wiewohl nicht in ihrem ganzen Reichthum, finden; der Begriff eines einzelnen Thieres ist dagegen eine Ungereimtheit.

Obgleich wir nun, um das ideelle Moment an einem organisirten Körper herauszuspüren, keines besondern Mittels, namentlich nicht des Zweckbegriffs bedürfen, weil dieses Moment sich unmittelbar in der Anschauung offenbart, wie z. B. beim Anblick einer Blume nur höchst Wenigen Vorstellungen von Zwecken oder Zweckmäßigkeit einfallen werden, während jeder in ihr eine Bedeutsamkeit und Selbst= ständigkeit der Form, das Ideelle und Einheitliche ihres Wesens sogleich bemerken wird, — so können wir doch den Zusammenhang der actuellen Bestimmungen eines Dinges, die dasselbe in seiner Individualität, seiner Einzelnheit con= stituiren, im wirklichen, begrifflich bestimmten Denken nicht anders als auf dem Grunde des Zweckbegriffs auffassen.

Ein Gesetz ist auch eine Regel des Zusammenhangs von Bestimmungen nur ganz allgemeiner Natur, so daß es die Individualität eines Dinges allein auf keine Weise zu begründen vermag. Das Gesetz verhält sich zu dem zu unter= suchenden organischen Zusammenhang, wie der Begriff zur Idee. Wie der Begriff so drückt auch das Gesetz nur allge=

meine Beſtimmungen als ſolche aus; die Idee dagegen und ihre
Realiſirung, der organiſche Zuſammenhang, umfaſſen eine
Menge von actuellen Beſtimmungen, die alle aus dem ein=
heitlichen Weſen des Dinges fließen ſollen und zugleich
ſeine Individualität und Einzelnheit, im Gegenſatze gegen
andere Dinge und im Unterſchiede von denſelben, ausmachen.
Es iſt ein innerliches Princip der Begrenzung nach allen
Seiten und Rückſichten hin, der Feſtſetzung der, die Indi=
vidualität der Dinge conſtituirenden und folglich ihre abſo=
lute Gegenſätzlichkeit gegen einander ausdrückenden, actuellen
Beſtimmungen. Die Zweckbeziehung iſt eine durch die Vor=
ſtellung des Zwecks vermittelte Beziehung; dieſe Vermittlung
iſt es nun allein, wodurch die Beziehung für unſer
Denken einen actuellen Charakter bekommen kann. Bedeutet
ſie bloß die Nothwendigkeit des Aufeinanderfolgens oder des
Zugleichſeins von Beſtimmungen, ſo drückt ſie nur das
Moment der Allgemeinheit aus, worin das Individuelle der
Beſtimmungen, mithin ihre abſolute Gegenſätzlichkeit nicht
aufgenommen werden kann; bedeutet ſie dagegen die Noth=
wendigkeit des Aufeinanderfolgens oder des Zugleichſeins
der Beſtimmungen rückſichtlich eines Zwecks, dann
werden dieſe letzteren dadurch ſo zu ſagen individualiſirt.
Denn ſie werden alsbann gerade in ihrer Eigenthümlichkeit,
Individualität, und nicht als bloßer Fall des allgemeinen
Geſetzes, — als nothwendig geſetzt. Die Nothwendigkeit
wird eine individuell=beſtimmte, weil ſie an eine indivi=
duelle Vorſtellung, nämlich die des Zwecks, geknüpft iſt. Der
Zweck beſtimmt die Mittel ſeiner Realiſirung.

Das hat nun keine beſondere Schwierigkeit, ſofern
von menſchlicher Thätigkeit die Rede iſt; denn in uns iſt
ein actueller (bedingter) Gegenſatz des Ideellen und des
Concreten durch äußere Einflüſſe feſtgeſetzt; unſer ganzes

Streben geht dahin — diesen Gegensatz aufzuheben und, — da alle concrete Thätigkeit nur nach außen gerichtet werden kann, — die actuellen Bestimmungen der Dinge umzugestalten. (Die potentiellen Bestimmungen, d. h. die Gesetze stehen ja durchaus außer unserer Macht.) Die actuellen Bestimmungen werden uns nun in der Wahrnehmung gegeben und im Erkennen zum Bewußtsein gebracht, wir können also Combinationen von diesen Bestimmungen in Gedanken zuwege bringen, die uns die besten scheinen; — unser Streben ist es dann, diese Combination zu realisiren, den Gegensatz zwischen diesen unseren Vorstellungen und der concreten Wirklichkeit aufzuheben. Die von uns vorgenommene Umgestaltung der Wirklichkeit kann also nur die actuellen Bestimmungen betreffen und durch Vorstellungen von Zwecken bestimmt sein, denn die Richtung nach dem Bessern und Besten wird immer Zweckbeziehungen ergeben, wodurch die obenerwähnten Combinationen in ihrer Eigenthümlichkeit fixirt werden.

Ein ganz anderes Bewandtniß hat es aber mit der Thätigkeit des allgemeinen Subjects; in diesem dürfen wir keinen actuellen (weder bedingten noch unbedingten) Gegensatz des Ideellen und des Concreten annehmen und folglich auch kein Bestreben, Zwecke zu realisiren, denn dieses Bestreben setzt nothwendig den bedingten Gegensatz oder inneren Zwiespalt voraus. Steht das Ideelle mit dem Concreten in vollkommener Harmonie, dann braucht es nicht realisirt zu werden; ein Zweck setzt immer ein Bedürfniß, einen Mangel voraus, der ausgefüllt werden soll. Daß übrigens die Thätigkeit des allgemeinen Subjects auch in der That keine nach Zwecken jagende ist, — das lehrt uns die Erfahrung zu deutlich: sein Wirken als Natur ist stets absichtlos, wiewohl zweckmäßig. Die Zweckmäßigkeit bebeutet aber hier nur den in der Einheit der Idee festgesetzten Zusammenhang der actuellen Bestimmungen der Dinge, den wir freilich, wie gesagt, nicht anders als mittelst Zweck= beziehungen uns begrifflich denkbar machen können; wor= aus jedoch gar nicht folgt, daß die Zweckbeziehungen das Wesen dieses Zusammenhangs auch an sich ausmachen. Vielmehr hat Kant Recht, wenn er behauptet, daß die Zweckmäßigkeit — obwohl freilich nicht der organische Zu= sammenhang bloß als solcher, und abgesehen von der Auf= fassung desselben in unserem Denken — von uns in die Natur hineingelegt oder gedacht wird.

Die Idee wird ihrem Wesen nach für uns immer unbegreiflich bleiben, oder wir werden uns von ihr nie einen bestimmten positiven Begriff bilden können. Denn sie soll einen Inhalt auf *ideelle* Weise, d. h. auf dieselbe Weise, wie jede andere Vorstellung, und doch *ursprünglich* in sich befassen. Diese Ursprüng- lichkeit des Inhalts widerspricht unserem Begriffe von dem Ideellen als dem *Inhaltsleeren* geradezu. — Hier ist nun zweierlei zu bemerken: α) die Nothwendigkeit, Ideen in dem allgemeinen Principe des Geschehens anzunehmen, gibt uns einen Fingerzeig darüber, dass unser Begriff des Ideellen als des Inhaltsleeren ein unwahrer und höchst ungenügender ist; β) dass wir aber gar keinen anderen Begriff von dem Ideellen haben können, weil nur unter der Voraussetzung dieses Be- griffs das Denken und Erkennen selbst denkbar ist. Daraus sehen wir aber nun wenigstens so viel, dass in der Idee auch nichts von Zweckbeziehungen liegen kann. Denn es sind überhaupt nur zweierlei Verhältnisse der Vorstellung mit ihrem Gegenstande (des Ideellen und des Concreten) möglich: 1) wenn der Gegenstand der

Vorstellung vorhergeht, — dies ist das Verhältniß im Er=
kennen, und 2) wenn die Vorstellung (als Vorstellung eines
Zwecks) dem Gegenstande vorhergeht, — welches Verhält=
niß dem Handeln zu Grunde liegt. Beide aber setzen das
Außereinander, den reellen Gegensatz des Ideellen und
des Concreten voraus, welchen wir in dem allgemeinen Prin=
cipe des Geschehens eben als nicht vorhanden denken müssen,
d. h. eigentlich als auf eine Weise vorhanden, von der
wir gar keinen bestimmten positiven Begriff haben
können, von der wir nur einsehen müssen, dass in ihr
keine Möglichkeit weder für das eine noch für das
andere von den oben angeführten Verhältnissen des
Ideellen und des Concreten zu finden ist.

Dieses Enthaltensein der actuellen Bestimmungen der
Dinge in den Ideen des allgemeinen Subjects, welches an=
zunehmen wir durch den Anblick der in der Natur sich kund
machenden Zweckmäßigkeit genöthigt werden, bietet aber
eigentlich keine neue Schwierigkeit, nachdem es sich schon
als nothwendig herausgestellt hat, selbst die Möglichkeit der
allgemeinen Gesetze der Bewegungen und überhaupt das
Zustandekommen der Manifestation des (allgemeinen) Sub=
jects nur mittelst der im Subjecte vorauszusetzenden Vor=
stellung der Materie zu denken, da die Materie nur actuelle
Bestimmungen hat und daher mit ihrer Vorstellung eine
absolute Gegensätzlichkeit in dem Inhalte seines Intellects
schon angenommen werden mußte.

Alles dieses ist gewiß ganz unbegreiflich; doch noch
mehr Unbegreiflichkeit fällt uns auf, wenn wir die Mani=
festation des (allgemeinen) Subjects in uns selber verfolgen.
Ich habe schon gezeigt, warum die Materie allein unmittel=
bares Object von causalen Beziehungen sein kann; uns er=
riecht die Manifestation des (allgemeinen) Subjects nur

nachdem sie sich schon in der Materie in verschiedenartig differenzirten Bewegungen ausgebreitet hat, weshalb auch die äußere Natur und nicht das allgemeine Subject als das unmittelbar Gegebene erscheinen muß. Wenn wir aber wirklich Substanzen sind, d. h. Dinge, die ihrem Bestehen nach außerhalb aller Beziehungen gesetzt werden müssen, wie konnten wir dann in den Bereich der Manifestation des allgemeinen Subjects hineingezogen werden?

Das Räthsel wird nur noch schwieriger, wenn wir bedenken, daß die Manifestation des allgemeinen Subjects nicht nur in den actuellen Bestimmungen unseres Wesens, d. h. den Accidenzien unsrer Substanz, den Gefühlen und Empfindungen sich bewährt, sondern auch in einem ganzen System von potentiellen Bestimmungen unserer selbst, als wollender, practisch=thätiger und erkennender Subjecte. Die ganze Mannigfaltigkeit der Gesetze des Erkennens und der bewegenden Principien des Wollens und Handelns (der Bedürfnisse, Neigungen, Leidenschaften u. s. w., welche all das, was man den empirischen Charakter nennt, ausmachen) soll als eine unserem Ich fremde anerkannt werden, nicht nur weil sie durchweg Beziehungen ausdrückt, (nämlich die Gesetze des Erkennens — auf das Zuerkennende, die Principien des Wollens — auf das Zuwollende), sondern auch weil sie mit dem innersten Wesen des Ich, als eines erkennenden und strebenden Subjects, im Widerspruch steht; sie gehört also auch zur Manifestation des allgemeinen Subjects, aber diese Seite seiner Manifestation in uns muß von jener obenerwähnten (in den Accidenzien unseres Wesens) streng unterschieden werden. Dieses System der potentiellen Bestimmungen unseres Erkennens und Wollens ist es, was unsere Beziehungen mit der äußeren Welt regulirt und möglich macht, es kann mithin aus jener nicht hervorgehen;

jene trifft uns als eine convergirende Vielheit, dieses hin=
gegen finden wir als eine in uns eingepflanzte Vielheit.
Wir müssen uns also in einer Hinsicht als unmittelbares
Object der Thätigkeit des allgemeinen Subjects betrachten,
was freilich mit dem Begriffe der Thätigkeit nicht wohl zu
vereinigen ist.

Hier ist nun der Ort, einige Worte über das Verhält=
niß zwischen Leib und Seele zu sagen. Als Gegenstand
der Erkenntniß ist unser Leib in nichts von anderen Gegen=
ständen unterschieden, er muß ebenso wie die anderen außer
uns gesetzt und sein Leben als ein Theil der Manifestation
des allgemeinen Subjects in der äußeren Natur angesehen
werden. Zwischen seinem und unserem Leben finden wir
aber einen besonders engen Zusammenhang, welcher näher
zu betrachten ist. — Es möchte sogar scheinen, als sei der
Leib der eigentliche Quell jenes Systems von potentiellen
Bestimmungen des Erkennens und Handelns; denn mit sei=
ner Disposition hängen alle unsere intellectuellen und mora=
lischen Fähigkeiten und Neigungen auf das Innigste zusammen:
mit der Entwicklung des Leibes entwickeln auch wir uns,
altert der Leib, so altern wir gleichfalls, wird der Kopf
verletzt, so verlieren wir alle Besinnung u. s. w.; — allein
nicht der Leib ist es als räumlich ausgedehntes Ding und
Gegenstand des Erkennens, sondern der Leib als Ver=
mittler des Erkennens und Wollens, in welcher Hinsicht
er etwas von jenem ganz und gar Verschiedenes ist und auch
nicht mehr Leib genannt werden darf. Der Leib als Ver=
mittler und der Leib als Gegenstand der Erkenntniß ge=
hören beide zur Manifestation des allgemeinen Subjects, nur
stellen sie zwei ganz verschiedene Seiten derselben dar. Die
Thätigkeit des (allgemeinen) Subjects füllt zwar auf eine
unbegreifliche Weise den uns von der Materie trennenden

Abgrund und vermittelt unsere Beziehungen mit dieser letz=
teren; diese Vermittlung muß aber ganz anders erscheinen
von der Seite der Materie aus betrachtet als von unserer
eignen; von der Seite der Materie ist es der Leib, von
unserer eignen dagegen — jenes System von potentiellen
Bestimmungen des Erkennens und Wollens.

Das System von potentiellen Bestimmungen, mittelst
dessen wir in den Zusammenhang der Natur gleichsam ein=
gekittet sind, kann nicht von der in der äußeren Natur sich
ausbreitenden Manifestation des allgemeinen Subjects aus=
gehen. Denn diese Bestimmungen sind nicht von außen her
in uns gerichtet, sondern sie beschränken und reguliren unsere
Thätigkeit auf eine Weise, als wären sie ihre ihr von Hause
aus inhärirenden und ganz wesentlichen Formen; sie müssen
also zu einer besonderen, von jener unterschiedenen, un=
mittelbaren Manifestation des allgemeinen Subjects gerech=
net werden. Wie weit dieser Unterschied geht, will ich an
einem einfachen Beispiele zu zeigen suchen. Ich stelle mir
einen Anatomen vor, der einen Sehnerv präparirt hat und
denselben jetzt betrachtet, — das ist der Weg, um von dem
Sehnerv unmittelbare Kenntniß zu erlangen; — was bietet
ihm nun der Sehnerv dar und worin zuerst besteht der In=
halt dieser seiner Erkenntniß von demselben? Der Anatom
sieht ein Ding oder einen Körper von einer gewissen Figur
und einer gewissen Farbe, oder auch einer Verschiedenheit
von Farben vor sich. Was heißt nun aber ein Ding sehen?
Es heißt, von ihm Eindrücke auf der Retina empfangen, die sich
mittelst des Sehnerven und des Gehirns in das Bewußtsein
fortpflanzen; was in dem Sehen eines Gegenstandes un=
mittelbar gegeben ist — das sind also die Affectionen
oder Erregungen des Sehnervs selbst, aber des Sehnervs,
insofern er Vermittler des Erkennens ist. Der Sehnerv als

Gegenstand der Erkenntniß ist also nur eine Affection des Sehnervs als Vermittlers der Erkenntniß. Wäre nun diese Vermittlung eine Function des Sehnervs als Gegenstandes der Erkenntniß, d. h. als eines Dinges mit einer gewissen eben durch diese Vermittlung erkennbaren Beschaffenheit, — dann würde der Sehnerv ein Accidens seiner eignen Function, ein Product seiner eignen Thätigkeit sein müssen, was völlig ungereimt wäre. Man sage mir nur nicht: der Sehnerv als Gegenstand existire unabhängig von meiner Wahrnehmung; denn nicht auf die Existenz, sondern auf die Natur oder die Beschaffenheit des Dings kommt es hier allein an, — als unabhängig existirendes Ding ist es ja an sich ebensowenig ein Nerv wie ein Fuß, sondern bloßes Aggregat von Atomen ohne alle Qualität, — und eben diese Beschaffenheit ist mir als eine Erregung des Sehnervs als Vermittlers gegeben und überhaupt erkennbar.

Was aber von dem Sehnerv gilt, gilt auch von dem ganzen Nervensystem. Das Nervensystem ist die objective, an der Materie erscheinende Seite jener Vermittlung, die in uns als das System von potentiellen Bestimmungen unseres subjectiven Wesens sich darstellt. Zwischen diesen beiden Seiten findet ein enger Zusammenhang statt, von dessen wahrem Wesen wir aber nicht das Mindeste erfahren können, den wir nur ganz äußerlich als Nothwendigkeit des Aufeinanderfolgens oder des Zusammentreffens von inneren und äußeren Vorgängen und Zuständen auffassen. In dieser Nothwendigkeit finden wir nichts, was sie uns begreiflich machen und rechtfertigen könnte; in ihr ist weder die begriffliche Klarheit eines physischen Gesetzes, noch die ideelle Klarheit, wie im Zusammenhange der Theile eines Organismus unter sich, anzutreffen. Warum zwei unter einem Winkel auf einen Punkt wirkenden Kräfte sich zu einer Re-

sultirenden vereinigen müssen, die der Diagonale des auf
den Richtungen der Kräfte als Seiten aufgestellten Paralle=
logramms entspricht, — das begreife ich wohl; die Noth=
wendigkeit ist hier einleuchtend und sogar selbstverständlich;
ich begreife auch hinlänglich, warum das Auge so construirt
werden muß, wie es ist, wenn es Bilder von äußeren Ob=
jecten in gehöriger Klarheit und Verminderung auf der Re=
tina entwerfen soll. Der Zusammenhang zwischen der
Structur und der Function dieses Organs und anderer von
derselben Art, sowohl wie der Zusammenhang verschiedener
Organe, um einen gemeinschaftlichen Zweck zu erreichen, ist
ganz begreiflich und einleuchtend. Gibt es aber einen Phy=
siologen in der Welt, der uns begreiflich machen könnte,
wie hängt die Beschaffenheit eines Nerven mit dessen
Function, Empfindungen zu erregen, zusammen? Was
hat seine Farbe, seine chemische Zusammensetzung, seine
physische Consistenz damit zu thun? Oder welche Rolle
spielt die graue und die weiße Masse des Gehirns, seine
Windungen u. s. w., gerade dieser ihrer Beschaffenheit
zufolge, in dem Erzeugen von Gedanken und Gefühlen?
Was hat eines mit dem anderen, das Aeußere mit dem
Inneren, gemein? Wenn eines sich verändert, dann erfol=
gen auch Veränderungen in dem anderen; das ist alles.
Das wie, der innere Zusammenhang, wird ewig unerforsch=
lich bleiben.

Dieses nun gibt uns eine Warnung, nicht auf eine
grob empirische Weise den Leib, wie er uns in der Wahr=
nehmung mittelbar gegeben ist, selbst für den Vermittler
des Erkennens zu halten. Subject und Object des Er=
kennens stehen ja zu einander in einem absoluten Gegen=
satze und daraus schon folgt, daß dasjenige, was beide ver=
mittelt, an keinem von beiden ausschließlich festgehalten werden

kann; sonst würde es selbst dem Gegensatze anheimfallen und somit seine vermittelnde Macht verlieren müssen.

Doch lehrt uns die Betrachtung der äusseren Natur allein schon, wie wenig Wahrheit wir diesem absoluten Gegensatze des Subjectiven und Objectiven zutrauen dürfen. Die stufenweise Entwicklung des subjectiven Lebens, in dessen untersten Regionen dasselbe von der bloss objectiven Existenz gar nicht zu unterscheiden ist; die niedrigsten Formen der Organisation, von denen man nicht sagen kann, ob sie Thiere oder Pflanzen seien, ob ihnen Empfindung zuzuschreiben, oder ob ihre Bewegungen als das blosse Spiel der organischen Kräfte anzusehen seien, geben einen schlagenden Beweis von der Nichtigkeit jenes absoluten Gegensatzes. Doch hier, wo wir uns auf dem Standpunkte der Immanenz befinden, soll er für uns seine volle Gültigkeit haben.

Aus der obigen Auseinandersetzung folgt nun klar, daß es etwas Vergebliches ist, den Sitz der Seele in dem Leibe zu suchen. Es kann kein räumliches Verhältniß und keine unmittelbare Wechselwirkung zwischen diesen zweien Substanzen statt finden, sondern ihre Beziehungen werden durch die Thätigkeit des allgemeinen Subjects vermittelt. Was den Leib betrifft, so ist er als räumlich ausgedehntes Ding nicht fähig, Wirkungen zu verursachen; die Substanz unseres Ich aber bringt zwar Manifestationen ihrer selbst hervor, allein ohne dabei im mindesten aus sich selber herauszugehen. Meine That ist ganz und gar außer mir und in ihr ist gar nichts von mir selber enthalten. Denn während sie außer mir ist, bleibe ich unverbrüchlich in und bei mir selbst. Und doch hängt meine That auf das Innigste mit mir zusammen; in ihr sieht man den Ausbruch, die Manifestation meiner Gedanken, Gesinnungen, Neigungen, Fähigkeiten, meines ganzen inneren Wesens und Lebens überhaupt. Die That kann zum Werke werden und in dieser Gestalt sogar seinen Urheber lange überleben, ohne jedoch aufzuhören, seine Manifestation zu sein.

Die alles vermittelnde Manifestation des allgemeinen Subjects ist also von unserer eigenen Thätigkeit wesentlich verschieden; sie ist sozusagen concreter als die unsrige, ein wirkliches Herausgehen des vielheitigen, mannigfaltigen Inhalts aus der Einheit der Substanz. Zugleich ist sie aber auch das Unbegreiflichste, was in dem ganzen Gebiete des Wissens nur vorkommt; weder das treibende Princip noch die Weise dieses Herausgehens kann irgend verständlich gemacht werden. Wir wissen bloß, daß in der äußeren Natur diese Manifestation nur in Bewegungen sich bewähren kann, wenn sie dagegen in uns gelangt, die wir ein ideelles, d. h. für allen fremden Inhalt empfängliches Element haben, dann erst erscheint sie in ihrer eigenen, ihr von Hause aus zukommenden Beschaffenheit, als qualitative Mannigfaltigkeit in bestimmten Graden von Intensität — in unseren Empfindungen und Gefühlen.

Das sind die Hauptgesichtspunkte, die ich in der Auffassung des natürlichen Geschehens hervorheben wollte.

VII.

Von der transcendenten Auffassung des Werdens und des Seins.

Die vorigen Kapitel waren der immanenten Auffassung des Werdens gewidmet, deren Grundvoraussetzung es ist, das Werden nicht als etwas an sich und unabhängig Bestehendes, sondern als einen Ausdruck und ein Product von Beziehungen anzusehen. Das Werden ist also dort das *Bedingte*, zu dessen Bestehen eine anderweitige Grundlage in dem Sein der Substanzen aufgestellt werden muss. Die Verbindung aber des Seins mit dem Werden, die Ableitung des letzteren aus dem ersteren, war der immanenten Auffassung gänzlich misslungen; nicht nur sind die von ihr aufgestellten Begriffe der Substanzen — der von der intensiven Grösse und der von der raumerfüllenden Substanz — in sich widersprechend, sondern es kommt noch dazu die Unbegreiflichkeit des ganzen Vorgangs, in dem der respective Antheil der Substanzen am Geschehen ausgedrückt wird. Das Geschehen soll nämlich als Manifestation, als Herausgehen des Subjects aus sich selber aufgefasst werden, welches Herausgehen jedoch keinen Grund in dem Begriffe der Substanz haben kann; es ist selbst

nothwendig als bedingt zu denken, und verträgt sich
folglich durchaus nicht mit der Unbedingtheit der Substanz. Ausserdem ist der Gedanke dieses Herausgehens
aus sich etwas Unverständiges, ja Absurdes und gar
nicht zu Rechtfertigendes. Im transcendenten Sinne
kann also von diesem Herausgehen gar keine Rede
mehr sein; hier müssen wir das Geschehen wieder rein
wie es *gegeben* ist auffassen. — Denn dass das Geschehen wirklich gegeben ist und dass nichts ausser
dem Geschehen gegeben werden kann, das setze ich
als ausgemacht voraus. Und nun entsteht die Frage:
ob es nicht möglich sei, das Geschehen selbst als etwas
Unbedingtes, an und für sich Bestehendes und keiner
weiteren Voraussetzungen Bedürftiges, mit einem Worte
als *absolutes Werden* zu denken? Diese Frage ist zu
verneinen aus folgenden Gründen:

1) Das Werden und Geschehen ist Entstehen und
Vergehen, ist Uebergang, Bewegung, ein Nacheinander;
nun ist aber jede Bewegung — Setzung von absoluten Gegensätzen, die eben durch diese Setzung vermittelt werden, was widersprechend ist.

2) Ein absolutes Werden kann keinen Anfang
haben, ebenso wenig wie die Zeit selbst. Denn aller
Anfang, alles Entstehen muss in dem absoluten Werden
schon begriffen sein, kann also zu einer Voraussetzung
des Werdens nicht dienen. Nun ist aber die Anfangslosigkeit des Werdens ebenfalls undenkbar. Denn sie
kann nur bedeuten, dass bis zu einem gegebenen Augenblick ein unendlicher Verlauf des Werdens schon verflossen und vollendet sei, was dem Begriffe der Unendlichkeit widerspricht, als welche gerade die Unvollendbarkeit eines Vorgangs oder Verlaufs bedeutet. Die

Unendlichkeit kann wohl einen Ausgangspunkt, aber schlechterdings keinen Ankunftspunkt haben.

3) Das absolute Werden sollte ein Auftauchen von Bestimmungen aus dem Schoosse des Nichts bedeuten, welche wieder in das Nichts zurücksinken müssten, was an und für sich undenkbar ist.

4) Das absolute Werden soll gar keine bleibenden Bestimmungen dulden können; Alles in ihm muss unaufhörlich und unaufhaltsam wechseln, wenn das Werden nicht bloss die Qualität des Realen, sondern das Reale selbst als solches ausmachen soll. Jeder Stillstand würde das absolute Werden ganz aufheben, weil er mit dem Begriffe desselben unvereinbar ist; also

5) Im absoluten Werden kann gar *keine Einheit* zugelassen werden — nur die durch die Bewegung (den Uebergang) zu Stande gebrachte Continuität. Denn alle Einheit müsste sich in dem Sichselbstgleichbleiben bei allem Wechsel bewähren; sie würde also Bestimmungen fordern müssen, die dem Werden nicht unterworfen werden könnten und folglich im Sein ihre Grundlage haben müssten.

6) Im absoluten Werden kann aber ebenso wenig eine zugleichseiende Mannigfaltigkeit oder überhaupt ein *Zugleichsein* gedacht werden. Denn das Zugleichsein ist das gerade Gegentheil des Nacheinander und drückt das Bestehen einer ausserzeitlichen, dem Werden nicht unterworfenen Vielheit aus, insofern dieselbe nur aufgefasst wird in Bezug auf die Zeit. Das absolute Werden reducirt sich also eigentlich auf einen einzigen beweglichen Punkt, den Augenblick der Gegenwart. — Ob nun gleich das auf immanentem Wege gewonnene räumliche Zugleichsein für uns hier ungültig ist, so

gibt es doch andere Arten des Zugleichseins, die nicht beseitigt werden können. Insofern wir nämlich überhaupt etwas erkennen und erkennen sollen, muss der Gegensatz (mithin auch das Zugleichsein) von Subject und Object des Erkennens in allem Wechsel und Werden unverrückt und ungeändert fest stehen, wie ein Fels im Strome, und wir können diesen Gegensatz nicht im Werden begründen, — denn das Werden duldet kein Zugleichsein und kein Bleiben, sondern umgekehrt ist alles Werden auf diesem Gegensatze basirt, als welcher überhaupt das Erkennen trägt.

7) Wäre das Werden etwas Absolutes, nur auf sich Beruhendes und für das Denken Befriedigendes, dann würde der Unterschied von immanenter und transcendenter Auffassungsweise nicht bestehen können, die blosse Wahrnehmung des Gegebenen würde ein absolutes Wissen ergeben und von einer Philosophie überhaupt keine Rede sein.

Der Begriff des Werdens ist also in sich widersprechend *), so dass das Denken sich in ihm nicht beruhigen kann, sondern durch ihn angeregt wird, nach etwas Anderem zu suchen, das dem Werden zur Grundlage dienen, mithin für sich unabhängig bestehen könnte, ohne weiterer Voraussetzungen oder Unterstützungen

---

*) In der That kann auch das Widersprechende sich nicht anders als in der Form des Werdens darstellen. Denn wenn es auch selbst nicht ganz aufgehoben wird, so muss doch wenigstens alles in ihm Gesetzte wieder aufgehoben werden, um dadurch Zeugniss von dem Unberechtigten seines Daseins abzulegen. Das allein Beharrliche ist auf diese Weise der *Wechsel*, welcher selbst nur dadurch besteht, dass in ihm nichts Bestehendes zu finden ist.

zu bedürfen. Das heisst mit anderen Worten: das
Werden ist etwas Bedingtes, dem das Unbedingte,
Selbständige, das Denken zu keiner weiteren Begründung Treibende unterzulegen ist. Dieses, Unbedingte
ist nun überhaupt das Seiende, und das Sein bedeutet
nichts weiter, als eben die Unbedingtheit, das selbstständige Feststehen, welches in der immanenten Auffassung als Substanz aufgetreten ist. Da aber dort (in
der immanenten Auffassung) das Werden als Product
von Beziehungen genommen wurde, so musste dieser
seiner Einführung (nämlich durch den Begriff der Beziehungen) zufolge das Sein von vornherein in absoluten
Gegensätzen gesetzt werden; auf dem Standpunkte der
transcendenten Betrachtung dagegen sind wir nicht im
mindesten berechtigt, den absoluten Gegensatz in das
Seiende einzupflanzen, da derselbe als Object der Erkenntniss überhaupt nicht denkbar ist. Wir sehen
also, dass der Begriff des Seins nichts weiter bedeutet
als die Forderung, ein Unbedingtes, Absolutes vorauszusetzen, auf welchem das Werden begründet werden
könnte. Hier entsteht nun die Frage: ob diese Forderung erfüllt werden kann, d. h. ob es möglich ist,
das Absolute zu erkennen und aus ihm das Bedingte,
das Werden abzuleiten? Antwort: beides ist schlechterdings unmöglich, wie aus folgenden Betrachtungen zu
ersehen ist:

Das Werden, das Entstehen und Vergehen trifft,
wie sich von selbst versteht, nicht das Sein, also nicht
seiende Dinge *als solche*, oder: es ist kein Uebergang
vom Sein zum Nichtsein und umgekehrt denkbar. Denn
einen solchen Uebergang zugeben, hiesse eben das Sein
als solches aufheben, es in Werden verwandeln, was

ein ganz ungereimtes und sogar ein dummes Beginnen sein würde, da das Sein gerade das unbedingte Feststehen, welches dem Werden abgeht, bedeutet. Das Sein ist uns. ja nie und nirgends gegeben, sondern wird von uns zum Gegebenen, zum Werden *hinzugedacht*, was schon *Descartes* in seinem fundamentalen „Cogito ergo sum." angedeutet hat*); wenn wir also das Sein wiederum in ein Werden verwandeln wollen, was brauchen wir dann überhaupt vom Sein noch zu reden? — Es ist unbegreiflich, wie man dies bis jetzt sogar nicht ganz verstanden hat und noch manchmal keine Schwierigkeit darin findet, vom Entstehen und Vergehen von

---

*) In seiner Kritik des zweiten Paralogismus der transcendentalen Psychologie (Kr. d. r. Vern., erste Ausgabe) sagt zwar *Kant:* „Der vermeintliche cartesianische Schluss: cogito ergo sum, ist in der That tautologisch, indem das Cogito (sum cogitans) die Wirklichkeit unmittelbar aussagt", — dieses zeigt aber nur, dass auch der grösste Denker bisweilen oberflächlich sein kann. *Kant* sollte bedenken, dass doch wohl Etwas in dem Wesen des Erkennens von seinem eignen Sein liegen müsse, was dem Ausdruck dieses Erkennens die Form des Schlusses so wesentlich macht. Als die Grundlage aller Gewissheit konnte *Descartes* unmöglich das blosse *Ich bin* aufstellen, denn dieses würde jedem wie vom Himmel gefallen erscheinen und niemand überzeugen können. In dem cartesianischen Schlusse ist freilich unbewusst die richtige Einsicht ausgesprochen: dass kein Bewusstsein von dem Sein unmittelbar entstehen kann, dass kein Sein, nicht einmal das eigne Sein eines jeden zum unmittelbar Gegebenen gerechnet werden kann; vielmehr ist das unmittelbar Gegebene allein das Werden (das Cogito) und können wir zum Sein nur vermöge der im Denken liegenden (und schon genugsam erörterten) Nothwendigkeit, also nur vermittelst eines Schlusses gelangen. *Kant* hat aber von dieser Nothwendigkeit gar nichts bemerkt, er läugnete das Sein des erkennenden Subjects ohne hinreichende Gründe, daher musste ihm der cartesianische Schluss wie eine Tautologie erscheinen.

seienden Dingen als solchen zu reden, wiewohl das
richtige Bewusstsein der Sache schon bei den Alten
allgemein feststand. —

Wenn nun das Werden dem Sein selbst, als seiner
Grundlage und Voraussetzung, nichts anhaben kann, so
kann es doch vielleicht wenigstens die Form der Qualität des Seienden ausmachen? — Durchaus nicht. Eben
weil das Werden in sich widersprechend ist, kann es
keine wahre Ansicht von der Qualität des Seienden
darbieten*); und da alle Qualität uns dennoch nur in der
Form des Werdens gegeben ist, so folgt daraus, dass
wir von dem wahrhaft Seienden ganz und gar nichts
erkennen können.

Für uns werden immer Sein und Qualität aus-
einandergerückt; der Qualität, die uns allein und allein
im Werden gegeben ist, können· wir das Sein nicht beilegen und zu dem wahren Sein können wir die Qualität
nicht finden, weil alle Qualität nur in einer widersprechenden Form uns zugänglich ist. Hätten wir dagegen den wahren Begriff des Seienden gehabt, so
würden in demselben Sein und Qualität von einander
gar nicht zu trennen sein, oder vielmehr der Begriff des
Seienden würde sich in die beiden Begriffe des Seins
und der Qualität gar nicht zerlegen lassen. Denn die
Qualität bedeutet nichts als den Inbegriff von Bestimmungen, mittelst deren wir ein Ding erkennen oder
auffassen; wie hätte also das Sein (d. h. die Unbedingt-

---

*) „Ein Ding A hat sich verändert"; dieses bedeutet, wie
man weiss, dass A ein *anderes* geworden und doch *dasselbe*
(A) geblieben ist; so etwas dürfen wir natürlich dem wahrhaft
Seienden nicht anmuthen, so lange noch Identität und Gegensatz einander contradictorisch entgegengesetzte Begriffe sind.

heit, die Absolutheit) des Dings darin seinen unmittelbaren Ausdruck nicht finden sollen?

Aber nicht nur ist der gegebene Stoff in sich widersprechend, sondern auch die Begriffe, die uns zur Auffassung desselben dienen sollen, sind mit inneren Widersprüchen behaftet; und namentlich der Begriff der
Quantität. Wir können mit *Herbart* nicht behaupten:
„die Qualität des Seienden sei allen Begriffen der
Quantität unzugänglich". Denn das würde bedeuten:
das Seiende ist weder Einheit noch Vielheit; diese Begriffe (von Einheit und Vielheit) greifen aber zu tief
in die Gründe unseres Denkens hinein, als dass sich
so etwas auch nur versuchsweise denken liesse. Im
Gegentheil müssen wir dem Seienden sowohl Einheit als
Vielheit beilegen: die Einheit — als die nothwendige
Voraussetzung, welche allein die Möglichkeit des Erkennens denkbar macht; die Vielheit — weil sie die
Grundbeschaffenheit des Gegebenen ist, welches doch
aus dem wahrhaft Seienden allein (obgleich wir nicht
wissen *wie*) herstammen kann. — Nun wissen wir
aber nicht und werden es nie begreifen können, in welchem *Verhältniss* in dem wahrhaft Seienden Einheit
und Vielheit zu einander stehen. Dreierlei Arten dieses
Verhältnisses sind (im immanenten Sinne) denkbar:
1) die Identität der Einheit und Vielheit, die intensive
Grösse (der potentielle Gegensatz), 2) der absolute
Gegensatz der Einheit und Vielheit und 3) der bedingte, durch irgend welche Einflüsse realisirte Gegensatz derselben. Der bedingte Gegensatz kann mit der
Absolutheit des Seienden und der absolute mit dessen
Einheit nicht vereinigt werden und was die intensive
Grösse betrifft, so ist ihr Begriff: α) widersprechend und

β) gänzlich unfähig, das Werden zu begründen oder zu erklären, wie aus dem vorigen Kapitel erhellen musste.

Was für ein Verhältniss zwischen Einheit und Vielheit in dem wahrhaft Seienden statt findet, können wir also gar nicht begreifen. Das Setzen des Seienden selbst ist nur eine unablässige Forderung des Denkens, welche wir nie ablehnen, aber auch nie erfüllen können. Das wahrhaft Seiende ist nur etwas von dem Werden Unterschiedenes, in dessen Begriffe, — wenn das Erkennen sich desselben bemächtigen könnte, — es seine volle Befriedigung finden würde. Es liegt aber in der Natur des Erkennens, dass es nie befriedigt werden kann und darf; denn es müsste, wie Alles, was auf einem Streben beruht, durch die Befriedigung und Ausfüllung des Strebens nothwendig aufgehoben werden. — Unsere Welt ist also nothwendig eine Welt des *Scheins*, und zwar in doppelter Hinsicht: 1) sofern der gegebene Stoff, aus dem wir die Erkenntniss derselben construiren, ein in sich widersprechender ist, also ein sich selbst aufhebender und doch zugleich ein thatsächlich vorhandener und wirklich bestehender. Und 2) insofern wir demungeachtet auf immanentem Wege diesem Stoffe das Sein beilegen, welches ihm in der That nicht zukommt.

Es möchte aber vielleicht jemand hier ungeduldig werden und uns folgendermaassen interpelliren: „Wie ist denn dieser Schein zu verstehen? Da das wahrhaft Seiende allein ist, so kann es auch allein erscheinen; ihr sagt ja selbst, der Schein sei seinerseits kein Nichts, sondern selbst etwas Wirkliches; also — stellt er die Qualität des Seienden in einer Ansicht dar, die demselben nicht in aller Rücksicht zukommt, so muss sie ihm doch in irgend einer Rücksicht zukommen. Es ist doch das wahrhaft Seiende selbst, was in den Gegensatz von Subject und Object (des Erkennens), in die Welt des Werdens eingeht; als Object des Erkennens ist es eben diese unsere Welt, — muss es also nicht ein Band der Einheit zwischen der Realität und dem Schein, zwischen dem Sein und dem Werden geben?" — Ganz gewiss, antworte ich; nur dass wir davon nicht das Mindeste begreifen können. Im Erkennen kann ja doch das eigne Sein und Bestehen des Realen nie enthalten sein, und doch ist der ganze Inhalt des Erkennens ein dem Realen angehörender, zugleich aber vom Sein getrennter und folglich ihm in der That nicht angeeigneter; — dies ist die dialectische Natur des Erkennens. Wir müssen uns bescheiden; ein widersprechender Stoff ist uns gegeben und widersprechende Begriffe, um ihn aufzufassen und zu verarbeiten, — wie können wir billigerweise erwarten, in dieser unserer Auffassung die Wahrheit, die absolute Wahrheit zu finden? Wir müssen vielmehr einsehen, dass alles Ringen darnach vergeblich ist. •

Die Einsicht der Unmöglichkeit, das Absolute zu erkennen und das Bedingte (das Werden) aus ihm abzuleiten, ist aber die Grundeinsicht der ganzen Philosophie, deshalb will ich dieselbe hier näher zu erläutern suchen.

Das Werden ist uns allein gegeben. Gegeben kann etwas nur dem Erkennen sein. Das Erkennen ist selbst, wie auch das Object desselben, — ein Werden, ein Geschehen. Nun ist aber der Begriff des Werdens in sich widersprechend und steht ausserdem im Widerspruche mit dem nothwendigen Gegensatze der Erkenntniss und ihres Objects, auf dem das Werden doch allein fussen kann. Also hebt sich der ganze Begriff des Erkennbaren überhaupt auf. Das Erkennbare (das Werden) kann aber nicht aufgehoben werden; es dauert nach dem Entstehen dieses Bewusstseins, wie vor demselben, immer fort, stellt sich also dar als ein unzerstörbarer, unaufhebbarer *Schein*. — Das Erkennbare kann so, wie es ist, nicht als ein Absolutes gesetzt werden: denn sein Begriff hebt sich selber auf, ist mithin das Gegentheil von dem Begriffe des Absoluten. Es kann aber auch nicht aufgehoben werden; denn es ist ja etwas Reales und ganz Unabweisbares; es liegt also in seinem Begriffe die Nothwendigkeit, den Stoff von der Form zu unterscheiden. Das sich selber Aufhebende ist nämlich die Form (des Erkennens und Erkanntwerdens, überhaupt des Werdens); der in dieser Form eingeschlossene Inhalt darf nun mit ihr selber nicht identificirt werden; sonst würde das Ganze entweder als ein absolutes gesetzt, oder ganz und gar aufgehoben werden müssen, — keiner von diesen beiden Fällen ist aber zulässig. Folglich liegt in dem Begriffe des Erkennbaren die Forderung, den Inhalt desselben in einer anderen, nicht widersprechenden, sich nicht aufhebenden Form, d. h. als ein Absolutes zu setzen, diesen Inhalt dem Absoluten, dem wahrhaft Seienden einzuverleiben. Es wird aber zugleich offenbar, dass diese Forderung nie erfüllt werden kann; denn wäre der Inhalt des Werdens als ein Seiendes, Absolutes begriffen, dann würde die widersprechende, sich selber aufhebende Form allein zurückbleiben müssen, was undenkbar ist, weil dieselbe alsdann kein Bestehen würde haben können. Das wahrhaft Seiende ist es, was in dem Schein sich gegenwärtig hält; von ihm allein kann der Schein seinen

Inhalt herhaben; hätten wir aber diesen Inhalt in seiner wahren Form, d. h. als das wahrhaft Seiende, das Absolute erkannt, so würde durch diese Erkenntniss der Schein nothwendig und vollständig aufgehoben sein, was jedoch niemals geschieht. Vielmehr ist der Schein selbst, das Sichselberaufhebende gerade *als solches* auch etwas Wirkliches, thatsächlich Vorhandenes und schlechterdings nicht Aufzuhebendes; nur kann es seinem widersprechenden Wesen zufolge als ein an sich Bestehendes, Absolutes nicht aufgefasst werden; es muss folglich im Absoluten begründet werden. Das heisst, der Schein selbst (das Erkennen und Erkanntsein, das Werden) muss als eine Ansicht des Absoluten gedacht werden, als auf irgend eine Weise aus ihm herstammend und demselben eigen.

Es ist also klar, dass wir von dem Gegebenen, dem Widersprechenden ausgehend, dasselbe dem Absoluten gleichsam inoculiren müssen, d. h. das Gegebene (das Bedingte) mit dem Absoluten in *einem Begriffe*, oder beide in *Identität* mit einander denken müssen, da das Widersprechende als für sich bestehend nicht gedacht werden, sondern nur als eine Ansicht oder Seite des Absoluten ein mögliches Bestehen haben kann. — Zugleich ist aber das Gegebene *nicht* zu denken in Identität mit dem Absoluten; denn es ist gerade das Sichselbstaufhebende, also das Gegentheil des Absoluten. Der Gegensatz zwischen dem Absoluten und dem Gegegebenen (dem Bedingten, dem Erkennbaren) kann schlechterdings nicht aufgehoben werden. Nun gibt es lediglich zwei denkbare Arten des Gegensatzes, zwei wirkliche Begriffe desselben, den *absoluten* und den *bedingten* Gegensatz. Ein absoluter Gegensatz kann zwischen dem Absoluten und dem Bedingten (dem Gegebenen), zwischen dem Sein und Werden, nicht statt finden; denn was würde er anderes zu bedeuten haben, wenn nicht die absolute *Negation* aller Einheit und Identität, aller Gemeinschaft des Bedingten mit dem Absoluten? *) — Diese Negation ist aber mit dem Begriffe des Bedingten, des Sichselberaufhebenden unvereinbar, da dieses lediglich in der Anlehnung an das Absolute sein ganzes Bestehen hat, ohne dasselbe aber durchaus nicht denkbar ist. — Ebensowenig kann jedoch der Gegensatz des Absoluten und des Bedingten als ein *bedingter* Gegensatz aufgefasst werden; denn alles Bedingtsein ist mit dem Begriffe des Absoluten unverträglich. Der Begriff des bedingten Gegensatzes bezeichnet,

*) Man darf es keinen Augenblick vergessen, daß der Begriff des Gegensatzes demjenigen der Einheit contradictorisch entgegengesetzt ist. Daraus folgt, daß wir, wenn wir den Gegensatz wirklich denken wollen, ihn als das Gegentheil der Einheit, als absolut alle Einheit ausschließend denken müssen; als solcher nur kann er selbstständig bestehen; darum nenne ich ihn in diesem Sinne einen absoluten. Ein Gegensatz hingegen, der aus der Einheit hervorgeht, kann nicht anders als unter einer Bedingung daraus hervorgehen. — Die transcendente Betrachtung aber, die das Unmögliche dieser beiden Begriffe des Gegensatzes einsieht, hat gar keine Mittel, den Gegensatz denkend aufzufassen, obgleich ihr unstreitigerweise Gegensätze gegeben sind, nämlich: 1) der verhandelte Gegensatz zwischen dem Absoluten und dem Bedingten und innerhalb des Bedingten selbst; 2) der Gegensatz des Erkennenden und des Erkannten; und 3) der Gegensatz der erkennenden Subjecte unter einander. — Den Gegensatz des Erkennenden und des Erkannten habe ich im III. Kap., Seite 64 einen *absoluten* genannt, aber nur im uneigentlichen, nicht im immanenten Sinne; denn alle diese drei der transcendenten Betrachtung sich darbietenden Arten des Gegensatzes sind von der Art, dass sie *aufgehoben* werden sollen, weil sie aus dem Widerspruch entsprungen sind. Absolut sind sie nur in der Hinsicht, dass sie wirklich bestehen, ohne dass wir Bedingungen für dieses ihr Bestehen voraussetzen dürften.

wie wir gesehen haben, das Misslingen des auf dem immanenten Wege angestellten Versuchs, das Bedingte aus dem Absoluten, das Werden aus dem Sein abzuleiten.

Das Erkennbare, Gegebene, das Werden, ist also zugleich bestehend (de facto) und nicht bestehend (de jure, nämlich als ein Widersprechendes), es muss zugleich aufgehoben und nicht aufgehoben werden, muss zugleich im Gegensatze und in Identität mit dem Absoluten gedacht werden, ohne dass weder von diesem Gegensatze noch von dieser Identität ein bestimmter, positiver Begriff gefasst werden könnte.

Das Ergebniss ist also dieses: das Widersprechende, wie ich übrigens schon bemerkt habe, kann dem wahren Begreifen keinen Anknüpfungspunkt bieten, da der Widerspruch alle Begreiflichkeit vernichtet. Nicht einmal die Möglichkeit können wir uns denkbar machen, dass das Widersprechende aus dem Widerspruchslosen, dem Absoluten hervorgehen, dessen wesentliche Bestimmung oder Folge in irgend einer Hinsicht ausmachen könnte, welches Denken uns jedoch zugleich durch den Begriff des Widersprechenden geboten wird. — Es hat sich auch bestätigt, dass die Begriffe der Einheit und Identität einerseits und der des Gegensatzes andrerseits, vermittelst deren allein wir das Verhältniss zwischen dem Absoluten und dem Bedingten denken müssen und können, an sich widersprechend und daher zum wahren Begreifen nicht zu gebrauchen sind, und dass ein wahres Begreifen überhaupt nicht möglich ist, da allem Begreifen und Erkennen überhaupt der Widerspruch zu Grunde liegt.

Ueberlegt man die Sache gründlich, so wird man unvermeidlich sich überzeugen müssen, dass das Bedingte nur dann als solches möglich ist, wenn es im

Absoluten *nicht* begründet werden kann. Denn was wäre der Sinn dieser Begründung, wenn nicht das Aufnehmen des Bedingten in den Begriff des Absoluten? — Nun ist das Bedingte gerade dasjenige, in dessen Begriffe das Denken sich nicht beruhigen kann; wäre es aber in den Begriff des Absoluten aufgenommen, so würde es als eine Bestimmung desselben erscheinen müssen, mithin als etwas für das Denken Befriedigendes und daher nicht Bedingtes. Auf der *Unmöglichkeit*, das Bedingte in den Begriff des Absoluten aufzunehmen, beruht ganz und gar die *Selbstständigkeit* des Bedingten; wie denn in der immanenten Auffassung diese Selbstständigkeit eben als jene Unmöglichkeit sich bewährt hat, nämlich als die Nothwendigkeit, die Reihe der (einander vorhergehenden) Beziehungen *ohne Ende* hinaufzuführen. — Das *Bedingte* kann nur ein *Widersprechendes* sein, wie auch umgekehrt das Widersprechende nur ein Bedingtes. Denn das Widersprechende ist allein von der Art, dass es nicht nur in und durch sich selbst dem Denken keine Befriedigung gewährt, sondern demselben auch keine Möglichkeit darbietet, von ihm aus zum Widerspruchslosen, zum Absoluten zu gelangen, was allein sein Aufgehen im Absoluten verhindert.

Um sich aber von diesem Allen noch mehr zu überzeugen, versuchen wir es einmal, das Verhältniss, die Verknüpfung des Werdens mit dem Sein auch *wirklich* zu denken. Dieses Verhältniss kann unstreitigerweise nicht anders, denn als eine im Seienden selbst liegende Nothwendigkeit des Werdens, d. h. der Veränderung, gedacht werden. Es muss in dem Seienden selbst der Grund enthalten sein, welcher dasselbe nöthigt, zu einem *anderen* zu werden. Diese innere Verknüpfung von Sein und Werden ist es, was man überhaupt *Trieb* oder *Streben* nennt. Nun ist es aber ganz augenfällig, dass ein Wesen, welches seiner Verfassung zufolge zu einem *anderen* werden (sich verändern) muss, im Augenblicke vor der Veränderung *nicht Das* ist, was es sein kann oder soll, dass es also mit sich selber *im Widerspruch* steht. Daraus wird ersichtlich, dass das Werden nur als aus einem Widerspruch entspringend gedacht werden kann.

Die Form des Denkens, welches widersprechend ist und zugleich nicht unterlassen werden kann, — ist die Nothwendigkeit; und umgekehrt ist die Nothwendigkeit nur in einem solchen Denken anzutreffen, das zugleich widersprechend ist und nicht unterlassen werden kann. Nun vermögen wir die Ableitung, das Hervorgehen des Werdens aus dem Sein, nicht anders denn als Folge einer *inneren Nothwendigkeit* in dem Seienden selbst zu denken. Also ist dieses unser Denken widersprechend und keine wahre Vorstellung von dem Verhältnisse, welches zwischen dem Sein und dem Werden besteht. Folglich ist das wahre Verhältniss von Sein und Werden, das Hervorgehen des Werdens aus dem wahrhaft Seienden, dem Absoluten, *nicht* in der Form der Nothwendigkeit zu denken, also sind wir befugt, dieses Verhältniss, wenn wir wollen, mit dem Namen *Freiheit* zu belegen. Nur dürfen wir keinen Augenblick vergessen, dass wir in unserer Vernunft von dem, wie dieses Verhältniss, nämlich die Freiheit, beschaffen sein möchte, nicht nur keinen bestimmten Begriff, sondern nicht einmal eine dunkle Ahnung finden können.

VIII.

Von den Gottesbegriffen.

Die Grundnothwendigkeit des Erkennens besteht
wie wir wissen darin, allen Stoff des Erkennens (das
Gegebene, das Werden) als Ausdruck und Product
primärer causaler Beziehungen aufzufassen. Eine primäre causale Beziehung ist aber das *unmittelbare* Gegebensein der Qualität eines Dinges als seiner Manifestation und in und durch die Manifestation ein *mittel-
bares* Gegebensein des Dinges selbst als Substanz. Die
Manifestation ist folglich die von dem Sein *losgerissene*
Qualität des Dinges. Dieses Losreissen widerstreitet
nun auf das Aeusserste dem Begriffe *eines Dinges* überhaupt, welchem zufolge in dem Dinge Sein und Qualität schlechterdings unzertrennlich sein sollten; denn
eben in dieser ihrer unzertrennlichen Verknüpfung besteht allein der ganze Sinn und die eigenste Bedeutung
jenes Begriffs. Da aber unser ganzes Wissen auf dem
Begriffe der Beziehungen begründet ist, so folgt daraus,
dass in dem ganzen Gebiete des Wissens keine wahre
Anwendung für den Begriff des Dinges möglich ist; oder
mit anderen Worten: das wahrhaft Seiende erkennen
wir nie, weil alles Erkennen dem Widerspruch von vorn-

herein verfallen ist. Unsere Welt ist also eine Welt
des Scheins. Der Schein enthält nun zwar die Qualität des Seienden selbst in sich, — das müssen wir zugeben, sonst würde er ja gar nichts enthalten, ein ganz
leerer, mithin undenkbarer Schein sein müssen; aber
er stellt diese Qualität in einer Ansicht vor — und
hierin besteht der Schein — wie sie dem wahrhaft
Seienden in der That nicht eigen ist; denn in ihrer
wahren Ansicht soll die Qualität von dem Sein unzertrennlich sein. Wir müssen also insofern das wahrhaft Seiende ausserhalb der Welt setzen und zugleich
bekennen, dass wir von seinem wahren Wesen nichts
wissen können; denn als Gegenstand der Erkenntniss
ist es eben diese unsre scheinhaftige Welt, der wir das
in der immanenten Auffassung beigelegte Sein auf dem
transcendenten Standpunkte wieder absprechen müssen.

Wenn nun von dem Begriffe *Gottes* als des höchsten Wesens die Rede ist, so soll natürlich dadurch
das wahrhaft Seiende, das Absolute allein gedacht
werden, welches, wenn es erkennbar wäre, nur als ein
an sich schlechthinnothwendiges Wesen zu denken sein
würde, d. h. als ein Wesen, dessen Qualität von der
Art ist, dass es nur *als sciend* gedacht werden kann,
dessen Qualität von dem Sein unzertrennlich ist. Der
einzige mögliche Beweis vom Dasein Gottes würde also
der sogenannte *ontologische* sein müssen; nun hat aber
Kant (und vor ihm schon *Hume*) unwiderleglich gezeigt,
dass dieser Beweis durchaus unmöglich ist, dass wir
gar keine Vorstellung von einem *an sich,* absolut nothwendigen Wesen haben können, von einem Wesen, dessen
Nichtsein undenkbar wäre. Zu *Kant's* Auseinandersetzungen will ich noch die folgende Betrachtung beifügen.

Dass von Beweisen für das Dasein Gottes die Rede ist, dass man solche Beweise aufsucht und erfindet ist ein unwiderlegliches Zeugniss dafür, dass man keinen Begriff von Gott (dem Absoluten) hat, sonst würde alles zur Erkenntniss desselben Gehörende ebenso selbstverständlich sein müssen wie A = A, und es würde niemand auch nur in den Sinn kommen können, diese (absolute) Erkenntniss selbst zum Gegenstande einer besonderen Nachforschung zu machen. Wir wissen ja, dass Beweise, d. h. Nothwendigkeit nur im widersprechenden Denken statt finden können. Alle Nothwendigkeit liegt in der Auffassung von Beziehungen, die durchweg Gemeinschaft oder Zusammenhang im absoluten Gegensatze bedeuten. Das Widersprechende dieser Bestimmung treibt uns über sie hinauszugehen und hier eben bewährt sich die innere Nothwendigkeit als Unmöglichkeit des Hinausgehens. Die Bestimmung wird dadurch zu einer wirklichen Schranke des erkennenden Subjects, mit der im Kampfe allein die Höhe des transcendentalen Bewusstseins erreicht und die Freiheit des Denkens realisirt wird. Wäre dagegen eine Verbindung von Begriffen durch die Natur des Erkennens gefordert, ohne irgend etwas vom Widerspruche (vom absoluten Gegensatze) in sich zu enthalten, dann würden wir nie in Versuchung gerathen, diese Verbindung zu lösen und folglich würde ihre Unlösbarkeit von uns nie als Zwang, als *innere Nothwendigkeit* gefühlt oder eingesehen werden können.

Es ist nun ganz begreiflich, dass den nach *Kant* aufgetauchten Pantheisten, die das Absolute auf den Grund erkannt zu haben vermeinten, die kant'sche Kritik der Beweise vom Dasein Gottes nicht schmecken

konnte; sie haben auch keine grosse Mühe gehabt, diese
Kritik umzuwerfen; sie dünkten sich ja auf ihrem spe-
culativen Standpunkte so sehr über *Kant* erhaben.
Eine Lehre, die das absolute Wissen selbst zu sein
vorgibt, verdient eigentlich keine Berücksichtigung, denn
jeder der mindesten Ueberlegung fähige Mensch ist
schon im Stande zu bemerken, dass alles menschliche
Wissen sehr weit von der Absolutheit entfernt ist. Doch
können hier, wo von dem Begriffe des Absoluten die
Rede ist, die pantheistischen Lehren nicht ganz über-
gangen werden. Der Vater des neueren Pantheismus,
Spinoza, glaubte etwas vorschnell in dem Begriffe der
Substanz die Kenntniss eines Wesens gefunden zu haben,
dessen *essentia involvit existentiam*. Fürwahr er hätte
noch bequemer die Existenz in dem Begriffe eines existirenden Dinges als solchen finden können, weil, wenn
es auf Tautologie ankommt, die einfachste die beste
ist. Denn wiewohl im Begriffe der Substanz, des Seienden, die Forderung einer Qualität, einer *essentia*, die
von dem Sein, der *existentia*, unzertrennlich wäre, wirklich liegt, so gibt doch dieser Begriff nicht den mindesten positiven Aufschluss darüber, *wie* diese *essentia*
beschaffen sein, oder worin sie bestehen könnte, weil,
wie sich von selbst versteht, nur im Gegebenen, also
im Bedingten, in dem was *nicht* Substanz im spinozistischen Sinne ist, aller Stoff der Erkenntniss gefunden
werden kann. In der That holte auch *Spinoza* die
essentia aus dem Gegebenen her und pflanzte sie in die
Substanz hinein, ohne sich viel darum zu bekümmern,
ob beide zusammenpassen oder nicht. Nach ihm sollte
nämlich die *essentia*, sofern sie Gegenstand der Erkenntniss ist, aus zwei Attributen, dem *Denken* und der *Aus-*

dehnung bestehen. Dass nun die Ausdehnung, welche nichts anderes als absolutes Ausscreinander, absolute Gegensätzlichkeit selbst bedeutet, so ohne Weiteres in die Einheit der Substanz hineingezwängt wurde, — war schon schlimm genug; wenn aber noch obendrein das Denken hinzukommen und sich mit der Ausdehnung vermählen soll, dann sieht man gar nicht mehr, wo der Willkür ein Ziel zu setzen ist. Die neueren Nachfolger des *Spinoza* haben auch richtig herausgespürt, dass ein so küchenmässiges Znsammenschütteln von Bestimmungen, die sich unter einander nicht vertragen, etwas bedenklich sei; meinten aber diesem dadurch zu entgehen, dass sie die Substanz, wie sie sagen, *lebendig* machten, d. h. dieselbe in ein *Werden*, einen Process verwandelten, wodurch natürlich die Substanz als solche sich verflüchtigen musste. Weil nämlich im Werden, im Nacheinander die Gegensätze durch den Uebergang *vermittelt* sind, glaubten die Pantheisten fest: die Einheit liesse sich wohl damit vereinigen; es fiel ihnen auch nicht im Traume ein, gründlich zu prüfen, ob das Verhältniss wirklich denkbar sei. Aus *D. F. Strauss's* „Glaubenslehre", Band 1, S. 522, entlehne ich die folgenden Citate, die uns helfen werden, sich *Hegel's* Lehre von dem Absoluten zu vergegenwärtigen: „Man wird die Darstellung nur loben können, welche Fichte d. J. von der Hegel'schen Gotteslehre entwirft, wenn er sagt: Gott ist Hegel'n nicht blosse Substanz, noch die mattentfärbte Indifferenz oder todte Identität des Subjectiven und Objectiven, sondern der lebendige Process der Subjectivität, sich selbst das unendlich Andere, und darin Eins und Selbst zu sein; die absolute Fluctuation des ewig gesetzten und eben darin wieder aufgehobenen und versöhnten Gegensatzes. Er ist nie erschöpft in einer dieser Selbstgestaltungen, sondern greift über jede derselben unendlich über, die in ihm dadurch als Ideelles gesetzt ist. So ist Gott hier das ewige Anschauen seiner selbst im Anderen, die unendliche Schöpfung als unendliche Subject-Objectivität. Wie gesagt, diese Darstellung wird man nur richtig finden können, und Hegel selbst, wenn er seine Gotteslehre populär vortragen wollte, sprach sich beinahe gleichlautend aus. Z. B. in einem Briefe, W., XVII, S. 523: Meine Ansicht ist — dass die Idee nur als Process in ihr (wie Werden ein Beispiel ist), als Bewegung ausgedrückt und gefasst werden muss; denn das Wahre ist nicht ein nur ruhendes, seiendes, sondern nur als sich selbst bewegend, als lebendig; das ewige Unterscheiden und die in Einem seiende Reduction des Unterschieds dahin, dass er kein Unterschied ist; was auch empfindungsweise aufgefasst, die ewige Liebe genannt worden ist; nur als diese Bewegung in sich, die ebenso absolute Ruhe ist, ist die Idee Leben, Geist." Das Werden selbst wird also hier zum Absoluten gemacht, oder das Absolute zum Werden; die Idee, vermöge ihrer dialectischen Natur, geht in ihr Anderssein, die concrete Welt, über und in diesem Anderssein erfasst sie sich in ihrer Einheit als Geist. Wir haben hier ein Uebergehen, d. h. ein Nacheinander, welches aber nicht in der Zeit gedacht werden darf, Unterschiede und Gegensätze, die zugleich gesetzt und aufgehoben werden müssen, eine Bewegung, die zugleich absolute Ruhe ist. — Diese Lehre ist gewiss das merkwürdigste Beispiel der Gedankenlosigkeit, welches in der ganzen Geschichte der Philosophie ausgesucht werden kann. Wohl haben sich alle Philosophen des Widerspruchs schuldig gemacht, es vermochte keiner seine Lehre frei vom Widerspruch zu erhalten, was auch überhaupt nicht thunlich wäre, da der Widerspruch allem Denken und Erkennen zu Grunde liegt; aber den Widerspruch selbst für das absolute Wissen auszugeben, das Widersprechende, sich selber Aufhebende, gerade *als solches* für das Absolute in seinem wahren Ansich aufzustellen, — das hat, so viel ich weiss, vor *Hegel* niemand unternommen. *)

Doch hat der Pantheismus überhaupt das Berechtigte und Verdienstliche, dass er die Unwahrheit einer Transcendenz Gottes in theistischem Sinne eingesehen und diese geleugnet hat. Gott und Welt können wahrlich nicht auf dieselbe Weise, wie zwei Substanzen im

---

*) Man möchte ihm vielleicht noch *Schopenhauer* zur Seite stellen, der sein Leben lang sich und andere zu überreden suchte, dass der *Wille*, — dessen ganzes Wesen in Beziehungen aufgeht und in sich widersprechend ist, — die unmittelbarste und ächteste Erscheinung des *Dings an sich*, oder des Absoluten, ja eigentlich das *Ding an sich* selbst sei. *Schopenhauer* lehrte aber zugleich, dass der Wille zum Leben negirt und aufgehoben werden solle, und dass, was nach dieser Aufhebung übrig bleibe kein absolutes, sondern ein nur *relatives Nichts* sei, d. h. ein Nichts nur in der Hinsicht, dass es kein Gegenstand der Erkenntniss sein kann. Es lag also bei ihm in der Tiefe das Bewusstsein, dass dieses relative Nichts, welches wie man sieht, das einzige immer Bestehende und nicht Aufzuhebende, — das eigentliche *Ding an sich* oder Absolute ist, das in unserer Welt keine adäquate Offenbarung oder Darstellung findet und daher aus ihr nicht erkannt werden kann; ein Bewusstsein, welches die ganze Lehre *Schopenhauer's* vom Willen als dem *Ding an sich* zu nichte macht. Er war also wenigstens nicht so unwiderruflich wie *Hegel* in dem Widerspruche befangen; er hatte vielmehr ein recht lebendiges Gefühl des Widerspruchs, nur vermochte er es sich nicht zum klaren Bewusstsein zu erheben.

immanenten Sinne, aussereinander sein, da die Welt nur als eine Seite oder Bestimmung des Absoluten ein irgend denkbares Bestehen haben mag; obschon dieses Denken zugleich nicht vollzogen werden kann, und die Welt, eben ihrem widersprechenden Wesen zufolge, mit dem Absoluten in einem Begriffe, d. h. als irgend eine Ansicht desselben auf keine Weise zu fassen ist.

Wenn von Beweisen für das *Dasein* Gottes, d. h. des Absoluten gehandelt wird, so kann dabei der Schein entstehen, als wäre dieses Dasein selbst in Zweifel gezogen, was durchaus nicht der Fall ist. Freilich, bringt man einen fertigen Begriff vom Absoluten herbei, so ist wohl die Frage: ob dieses so gedachte Absolute auch wirklich *da sei*, d. h. ob es das *wirkliche* Absolute sei? Das Dasein dieses letzteren aber ist schlechterdings unzweifelhaft. Denn das Absolute oder wahrhaft Seiende ist eben nur das unbedingt Feststehende und keiner Unterstützungen Bedürfende, welches dem Denken wenigstens in der Voraussetzung (der Erkennbarkeit seines Begriffs) einen Stillstand und eine Befriedigung vergönnt; und es muss doch Etwas von der Art da sein, wenn überhaupt gedacht werden soll. Bei Beweisen vom Dasein Gottes handelt es sich also nicht um das Dasein desselben, sondern um den *Inhalt* seines Begriffs, um das *Was*, die *Beschaffenheit* oder die *Natur* des Absoluten, welche darzuthun die eigentliche Aufgabe des Beweises ist. Obgleich nun aller Beweis des Daseins Gottes, d. h. alle Darlegung des Wesens, der *essentia* desselben, nothwendig ontologisch, rein apriorisch geführt werden sollte, weil die Erfahrung gar keine Data zu liefern vermag, die zur Ausbildung des Begriffs des Absoluten beitragen könnten, so hat man doch den von *Kant* aufgedeckten Schein eines auf Erfahrung gegründeten, sogenannten *kosmologischen* Beweises vom Dasein Gottes aufgestellt, indem man von einer gegebenen Existenz überhaupt auf das Dasein einer schlechthin nothwendigen Existenz geschlossen hat und dann unter seinen Begriffen suchte, ob sich nicht einer finden werde, der mit dem Begriffe der schlechthin nothwendigen Existenz zusammenpasse, was offenbar. dasselbe Problem, wie im ontologischen Beweise, bildet. — Es findet sich nun, dass die Annahme einer unbedingten Existenz (sowohl im transcendenten wie im immanenten Sinne) schlechthin nothwendig ist, dass aber gar keine Existenz *an sich* als nothwendig kann gedacht werden. *Kant* (Kr. d. r. Vern., herausgegeben von Hartenstein, S. 449. 450) äussert sich darüber so: „Es ist etwas überaus Merkwürdiges, dass, wenn man voraussetzt, Etwas existire, man der Folgerung nicht Umgang haben kann, dass auch irgend Etwas nothwendigerweise existire. Auf diesem ganz natürlichen Schlusse beruhte das kosmologische Argument. Dagegen mag ich einen Begriff von einem Dinge annehmen, welchen ich will, so finde ich, dass sein Dasein niemals von mir als schlechterdings nothwendig vorgestellt werden könne und dass mich nichts hindere, es mag existiren, was da wolle, das Nichtsein desselben zu denken, mithin ich zwar zu dem Existirenden überhaupt etwas Nothwendiges annehmen müsse, kein einziges Ding aber selbst, als an sich nothwendig denken könne." Für uns hat dieses nichts besonders Merkwürdiges; denn wir wissen, dass alle Nothwendigkeit allein in der Auffassung von *Beziehungen* liegt, dass somit alles Bedingte, dessen Bestehen einen Grund hat, d. h. nur mit Beziehung auf etwas Anderes möglich ist, nothwendig ein unbedingtes, von allen Beziehungen unabhängiges Sein voraussetzt, dass aber dieses unbedingte Sein an sich nicht als nothwendig kann gedacht werden, eben weil es *ausser* dem Bereiche der Beziehungen liegt; woraus ersichtlich ist, dass auf dem Wege des nothwendigen Denkens die Vereinigung der Begriffe des Absoluten und des Bedingten nicht zu erzielen, und da das nothwendige Denken doch das allein beglaubigte und gültige ist, so ist offenbar, dass für diese Vereinigung in unserem Erkennen überhaupt keine Möglichkeit in Aussicht steht.

Was nun die *teleologische* Betrachtung betrifft, den Anblick der in der Natur sich kund gebenden *Zweckmässigkeit*, so kann diese nichts weiter leisten, als uns die Ueberzeugung beibringen von dem Vorhandensein eines *ideellen* Elements in Gott, als dem allgemeinen Subjecte des Geschehens *), und dies ist in der That kein grosses Verdienst, weil in dem Begriffe der Manifestation schon die Nothwendigkeit liegt, ein ideelles Element im Subjecte anzunehmen. Und nicht bloss im immanenten Sinne ist Gott als Einheit des Ideellen und des Concreten zu denken, auch im transcendenten

---

*) Es gibt in der immanenten Auffassung eine Mehrheit von Substanzen, d. h. von absoluten Wesen; sieht man aber die Sache näher an, so bemerkt man, dass die Nothwendigkeit, die Beziehung selbst als ein Bedingtes aufzufassen, die Annahme eines allgemeinen Subjects, durch dessen Thätigkeit alles Geschehen hervorgebracht werde, unumgänglich macht, welches allgemeine Subject also in der immanenten Auffassung als das Absolute κατ' ἐξοχήν erscheint, auf welches das Bedingte überhaupt zurückzuführen ist. Mithin ist in der immanenten Auffassung dieses allgemeine Subject der Repräsentant des wirklichen (im transcendenten Sinne gemeinten) Absoluten, des

Sinne gilt diese Bestimmung; denn der Gegensatz von Subject und Object des Erkennens setzt nothwendig ihre Einheit in dem wahrhaft Seienden voraus. Ja, von dem wahrhaft Seienden können wir mit Recht behaupten, dass es die Einheit des Ideellen und des Concreten sei. Allein was ist das für eine Erkenntniss? Sie kann mit derjenigen verglichen werden, die ein Blindgeborener vom Lichte haben würde, wenn man ihm gesagt hätte, das Licht bestehe in Schwingungen des Aethers. Eine Verknüpfung von allgemeinen Begriffen, deren Ausdruck im Gegebenen nicht nachgewiesen werden kann, ist keine Erkenntniss, sondern nur die leere Schale einer solchen; — alles Erkennen ist ja eben das Aufnehmen eines *Stoffs* in den begrifflichen Zusammenhang des Bewusstseins. Wenn wir in uns das Gefühl als dasjenige finden, worin unser Wesen als Einheit und unmittelbare Durchbringung des Ideellen und des Concreten sich darstellt, so haben wir in dieser Auffassung eine wirkliche Erkenntniß von uns selber; denn hier ist nicht nur die allgemeine Art und Weise der Auffassung, die begriffliche Hülle, sondern auch der ihr entsprechende Inhalt oder Stoff zugegen; aber die Einheit des Ideellen und des Concreten in Gott auch als Gefühl aufzufassen, haben wir kein Recht. Denn die Eigenthümlichkeit des Gefühls besteht darin, daß in ihm das concrete Ele=

---

wahrhaft Seienden, wiewohl es weit davon entfernt ist, das Seiende in seinem wahren Wesen vorzustellen, wie aus früheren Betrachtungen erhellen musste. Wenn ich also von Gott oder dem Absoluten spreche, so meine ich darunter, im transcendenten Sinne — das wirkliche (aber unerkennbare) Absolute, im immanenten Sinne aber — das allgemeine Subject des Geschehens.

ment keine hervorstechende, selbstständige Bedeutung hat, son=
dern seinen ganzen Werth von der Offenbarung im ideellen
Elemente bekommt. Das Gefühl ist die Offenbarung eines
inneren Zustands, welcher Zustand aber selbst lediglich in
dieser Offenbarung besteht; Ideelles und Concretes sind hier
wie in einer chemischen Verbindung befangen, deren Be=
standtheile sich einzeln gar nicht vorstellen lassen. Dies
kommt aber daher, daß in uns das concrete Element keine
Mannigfaltigkeit enthält; alle Mannigfaltigkeit, die wir
in unserer Wahrnehmung antreffen, müssen wir als eine
uns fremde der äußeren Natur beilegen. Wäre diese
Mannigfaltigkeit eine unserem Wesen eigene, dann würde
dieses letztere nicht als Gefühl erscheinen können. Denn
die innere Selbstoffenbarung wäre alsdann die Offenbarung
eines mannigfaltigen Inhalts, der als solcher ihren ganzen
Werth bestimmen müßte. Der innere Zustand würde dann
mit seiner Offenbarung nicht mehr eins und identisch sein,
weil die Mannigfaltigkeit ein neues Moment des Unter=
schieds zwischen dem Concreten und dem Ideellen (das ja
seinem Begriffe zufolge allen Inhalt, mithin alle Mannig=
faltigkeit entbehrt) ausmachen würde, welches in der con=
stitutiven Einheit des Wesens ganz anders ausgeglichen
werden müßte, als es im Gefühle geschieht. Nun soll aber
alle Mannigfaltigkeit, die wir uns selber absprechen, Gott
als dem allgemeinen Subjecte, dessen Manifestation die
ganze Natur ist, beigelegt werden, folglich darf sein inneres
Wesen nicht als Gefühl aufgefaßt werden.

Dass nun das gemeine Bewusstsein solche Distinc-
tionen zu verfolgen und festzuhalten nicht im Stande
ist, — darf uns nicht wundern; einzusehen, dass es
einen nothwendigen Begriff gebe (den des Absoluten),
welcher zugleich keinen erkennbaren Inhalt haben

könne — ist Sache des transcendentalen, nicht des gemeinen Bewusstseins. Wenn dieses letztere nur so weit erwacht ist, um das ideelle Moment in der Natur überhaupt als solches zu bemerken, kann es nicht umhin, das Subject oder die Subjecte, auf welche es alles natürliche Geschehen, als die Manifestation derselben, zurückführt, sich *menschenähnlich* vorzustellen. Denn *in sich* allein findet es die Data, die den Inhalt jener Auffassung (der Einheit des Ideellen und des Concreten, denn dabei versteht es sich von selbst, dass das Ideelle allein für sich bestehend gar nicht gedacht werden kann) ausmachen können. Dass aber aufgeklärte und denkende Menschen sich in Anthropomorphismen gefallen sollten, — ist schon gar nicht zu rechtfertigen. Es sind freilich allemal practische Beweggründe, der Speculation fremde Interessen, die dieses Befangensein in den, Gottes wie der Vernunft gleich unwürdigen, anthropopathischen Vorstellungen verursachen. Uns schaudert es z. B. vor der unerbittlichen Consequenz und der strengen Nothwendigkeit der Naturcausalität, wir wollen also unsere Zuflucht zu einem höchsten, aber väterlichen Wesen nehmen, welches wir nach unserem Ebenbild erschaffen und über alle Causalität hinausgehoben haben; lasst uns aber überlegen, ob damit auch wirklich etwas anzufangen sei.

Erstens — ist es denn möglich von dieser Erhabenheit Gottes über die Causalität sich irgend eine bestimmte Vorstellung zu bilden? — Das sogenannte *liberum arbitrium indifferentiae* ist ein Unsinn, das weiss jeder, der ein Paar Gedanken zusammenzuhalten vermag; ein Gott z. B., der die Fähigkeit besitzen sollte, sich zu dieser oder jener That ohne Unterschied

wie ohne Grund zu entschliessen, dessen Thätigkeit
ganz *gesetzlos* wäre, d. h. mit seinem Wesen in keinerlei Zusammenhange stünde, wäre nur der ungereimteste
Ausdruck jener fundamentalen Unmöglichkeit, das Werden mit dem Sein zu verknüpfen. Das Werden sollte
hier dem Sein etwas ganz Zufälliges, man weiss nicht
wie daran Hängendes und woher Kommendes sein. *)
Unser Gott soll aber noch zugleich der Bestimmung
durch äussere Einflüsse offen stehen, er soll auf unsere
Gebete horchen und uns unsere Bitten gewähren; durch

---

*) Der Begriff *dieser* Freiheit und sein Pendant, der Begriff der Wunderthätigkeit Gottes — jeder Actus dieser Freiheit ist ja an sich ein Wunder, etwas von allen Gesetzen Unabhängiges — sind, man darf es kühn behaupten, eine Schande
für das menschliche Denken; denn etwas Verkehrteres lässt
sich schwerlich erfinden. Soll nämlich das Wirken Gottes sich
selber nicht widersprechen, soll es mit sich selbst congruent
und einstimmig sein, so wird es nothwendig eine gesetzmässige
Beständigkeit an sich zeigen, nichts Capriciöses, aus dem allgemeinen Zusammenhange Herausgerissenes zulassen. Die Freiheit und die Wundermacht Gottes soll seine Fähigkeit bedeuten,
sich selbst zu widersprechen; am Allerverkehrtesten ist es daher, ein uns angeblich von Gott gesandtes moralisches Gesetz
durch Wunder beglaubigen und autorisiren zu wollen; diese
Beglaubigung ist gerade von der Art, dass sie alles Vertrauen
auf die Stabilität dieses Gesetzes vernichten kann. Denn ein
Wunder soll eine, wiewohl auch nur partielle Aufhebung der
gleichfalls von Gott gestifteten Naturgesetze sein; wenn aber
Gott mit den Naturgesetzen so wenig Umstände macht, dass
er Wunder wirkt, was verbürgt uns dann, dass er mit dem
moralischen Gesetze behutsamer umgehen wird? dass wir nicht
morgen schon von ihm die Anweisung erhalten werden, das
für Sünde zu halten, was wir bis jetzt als Tugend angesehen
haben und umgekehrt? oder gibt es auch für Gott unantastbare
Gesetze? — Dann müsst ihr aber überhaupt die Gesetzmässigkeit des göttlichen Wirkens zugeben.

unsere Vergehen wird er also gekränkt und in Zorn
gebracht und unsere Reue beschwichtigt ihn und macht
ihm Vergnügen. Das heisst, anstatt ihn über alle
Causalität hinauszuheben, ihn der schlimmsten Art der
Causalität, der der Affecte unterwerfen; sein inneres
Leben wäre also voll·von Wechsel und von fremden
Bestimmungen, sein Wesen durch und durch bedingt. —
Dass nun diese beiden Vorstellungen von dem Absoluten,
(die sich übrigens auch unter einander nicht vertragen)
von Grund aus verfehlte sind, — braucht nicht weit-
läufig nachgewiesen zu werden. Wer sich nur irgend
über das gemeine, niedrige Niveau des Denkens zu
erheben vermag, wird schon diese Vorstellungen ungenügend finden und sich zur Annahme eines *gesetz-
mässig* wirkenden Gottes getrieben sehen. — Nun wissen
wir aber nicht, *wie* das Wirken Gottes aus seinem
Wesen hervorgehen könnte, wie es daraus abzuleiten
sei, werden also dieses unser Nichtwissen durch das
Wort *Freiheit* bezeichnen und für ein Wissen ausgeben,
nämlich für den Begriff eines Vermögens, das Wirken
schlechthin anzufangen, — so philosophirte *Kant*. Dieser Begriff ist aber dennoch ganz leer und bloss negativ,
sagt uns also nichts von der *qualitativen* Bestimmtheit
der Wirksamkeit Gottes, wie er doch unfehlbar thun
müsste, wenn er ein wirklicher, *positiver* Begriff der
Selbstbestimmung Gottes gewesen wäre. Wir werden
also das Problem auch in dieser Hinsicht postuliren
müssen und erklären: die qualitative Bestimmtheit des
Wirkens Gottes sei durch die Gesetze seines Wesens
festgesetzt (denn die Freiheit auch in dieser Hinsicht,
das *liberum arbitrium indifferentiae* haben wir schon
allzu ungereimt gefunden), was aber nichts weiter be-

deutet als wiederum dieses: es soll zwischen dem Wesen und dem Wirken Gottes ein Zusammenhang statt-
finden, — wir wissen nur nicht was für einer. Wollen
wir nun dieses Nichtwissen ebenfalls für ein Wissen
ausgeben, so sind wir genöthigt einige, wenn auch nur
negative Folgerungen daraus zu ziehen. Da nämlich
Gott das Unbedingte, durch nichts Fremdes, Aeusseres
zu Bestimmende und zu Afficirende ist und sein soll, so
muss auch seine Wirksamkeit als eine von ganz allgemeiner Tragweite und Bedeutung gedacht werden; —
folglich — keine Wunder und kein persönliches Verhältniss zwischen Gott und Mensch. Den gemüthlichen
Gott, den wir gefordert haben, finden wir also auch
in dieser Auffassung nicht, und was noch das Schlimmste
daran ist, wir sehen zugleich nicht, wie dem Menschen
dabei auch nur ein Funken von wirklicher Freiheit
vindicirt werden könne. — Wir brauchen uns aber nur
auf den richtigen Standpunkt zu stellen, um diese
Freiheit zu treffen. Das Sein des Menschen soll ein
von Gott unterschiedenes und doch von ihm abhängiges
sein; ein abhängiges Sein ist nun kein Sein, sondern
blosser Schein, — denn Sein bedeutet das unbedingte,
unabhängige Feststehen, — folglich ein Sein, welches
nur im Selbsterkennen (durch die Nothwendigkeit sich
selber als Substanz zu setzen) möglich ist; — denn
ausserhalb des Erkennens kann der Schein nicht vorkommen. Unser Ich hat also keine Wahrheit, es ist
aus Widersprüchen zusammengewoben, was eben allein
die wirkliche, begreifliche Freiheit möglich macht,
welche durchweg auf dem Widerspruche beruht, aber
auch gänzlich untauglich ist in den Begriff des Absoluten aufgenommen zu werden.

Es ist die fundamentale natürliche Täuschung, dass wir *das Ich*, das Selbstbewusstsein, oder die Persönlichkeit für die höchste Form des Daseins überhaupt anzusehen geneigt sind, und daher keinen Anstand nehmen, dieses unser liebes Ich, wenngleich wir uns dessen selbst in diesem vermeintlich kurzen Leben nur gar zu oft überdrüssig werden, nicht nur in alle Ewigkeiten zu erweitern, sondern selbst auf den Thron des Himmels zu setzen — als den *persönlichen Gott.* Auf diese Täuschung sollen wir uns vor Allem besinnen und ihre Trüglichkeit aufdecken, wenn wir anders nicht absichtlich im Irrthum stecken bleiben wollen, — eine Perversität der Gesinnung, die ich bei dem Leser nicht voraussetzen darf.

Die Begriffe des Ich und des Absoluten sind unter einander schlechterdings unverträglich; das war schon mehrmals nachgewiesen, allein vergeblich, — immer und immer kehrt man zur Ichheit zurück. Ich weiss nicht, ob ich mit mehr Erfolg sprechen werde, will mich jedoch in keine langen Auseinandersetzungen einlassen, sondern nur die folgenden, aus dem vorhergehenden, Vortrag schon bekannten Punkte der Ueberlegung empfehlen:

1) Das Ich oder das Selbstbewusstsein besteht nur in dem Gegensatze von Subject und Object, ohne den kein Wissen überhaupt möglich ist. In uns ist dieser Gegensatz durch äussere Einflüsse bedingt; es ist der potentielle Gegensatz des Ideellen und des Concreten, der durch fremde Einwirkung theilweise zur Wirklichkeit, zur Actualität gebracht, die Einheit nicht aufhebt, welche auch zur Ichheit wesentlich gehört. In Gott könnt ihr aber einen bedingten Gegensatz nicht

annehmen, denn das hiesse eben seine Absolutheit ver-
läugnen und ein absoluter, unbedingter Gegensatz
würde die Einheit schlechthin ausschliessen, ohne die
jedoch weder die Ichheit, noch die Absolutheit denkbar ist.

2) Das Ich oder die Persönlichkeit besteht im
Selbsterkennen; das Ich ist nur insofern da, als es
sich erkennt. Das Erkennen ist aber ein Wirken, ein
Geschehen; mit der Persönlichkeit würde also in Gott,
als eine fundamentale innere Form seines Daseins —
das Wirken und Werden versetzt, welches, wie schon
erörtert worden, die Form des Scheins ist und sich
mit dem wahren Sein nicht vereinigen lässt. — Wäre
es möglich das Werden für die wahre Qualität des
Absoluten anzusehen, dann würden wir in der Welt,
in der Natur Gott selbst unmittelbar erkennen. Denn
da Gott allein *ist*, was ihr auch zugibt, indem ihr
alles andere Sein als von Gott abhängig, d. h. als ein
bloss scheinbares Sein behauptet, — so kann er auch
allein Gegenstand der Erkenntniss sein. Die Transcendenz Gottes besteht lediglich darin, dass das Erkennen ihn nicht in seinem wahren Wesen, sondern
in Gegensätzen zersplittert, im Werden befangen, — als
diese unsre Welt vorstellt. Die Welt ist das Scheinen
Gottes. Wie dieses Scheinen in Zusammenhang mit
dem wahren Wesen Gottes zu bringen ist, — wissen
wir freilich nicht, müssen aber die Unwahrheit desselben und aller seiner Formen einsehen, und daher
uns hüten, diese Formen dem Göttlichen an sich an-
zueignen. Unser Ich, das widersprechende, darf nicht
für das Ebenbild des Widerspruchslosen, des Absoluten
gelten.

Man redet zwar mit der grössten Geläufigkeit von
dem persönlichen Gott und hat sogar ganze Haufen
von Büchern geschrieben, in denen das innere Wesen
und Leben desselben mit bewunderungswürdiger Ge-
nauigkeit und Ausführlichkeit dargestellt ist, und doch
können sich die vernünftigeren Theologen selbst nicht
entschlagen zuzugeben, dass das Denken und Wissen
Gottes z. B. von dem menschlichen Denken und Wissen
verschieden ist, und dass sie nicht im Stande sind,
anzugeben, wie weit dieser Unterschied geht oder worin
er besteht. Was für ein Recht, möchte man hier
fragen, haben sie denn noch, dieses göttliche Denken
und Wissen überhaupt ein Denken und Wissen zu
nennen, da diese Worte gerade zur Bezeichnung der
menschlichen intellectuellen Thätigkeit erfunden sind
und in dieser Bedeutung allein allgemein gebraucht
werden? Ist es nicht bloss ein Mittel sich trotz seines
eignen besseren Bewusstseins Gelegenheit zu verschaffen,
göttliches und menschliches Denken und Wissen als
ähnlich, oder gar als identisch der Natur nach, nur
dem Grade nach als verschieden zu nehmen?*) —
Weder das Denken noch das Wissen ist ohne das Erkennen möglich, das Erkennen ist aber ein Aufnehmen
des objectiven Inhalts in die Einheit des Bewusstseins;
wie wäre also bei Gott das Erkennen denkbar, welcher
nichts ausser sich hat, was er nicht selbst gesetzt oder

---

*) Hat es ja Theologen gegeben, die in vollem Ernst die
Unbegreiflichkeit und Unerkennbarkeit Gottes behaupteten und
doch sehr erbaulich von seiner Weisheit und Güte zu sprechen
verstanden, also sich ihn doch menschenähnlich vorstellten, d. h.
sich von ihm einen ganz bestimmten positiven Begriff bildeten.
Und auch nach der kirchlichen Lehre soll, wie *D. F. Strauss*

hervorgebracht haben sollte? Wäre nicht auf diese
Weise seine concrete Thätigkeit die nothwendige Voraussetzung seines Erkennens, wie sein Erkennen die
nothwendige Voraussetzung seiner Thätigkeit ist? —
All unser Wissen von dem Denken und Wissen Gottes
reducirt sich darauf, dass wir in Gott ein *ideelles*, oder
wenn man will *ideales Element* annehmen dürfen und
müssen, was gewiss keinen reichen Gewinn ausmacht,
weil der einzige uns mögliche Begriff des Idealen als
des Inhaltslosen, des constitutiv Leeren ein ganz nichts-
sagender ist und uns keine Möglichkeit darbietet, das
Ideale in seiner wahren Bedeutung vorzustellen. Aber
nur unter Voraussetzung dieses Begriffs ist das Denken
und Wissen selbst denkbar; es kann also nichts irriger
sein als die Meinung: das Denken und Wissen sei
die höchste Daseinsform des Ideellen überhaupt, die
man daher auch dem Göttlichen selbst beilegen müsse.
Im Göttlichen ist das Ideelle *ursprünglich* mit einem
Inhalt erfüllt, es ist also unmittelbar auch das Concrete auf eine Weise, von der wir gar nichts begreifen
können, von der wir nur einsehen können und müssen,
dass sie keine Aehnlichkeit mit dem Denken und Wissen hat.

Jetzt noch einige Worte über den theistischen Be-

(„Glaubenslehre", Band I, S. 542) sich ausdrückt: „von Gott
alles Menschenähnliche, nur nicht die Menschenähnlichkeit selbst
entfernt werden." Dieses verräth die Unsicherheit und das
Schwanken des gläubigen Bewusstseins, welches in falschen
Voraussetzungen befangen, manchmal von dem Gefühle der
eignen inneren Inconsistenz befallen wird und daher vor allem
tieferen Eindringen in den Gegenstand sich scheut, und sich
lieber im offenbarsten Widerspruch beruhigt.

griff der *Schöpfung.* Es liegt der Lehre von der
Schöpfung die richtige Ahnung zu Grunde, die Welt
müsse von Gott schlechthin unterschieden und doch
von ihm nicht ganz getrennt, ihm nicht absolut ent-
gegengestellt werden. In ihrer dogmatischen Bestimmtheit ist aber diese Lehre durchaus ungereimt; denn sie
will auch einen Mangel an Wissen, eine Unbegreiflichkeit (das Verhältniss Gottes zur Welt) als ein positives
Wissen hinstellen. Da sie nur im immanenten Sinne
verstanden werden muss, als in welchem allein der
Welt das Sein zukommt, so erhellt die Absurdität ganz
unmittelbar; denn ein erschaffenes Sein ist ein Unsinn.
Es heißt einen ganz unnöthigen Widerspruch begehen, die
Welt als eine wirklich existirende oder seiende betrachten
und doch aus irgend Etwas außer ihr ableiten wollen.
Denn 1) ist, wie wir wissen, die äußere Welt nichts als
Materie, d. h. absolutes Außereinander, absolute Gegensätzlichkeit; die Materie ist das Ansich, die Substanz der
Welt, das Zugleichsein der Theile derselben, welches durch
kein Wirken und Schaffen zu Stande gebracht werden, überhaupt auf keinem Werden, sondern nur auf dem Sein,
nämlich dem Außereinandersein beruhen kann. Wäre die
Materie erschaffen, so würde ihr die Absolutheit (und mit
dieser das Zugleichsein) abgehen, die eben ihr ganzes Wesen
ausmacht. Da nun aber 2) in der Natur ein Geschehen wahrgenommen wird, so müssen der erschaffenen Welt auch
Kräfte beigelegt werden, um dieses hervorzubringen; der
Begriff einer erschaffenen Kraft ist aber wo möglich noch
ungereimter als der einer erschaffenen Materie. Denn da
die Kraft in ihren Wirkungen allein gegeben und begriffen
werden kann, als ein Vermögen dieselben hervorzubringen,
so würde die Erschaffung der Kraft — die Hervor-

bringung der Hervorbringung von Wirkungen bedeuten
müssen. Hier gibt es gar nichts mehr, woran der Unterschied von Schaffendem und Geschaffenem festgehalten werden
könnte; beide fallen in Eins zusammen. Alles Geschehen
in der Natur ist die unmittelbare Manifestation des allgemeinen Subjects, und es ist nicht möglich, ihm einen
anderen Sinn unterzulegen. Daß 3) erschaffene Iche, Persönlichkeiten undenkbar sind — versteht sich von selbst. Die
Ichheit beruht ganz und gar auf der Nothwendigkeit, sich
selber als Substanz, d. h. als unbedingtes Sein zu setzen;
sonst wäre die Rückkehr auf sich selbst, die Beziehung auf
sich selbst, in welcher das Selbstbewußtsein besteht, gar
nicht möglich, weil der Beziehungspunkt fehlen würde.

Das hartnäckige Festhalten an solchen Lehren, wie
die von dem persönlichen Gott und von der Schöpfung,
zeigt, wie sehr die Menschen zur Willkürlichkeit im
Denken aufgelegt sind und wie stark die Neigung ist,
die Einsicht nach dem schlecht verstandenen inneren
Bedürfnisse oder Instincte zu gestalten. Dass es im Gemüthe liegende Triebfedern sind, die hier das Denken
bestimmen, daran kann kein Zweifel sein. Ist es z. B.
nicht auffallend, dass ich vom immanenten Standpunkte
aus die Absolutheit, das Nichterschaffensein des Ich
gegen die Theologen zu vertheidigen habe, denen doch
nichts so sehr am Herzen liegt als die Apotheose eben
dieses Ichs? Dies kommt offenbar daher, dass die
Theologen zwar sehr gut wissen, was sie wollen, aber
nicht, was sie denken, und dass sie sich überhaupt nur
wenig um dieses letztere kümmern. — Was das religiöse
Bedürfniss Berechtigtes an sich hat, wird in den letzten
Kapiteln berührt, hier dagegen fasse ich es nur von seiner
Schattenseite auf, in der Hinsicht nämlich, als es das

14 *

freie, uneigennützige Streben und Forschen nach der Wahrheit hemmt und in's Irre führt, und will ich demnach das vorzüglichste Instrument, welches man zu diesem Zweck in Anwendung gebracht, nämlich die sogenannte *positive Offenbarung* einer wiewohl nur kurzen Kritik unterwerfen.

Eine positive Offenbarung soll unmittelbar von der Gottheit kommen, um uns über transcendente Verhältnisse, die der Vernunft auf dem Wege ihrer natürlichen Entwicklung nicht zugänglich sind, zu belehren. Hier sehen wir schon, dass alle solche Offenbarung nothwendig ihr Ziel verfehlen muss, eben weil sie *von aussen* kommt; die einzige wirksame Offenbarung dagegen könnte nur in der Erweiterung oder Vervollkommnung unseres eignen Fassungs- oder Erkenntniss-Vermögens (wenn nur die Möglichkeit einer solchen Vervollkommnung denkbar wäre) bestehen. Was wir natürlicherweise nicht begreifen können, das wird uns durch keine Offenbarung begreiflich gemacht. — Aber sonderbar genug, die Begreiflichkeit ist auch gar nicht die Eigenschaft, die man von der Offenbarung fordert; die Aufbewahrer und Eiferer der Offenbarung geben recht gerne zu, dass die in ihr enthaltenen Lehren *unbegreiflich* seien. Versteht ihr denn wohl, was das heisst: eine unbegreifliche Lehre? — Nichts anderes als eine Lehre, mit deren Worten wir gar *keine Begriffe* verbinden können, d. h. eine Lehre, die aus *leeren* Worten besteht und keinen denkbaren Sinn hat. Ist es denn noch nöthig einzuprägen, dass die *Wirklichkeit* allein das Recht hat unbegreiflich zu sein, denn sie ist nicht da, um Begriffe auszudrücken; dass aber ein unbegreifliches *Wort* — welches ja nichts als das

Zeichen der Begriffe sein soll und sonst blosser Schall
ist — etwas lächerlich Absurdes ist, wenn es sich die
Herrschaft über das Denken anmaassen will? — Man
sucht zwar noch eine subtile Unterscheidung geltend
zu machen zwischen Dem, was *über* die Vernunft erhaben ist, und Dem, was *gegen* dieselbe verstösst, allein
diese Unterscheidung ist nicht zulässig. Ob die Lehren
der Offenbarung über die Vernunft erhaben sind, oder
gegen die Vernunft verstossen — ist einerlei, denn in
beiden Fällen sind sie *nicht für* die Vernunft gemacht
und doch *an* die Vernunft adressirt, für dieselbe bestimmt. — Denn das weiss wenigstens jeder, der das
Denken nicht ganz verlernt hat, dass bei Allem, was
gedacht werden soll, die Vernunft nothwendig die oberste
Richterin ist und daher die Offenbarung, wenn sie sich
vor ihr nicht rechtfertigen will oder kann und doch von
ihr Unterwerfung fordert, einen *circulus vitiosus* begeht.

Doch das Irren in diesen Sachen ist oft ein vor-
sätzliches Irren und durch vernünftige Gründe schwer
zu bekämpfen. Es gibt freilich auch aufrichtige Männer
genug, die noch in dem Wahn befangen sind, als
könnten die Forderungen der Vernunft mit denen des
religiösen Dogma's vereinigt oder versöhnt werden;
diese erinnere ich nur daran, dass, falls diese Versöh-
nung überhaupt möglich wäre, sie gewiss schon längst
müsste gefunden worden sein; denn es steht ja diesem
nichts im Wege. Die Uebereinstimmung von Vernunft
und Offenbarung könnte nur auf zweierlei Art zu Stande
gebracht werden: entweder müsste die Offenbarung vernünftig sein oder die Vernunft müsste durch die Offenbarung göttlich werden. Die Göttlichkeit der von der
Offenbarung erleuchteten Vernunft werdet ihr gewiss

nicht behaupten wollen und was die Vernünftigkeit der Offenbarung betrifft, so ist sie eben der fragliche Punkt, welcher keinen Augenblick *fraglich* sein dürfte, wenn an ihm überhaupt irgend etwas Wahres wäre. Ist nicht die eigentliche Aufgabe der Offenbarung — die Vernunft aufzuklären? und wie hat sie dieser ihrer Aufgabe Genüge gethan, wenn sie bis jetzt es noch nicht vermocht hat, sich mit der Vernunft zurecht zu finden? Um uns zu belehren, soll Gott selbst gesprochen haben, und trotzdem bleiben wir ebenso unwissend, wie zuvor und begreifen von dem Wesen Gottes nicht das Mindeste mehr, wie zuvor. In der That musste er etwas Unbegreifliches gesprochen haben, sonst würde uns alles klar sein und für den Zweifel nicht die leiseste Möglichkeit übrig bleiben. — Wie konnte aber Gott unbegreifliche Lehren, d. h. leere Worte ohne fasslichen Sinn verkündigen? Wusste er denn nicht, dass dadurch sein Ziel, unsere Belehrung, nothwendig verfehlt werde?

Es erscheinen immer neue Apologien der christlichen Theologie, neue Versuche, ihre Uebereinstimmung mit der Vernunft nachzuweisen, was kann man nun aus dieser Thatsache folgern? — 1) Dass die Uebereinstimmung immer noch nicht gefunden ist, sonst würde man sich in dieser Angelegenheit ganz beruhigen müssen; 2) dass man trotz der unzähligen verunglückten Versuche die Hoffnung doch nicht aufgibt, diese Unternehmung einmal auszuführen. Gibt es nun irgend einen Grund für diese Hoffnung, für die Hoffnung, in einer so alten Sache wie das kirchliche Christenthum etwas Neues zu finden, und zwar etwas Neues von so durchgreifender, fundamentaler Bedeutung, wie dessen Uebereinstimmung mit der Vernunft, welche letztere ja auch sich selbst stets gleich geblieben ist, und keine andere sein konnte beim Entstehen des Christenthums wie jetzt? Ist es im mindesten denkbar, dass zwischen diesen beiden eine wirkliche Uebereinstimmung mehr als 1800 Jahre bestehen konnte, ohne dass man im Stande war, sie zu entdecken? In welchen Tiefen steckt sie denn, diese Uebereinstimmung? — Aber die Offenbarung darf nicht einmal mit der Vernunft übereinstimmen; denn lehrte sie nur das, was die Vernunft ihren eignen Gesetzen zufolge als wahr erkennt, so würde sie (die Offenbarung) ganz überflüssig sein. Lehrt sie dagegen etwas von diesem *Verschiedenes*, so kann die Wahrheit ihrer Lehren von der Vernunft nimmermehr anerkannt werden. Denn eine solche Anerkennung wäre eine förmliche Abdication der Vernunft, ein von der Vernunft selbst eingelegtes Bekenntniss ihrer natürlichen Unfähigkeit, die Wahrheit von dem Irrthum zu unterscheiden. Gesteht aber das Denken seine Incompetenz in diesen Sachen, so beraubt es sich offenbar selbst des Rechts, eine Frage zu entscheiden wie diese: ob eine angeblich von Gott uns geoffenbarte Lehre auch wirklich von Gott herstamme und als wahr anerkannt werden müsse? — Aus diesem Cirkel kann man nie heraus. Eine Offenbarung der Gottheit mittelst des *Worts* ist schlechterdings nicht denkbar. Wer also um jeden Preis glauben will, muss auf das Denken ganz und gar verzichten, wer aber sich zu diesem letztern Schritte nicht entschliessen kann, muss den Glauben ein für allemal fahren lassen. Denn zwischen dem Denken und dem Glauben gibt es keine mögliche Ausgleichung; sie schliessen sich gegenseitig unbedingt aus.

IX

Von dem Grunde der Moral.

Von jeher hat es eine Moral gegeben, von jeher hat man an Menschen *Forderungen* ihres gegenseitigen Verhaltens gestellt, mit denen ihr wirkliches Betragen vergleichend man dasselbe *gebilligt* oder *missbilligt* hat. — Das ist die unzweifelhafte, unabweisbare That-sache, die unsrer Auseinandersetzung zum Thema die-nen wird. Sehen wir nun zu, was aus dieser That-sache folgt.

Es folgt daraus: 1) dass die menschliche Natur überhaupt, die das Verhalten der Menschen unter einander bedingt, *nicht Das* ist, was sie sein soll, dass sie mit sich selber im Widerspruche steht. Wäre kein Widerspruch da, so würde von einer Moral gar keine Rede sein können; denn es hätte ja keinen Unterschied gegeben zwischen Dem, was ist und was sein *soll*, Dem was geschieht und was geschehen *soll*.

Es folgt aber daraus 2) dass kein *absolutes* Sollen denkbar ist. Denn wenn irgend etwas zu einem be-stimmten Anderen absolut werden sollte, so müsste es auch unausbleiblich dazu werden; wenn irgend etwas absolut sich ereignen sollte, so müsste es auch ganz unausbleiblich sich ereignen. Der ganze Sinn des Sollens beruht aber gerade auf dem Gegensatze gegen das Müssen, von dem es stets und principiell ge- und unterschieden bleibt, sonst würde von einer Moral auch keine Rede sein können. Die Möglichkeit und die Nothwendigkeit einer Moral beruhen ganz und gar darauf, dass die Handlungen der Menschen meistens nicht das sind, was sie sein sollen.

Die wahre Ansicht der Sache wird sich am Besten mit der Kritik der Ansichten verbunden herausstellen, die jenen beiden Voraussetzungen zur Grundlage dienen. Ich will daher 1) die Unwahrheit des absoluten Sollens, des absoluten Gebotes darthun, welches am schärfsten zuerst *Kant* als ein unbedingtes Gesetz der ethischen Natur des Menschen aufgestellt hat, weshalb ich hier seine Lehre allein berücksichtigen werde; und 2) die Unwahrheit des. *Egoismus*, der das menschliche Verhalten so allgemein bestimmt, dass die Handlungen der Menschen im Grossen und Ganzen nur als aus egoistischen Motiven entsprungen angesehen werden müssen.

Kant glaubte, dass die reine Vernunft selbst practisch-thätig sein könne und da die Vernunft wie alles Ideelle überhaupt keinen eignen Inhalt hat, so war es natürlich, dass er als das absolute Gesetz der practischen Vernunft die blosse Form der Allgemeinheit, den *kategorischen Imperativ*, aufgestellt hat, was aber sich nur schwer mit der von *Kant* sogenannten sinnlichen Natur des Menschen vereinigen liess; wie denn überhaupt diese sinnliche Natur in der kantischen Lehre als etwas Ueberflüssiges und Störendes erscheint, das der ächten moralischen Gesinnung nur Abbruch thut und doch so

starke Ansprüche auf Geltung macht, dass die Achtung
für das Gesetz (die rein moralische Triebfeder nach
Kant) doch nur durch die in Aussicht gestellte Würdig-
keit glückselig zu sein, einige Kraft bekommen kann;
so dass *Kant* nach *Schopenhauer's* richtiger Bemerkung
den Eudämonismus als heteronomisch zur Hauptthüre
seines Systems feierlich hinausgeworfen hat, um nur
ihn wieder unter dem Namen des höchsten Guts zur
Hinterthüre hereinzulassen. *Kant* wollte seinen Imperativ als ein absolutes Gesetz aller vernünftigen Wesen
nachweisen, vermochte es aber nicht, wie dies wohl
auch nicht anders ausfallen konnte. Denn wäre dieses
Gesetz wirklich absolut, so würde es nicht auf *Kant*
gewartet haben, um sich zur absoluten Geltung zu
bringen; das Princip der Moral sollte ja in diesem
Falle auch ihr Fundament sein, weil sie keiner Bedingungen und Voraussetzungen bedurft hätte, die jetzt
als ihre Grundlage nachgewiesen werden müssen. In
der blossen Aussage des Princips würde zugleich für
jedermann klar sein müssen, dass dasselbe eine absolute Gültigkeit hat; es würde also darüber keine Mei-
nungsverschiedenheit herrschen können, oder vielmehr
an eine besonders aufzustellende Moral hätte man in
diesem Fall gar nicht gedacht.

    Kant hat nun nicht begriffen, 1) dass die Thätig-
keit des Menschen seine Individualität voraussetzt, diese
aber ganz und gar auf der Nothwendigkeit begründet
ist, sich selber als Substanz, d. h. *ausserhalb aller
Beziehungen* zu setzen; wogegen das ethische Gesetz
nichts anderes ist und sein kann, als eine allgemeine
Norm *der Beziehungen*, welche also mit der Individualität, d. h. dem Bestehen ausserhalb aller Beziehungen

so ohne Weiteres nicht vereinigt werden kann. Ihre Vereinigung wird eben die Begründung der Moral ergeben. — Wäre der Mensch ganz Vernunft, nichts als Vernunft, dann würde in der That das moralische Gesetz kategorisch oder unbedingt gelten; dann würde aber auch das Wesen des Menschen ganz in Beziehungen aufgegangen sein und für die Individualität, die Persönlichkeit keine Möglichkeit übrig bleiben, die jedoch zum Begriffe des Ethischen ganz wesentlich, als seine eigentliche Grundlage gehört.

Kant's Irrthum lag 2) darin, dass er nicht begriffen hat, dass die practische Thätigkeit, wie auch das Selbstbewusstsein ohne einen dem Ich *eignen* Inhalt, ohne ein *concretes* Element des Ich nicht denkbar sind. Und doch ist offenbar, dass aller Thätigkeit und allem Erkennen ein Sein zu Grunde liegen muss, ein dem Ich beizulegendes Sein, welches wir ja im immanenten Sinne auffassen müssen, wenn wir überhaupt von *uns* reden wollen, denn im transcendenten Sinne allein genommen, würden wir als etwas Widersprechendes ganz verschwinden müssen. Es liegt uns freilich auch das wahre Sein zu Grunde, allein es ist kein Gegenstand der Erkenntniss und darf mithin nicht zum Ich gerechnet werden, als zu welchem nur Das gehört, was in die Sphäre des Selbstbewusstseins fällt. — Um mich selber erkennen zu können, muss ich doch etwas *sein* und zwar ein Etwas von der Art, dass es dem Selbstbewusstsein einen Inhalt darbieten möchte, sonst gäbe es ja gar nichts zu erkennen, das Selbstbewusstsein würde ein Schauen in das Leere sein müssen, welches undenkbar ist. Dieser Inhalt nun, dieses concrete Element in seiner unmittelbaren Durchdringung mit

dem ideellen ist das *Gefühl*, welches *Kant* zur sinnlichen Natur des Menschen rechnet und welches in
Wahrheit den eigentlichen Kern unseres Wesens ausmacht. Das Gefühl ist der Ausgangspunkt und ebensosehr auch das Ziel aller Thätigkeit. Hohe innere
Zustände, die Glückseligkeit ist es, wonach wir streben.
Darunter soll aber nicht die Befriedigung aller unserer
Bedürfnisse und Neigungen verstanden werden; denn
gerade von der empirischen Bestimmtheit dieser letzteren muss man dabei ganz abstrahiren, weil in der Befriedigung dieselben sämmtlich aufgehoben werden sollen. Die Glückseligkeit ist absolute Befriedigung überhaupt und ohne alle empirischen Bestimmungen, welche
mit ihr nicht zusammen bestehen können.

Kant hat sich etwas naiv eingebildet, die Vernunft
sei das *Ding an sich* im Menschen, das eigentliche
Moment oder Element des Absoluten in demselben. Die
Vernunft und überhaupt das Erkennen ist aber gerade
der Träger des Scheins, und wenn es gleich auch ein
Verhältniss der Einheit mit dem wahrhaft Seienden
haben muss, so kann es doch am Wenigsten für den
eigentlichen Repräsentanten desselben gelten. Vielmehr
dürfen wir in dem *Stoffe* des Erkennens eine Andeutung
des wahrhaft Seienden erblicken und zwar in dem
Stoffe, welcher in seiner Totalität zugleich gegeben ist
und daher in die Gegensätze nicht aufgeht, die der
Vermittlung in der Auffassung, mithin des Widerspruchs, bedurften, nämlich im *Gefühle*. — Und vollends
für die ethische Auffassung ist das Gefühl von maass-
gebender Bedeutung; denn die Begriffe des Guten und
des Bösen haben einen Sinn lediglich in Bezug auf
Wesen, welche Freude und Schmerz fühlen können.

Wären keine solche Wesen da, so würde nichts in der Welt gut oder übel sein können, alles wäre vollkommen gleichgültig.

Nun wissen wir, dass im immanenten Sinne, in welchem allein von uns darf geredet werden, alle Thätigkeit, alles Wirken aus einem bedingten inneren Gegensatz entspringt und einzig dahin gerichtet sein kann, diesen Gegensatz aufzuheben; — keine andere Richtung des Strebens kann aus der eignen Natur des handelnden Subjects selbst abgeleitet werden. — Das Streben hat seinen Ursprung und seinen Sinn daher, dass unsere inneren Zustände von der Art sind, dass sie in ihrer jedesmaligen Bestimmtheit nicht bleiben können, sondern zu anderen und immer anderen werden müssen; dass unsere innere Verfassung nicht von der Beschaffenheit ist, wie sie sein soll, dass sie einen Zwiespalt oder Widerspruch in sich schliesst, dessen Gegenwart wir in uns als das Gefühl der Unbehaglichkeit, des Schmerzes, der Unbefriedigung, welches im Allgemeinen unser Lebensgefühl ist, finden. Das Streben geht nun dahin, diesen Zustand aufzuheben und einen anderen, in dem keine Nothwendigkeit des Anderswerdens mehr liegt, einen Zustand der absoluten Befriedigung oder Glückseligkeit herbeizuführen. In dem Streben also müssen wir das Moment des wahren Seins, oder vielmehr der Rückkehr zum wahren Sein anerkennen. Das Streben geht nach absoluter Befriedigung; diese würde aber, wenn erlangt, das Streben selbst, mithin alles, was auf demselben beruht und durch dasselbe bedingt ist, aufheben; also kann absolute Befriedigung hier in dieser Welt des Scheins nie erreicht, wohl aber eine Annäherung an dieselbe gesucht werden. Hier erst ist nun eigentlich der Punkt, wo wir das wahrhaft Seiende auch wohl *das Göttliche* zu nennen befugt werden; denn göttlich nennen wir überhaupt alles, was auf das Gefühl beseligend wirkt; wie sich aber aus dem Vorhergehenden herausgestellt hat, ist absolute Glückseligkeit allein in dem Schoosse des wahren Seins zu erreichen.

Das Streben nach dem wahren Sein ist eins mit dem Streben nach dem höchsten Gut oder der absoluten Glückseligkeit und sein Ziel — Aufhebung des inneren Widerspruchs. Nun wissen wir, dass die Grundbestimmung dieses Widerspruchs, der unsere ganze Welt des Scheins auf sich trägt, die Nothwendigkeit ist sich selber als Substanz, d. h. dem Sein und Wesen nach in völliger Abgeschlossenheit von allem übrigen Seienden zu setzen. Das practische Correlat dieser theoretischen Grundbestimmung ist aber der Egoismus, das Streben sein Wohl ausschliesslich für sich und ohne Rücksicht auf das Wohl Anderer, oder sogar wenn es Noth thut in directer Beeinträchtigung dieses letzteren, zu suchen. *Die Richtung aus dem Widerspruche heraus ist also dem Egoismus gerade entgegengesetzt.* — Aufhebung der eignen Abgeschlossenheit und Ausschliesslichkeit, das Streben sich mit dem Allgemeinen zu identificiren, in dasselbe aufzugehen, mit einem Worte allgemeine Liebe ist es also allein, was wahre Befriedigung, hohe innere Zustände herbeiführen kann; alles egoistische Trachten dagegen befestigt uns in dem Widerspruche noch mehr, lässt uns noch mehr untergehen in der Lüge und der Qual dieses scheinbaren Seins. Einzig durch dieses Bewusstsein wird der Moral ein Fundament gegeben.

Kant's moralisches Gesetz lautet nun bekanntlich

so: „handle nur nach derjenigen Maxime, durch die
du zugleich wollen kannst, dass sie ein allgemeines
Gesetz (für alle vernünftige Wesen) werde", d. h.,
handle nur nach allgemeingültigen Maximen. Das Allgemeingültige in practischer Hinsicht ist aber das
Gerechte, also besagt das kantische Gesetz nichts als
dieses: handle stets gerecht; es ist bloss die in eine
abstracte Formel gebrachte Stimme des *Gewissens*,
d. h. des hinsichtlich seiner Objecte allgemeinen Bewusstseins, in dessen Sphäre die Besonderheit des eignen
Ich nothwendig abgegrenzt oder hervorgehoben wird.
Dieses Bewusstsein empfindet nämlich wie einen inneren
Widerspruch alle Ansprüche des eignen Ich auf aus-
schliessliche, nicht gesetzmässige, nicht allgemeingültige
Bedeutung in der Gemeinschaft der Iche, da es in
theoretischer Hinsicht nicht umhin kann, dieselben
gleichfalls als Persönlichkeiten, als Substanzen, als
(im immanenten Sinne) absolute Wesen anzuerkennen,
sie mit sich selber unter einem Begriff zu subsumiren,
vor dessen Forum aber alle gleichberechtigt sind. Dieses
Bewusstsein vermag aber nicht sofort die Grundlage
der Moral abzugeben, denn es ist eben ein unent-
wickeltes, ein nicht zu Ende durchgeführtes Bewusstsein von dem der Individualität zu Grunde liegenden
Widerspruche, welches also der Vollendung bedarf, um
eine wirkliche ethische Macht zu werden. — Hieraus
sieht man nun, wie sehr *Kant* die Einsicht in den
wahren Sachverhalt abging. Er wollte seinen Imperativ
für ein absolutes, über alle Bedingungen erhabenes
Gebot ausgeben und forderte daher das Handeln nach
allgemeingültigen Maximen lediglich *aus Achtung* für
das Gesetz; diese Achtung ist aber an sich so wenig

eine wirksame Triebfeder, dass *Kant* selbst gesteht, es
könne kein einziger Fall einer Handlung angeführt
werden, welche lediglich aus Achtung für das moralische Gesetz verübt worden wäre. Daher muss es
nach dieser Ansicht stets etwas Zufälliges bleiben, ob
jemand die Achtung für das Gesetz empfinden werde
oder nicht, und das Gesetz selbst erscheint als eine
der menschlichen (nach *Kant* sinnlichen) Natur ganz
fremde und äusserliche Bestimmung, die mit derselben
in keinerlei Zusammenhange steht. Dies ist die Folge
der wahrheitwidrigen Spaltung der menschlichen Natur
in eine apriorische und eine empirische Seite, man
verliert darüber den Zusammenhang, der in der Einheit der Individualität nothwendig liegen muss. Deshalb stimmt auch *Kant* mit der Ueberzeugung aller
Kallikles (in *Platon's* „Gorgias") vollkommen überein,
welche vermeinen,. dass wahre Befriedigung auf dem
Wege der klugen. Benutzung aller sich darbietenden
Mittel, um ausschliesslich und egoistisch sein Wohl
zu befördern, erlangt werden könne. Diese Meinung
ist nun der eigentliche Eudämonismus und würde, wenn
sie wahr . wäre, der Tod aller Moral sein, wie auch
umgekehrt die Thatsache, dass es eine Moral gibt, der
beste Beweis von der Unwahrheit jener Meinung ist.
Denn obgleich alles egoistische Streben des Individuums
nach ausschliesslicher Geltung von Hause aus mit dem
Widerspruche behaftet ist und nur den Krieg Aller
gegen Alle zur Folge haben kann, so könnte doch das
bis zur Wurzel des Widerspruchs nicht vorgedrungene
Bewusstsein von der Unhaltbarkeit dieses Verhältnisses
und des ihm zu Grunde liegenden egoistischen Strebens
nur zur Stiftung einer Rechtsanstalt, einer Staatsein-

richtung, die den Egoismus bloss äusserlich in ge-
bührlichen Schranken zu erhalten bestimmt wäre, führen,
oder höchstens zur Erweckung des Rechtsinns unter
den Menschen, keineswegs aber zur Entstehung der
eigentlichen Moral, als welche ganz und gar auf dem
Bewusstsein von dem principiellen Zusammenhang zwischen der Gesinnung des Menschen und seiner inneren
Gemüthsverfassung beruht. — Ist es denn nicht lächerlich, von absoluten moralischen Gesetzen oder Geboten
zu reden und zugleich die Meinung zu hegen, dass der
Mensch auch von deren Befolgung ganz unabhängig
die höchste mögliche Befriedigung erlangen könne, —
während sogar, da dies nicht der Fall ist, der Egoismus alles menschliche Wollen und Handeln so sehr
beherrscht? Der glücklichste Mensch ist ganz gewiss
auch der vollkommenste und der vernünftigste. Hätte
man sich nun zu einem solchen auf egoistischem Wege
machen können, wem würde es je einfallen, von einer
Moral zu reden, oder auch nur daran zu denken, da
man ja von Natur schon dazu getrieben wäre? Unsere
Natur wäre dann von vornherein gerade Das, was sie
sein soll, und man sieht wenigstens nicht, woher in
einer so harmonisch eingerichteten Natur der Gegensatz von Sollen und Müssen kommen könnte.

Vor *Kant* war es zwar niemand eingefallen, die
Forderungen des Gewissens für absolute, keiner Begründung bedürfende Gebote zu erklären, das ausdrückliche Bewusstsein aber von dem Zusammenhang zwischen
dem Handeln des Menschen und seinen inneren Zuständen ist schon sehr alt. Wenigstens schon *Platon*
sucht zu inculkiren, dass das Unrechtleiden besser sei
als das Unrechtthun, weil das Unrechtleiden immer

doch etwas unserem Wesen Zufälliges, ein blosses Accidens desselben ist, wogegen das Unrechtthun eine Gemüthsverfassung voraussetzt, die mit hohen inneren Zuständen schlechterdings und principiell unverträglich ist. Wer aber von diesem Bewusstsein ganz durchdrungen war, so dass es die eigentliche Basis seines moralischen Lebens bildete, das war unzweifelhaft der göttliche *Christus*, wiewohl die ihn betreffenden Ueberlieferungen nur wenig geschichtlich Sicheres enthalten mögen. Denn der von ihm erweckte Geist war vor Allem der Geist der Liebe, der freiwilligen freudigen Hingebung an das Allgemeine, worunter er aber nicht wie *Kant* das abstract-Allgemeine des Gesetzes verstand, sondern das wahre Allgemeine, als das in Allem gegenwärtige Moment des Göttlichen selbst, das Allgemeine, welches nicht abgesondert von dem Individuellen, sondern es innigst durchdringend und mit ihm identisch ist, wie wir es in der schönen Parabel vom Samaritaner angedeutet finden.

Dieses Bewusstsein ist aber von demjenigen der Unwahrheit unseres jetzigen Daseins unzertrennlich, welches stets den Kern der menschlichen Weisheit ausgemacht hat. Das Selbstbewusstsein und das Streben nach Glückseligkeit tragen unsere Individualität, enthalten aber zugleich auch das Moment der Rückkehr zum Göttlichen in sich; denn das Streben z. B. sucht Erfüllung und Befriedigung, die es nothwendig aufheben würde; es ist der lebendige Widerspruch, der sich selber entfliehen möchte, in ihm offenbart sich also die Unhaltbarkeit der Individualität. Doch auch so tief ist uns die Anhänglichkeit an das eigne Selbst eingepflanzt, dass wir es nicht einmal in dem Göttlichen

selbst versenken möchten; es muss das deutlichste
Bewusstsein von der Unwahrheit dieses Daseins, sowohl
in theoretischer wie in practischer Hinsicht aufkommen,
um uns mit seiner Vergänglichkeit, die jedoch selbst
ein schlagender und laut sprechender Beweis von eben
dieser Unwahrheit ist, zu versöhnen. Das Selbstbewusstsein ist es, was wir nicht um die ganze Welt
aufgeben möchten, im Selbstbewusstsein halten und
haben wir uns selber erst und vollkommen fest, auf
dem Selbstbewusstsein beruht unsere Selbstständigkeit,
da wir in ihm genöthigt sind, sich selber als Substanz,
als das an sich und unabhängig Seiende zu setzen.
Wären wir aber in der That etwas an sich Seiendes, wie
würde uns das Selbstbewusstsein so wichtig und wesentlich erscheinen können, welches ganz und gar auf Relationen beruht, durch dieselben durchweg bedingt ist? Das
Selbstbewusstsein ist aber eigentlich nicht ein Accidens,
sondern die wirkliche Grundlage unseres Seins; wir
sind nur insofern da, als wir uns erkennen, woraus
aber unzweifelhaft hervorgeht, dass dieses Sein nur
eine grosse Lüge ist. Ein Sein, das in der Zeit so
zersplittert ist, dass nur noch wenige Momente desselben im Begriffe zusammengehalten werden, etwas immer
Fliessendes, immer Werdendes, eigentlich nie Seiendes,
wie *Platon* sich ausdrückt; ein Sein, dessen Zusammenhang nur der dünne Faden des Bewusstseins von seiner
Identität ist, welches durch den Schlaf unterbrochen,
durch Krankheit ganz zerstört werden kann; ein Sein,
dessen ganzer Inhalt (nämlich die Mannigfaltigkeit desselben) und dessen durchgängige Bestimmung von aussen
kommt, so dass es von der Gemeinschaft mit dem
übrigen Daseienden ausgeschlossen, in vollkommener

Leere verschwinden müsste; ein Sein, das aus Widersprüchen ganz zusammengeflochten ist, — darf von uns nicht zu hoch geschätzt werden, darf uns an sich nicht fesseln. Das Beste an ihm ist seine kurze Dauer. Wir müssen also ganz aufgeben, dieses zeitliche, lügenhafte Sein noch in die ganze Ewigkeit ausdehnen zu wollen; die Vorstellung eines bewussten ewigen Lebens erweckt allein schon das Gefühl von so unendlicher Langeweile, dass man darüber erschrecken kann und daher die Unvernünftigkeit, ein solches Leben zu wünschen, einsehen muss. Ja, es ist sogar empirisch nachgewiesene Thatsache, dass das Selbstbewusstsein mit einem hohen Grade des seligen Gefühls nicht zusammen bestehen kann; „vor Entzücken ausser sich sein" ist ein allgemein gebräuchlicher und allgemein verständlicher Ausdruck. Ginge das Auflösen der Individualität in dem Absoluten in einer seligen Extase vor sich, wäre uns an der Grenzscheide zwischen Zeit und Zeitlosigkeit, zwischen der Welt des Werdens und Erkennens und der des wahren Seins und der absoluten Glückseligkeit ein einziger Blick gestattet, der beide Welten in einem letzten Bewusstsein zusammenfasste, wer von uns würde dann einen Augenblick länger in diesem Leben verweilen wollen? Aber der meistens leidenvolle und abstossende Tod bricht alle Continuität zwischen den beiden Arten der Existenz ab, und mit der Continuität geht jeder Zusammenhang verloren, der unser Bewusstsein ansprechen könnte. So steht dieses künftige Sein wie ein ganz *anderes*, welches mit dem jetzigen nichts Gemeinsames hat, vor uns, und muss daher uns, wie wir jetzt beschaffen sind, wie ein Nichtsein erscheinen, obgleich in Wahrheit

das Verhältniss gerade ein umgekehrtes ist, und
unser jetziges Sein gleich dem Nichtsein geachtet
werden soll. Das Schlimme liegt nicht darin, dass
die Individualität in dem Absoluten aufgehen und
verschwinden soll, sondern im Gegentheil darin, dass
das Absolute mit unserer widersprechenden Welt
behaftet erscheint, dass wir es von derselben nicht
befreien können, da der Begriff des Absoluten selbst
auf Anlass dieser Welt und nur in ihr entstehen
kann.

Das Erkennen beruht auf Gegensätzen und auf
Widersprüchen, die Welt des Erkennens ist eine Welt
des Elends und des Scheins; jeder fühlt seinen Theil
dieses Elends, aber nicht jeder kann es in seiner Allgemeinheit und Nothwendigkeit begreifen. Es waren
zwar Einige auch auf empirischem Wege zu dem Bewusstsein der Allgemeinheit des Uebels gelangt; jedoch
die Nothwendigkeit, die Unzertrennlichkeit des Uebels,
des Elends von der Natur oder dem Begriffe eines erkennenden Wesens überhaupt kann nur a priori eingesehen werden. Wie tief das Bewusstsein von der
Nichtigkeit dieses Lebens in dem Geiste des Christenthums wurzelt, das weiss man und doch lehrt das
Christenthum, diese Nichtigkeit, deren hauptsächli-
cher Ausdruck das Uebel und der Tod, d. h. die Vergänglichkeit, überhaupt die Zeitlichkeit, sei etwas dem
Selbstbewusstsein, der Welt des Erkennens *Zufälliges*,
mittelst einer ursprünglichen, selbst zu einer bestimmten
Zeit begangenen *Sünde* (der Erbsünde) darin Ein-
geführtes. Das Christenthum lehrt die ewige Fortdauer
der menschlichen Persönlichkeit und will dem Göttlichen selbst die Persönlichkeit, das Selbstbewusstsein

aufbürden, geräth aber dadurch in unvermeidliche Widersprüche und willkürliche Unbegreiflichkeiten aller Art, die man schon längst bemerkt und nachgewiesen hat. So hebt sich z. B. einerseits die Zufälligkeit des Uebels, dessen Entstehen durch die Sünde selber auf; denn das Verfallen in die Sünde setzt schon das Uebel, den inneren Zwiespalt, einen Trieb dem von Gott gegebenen Gebote zuwider zu handeln voraus; andererseits aber ist das Vorhandensein des Uebels in der Welt mit der Vorstellung von Gott als einer selbstbewussten allmächtigen Persönlichkeit schlechthin unvereinbar und daher jeder Versuch einer Theodicee von vornherein nothwendig verfehlt.

Doch will ich einige erläuternde Worte über die Versuche einer Theodicee und den damit zusammenhängenden Optimismus sagen. „Unsere Welt ist die beste mögliche", sagt der Optimismus und glaubt dadurch Gott wegen des Uebels gerechtfertigt zu haben. In der That können alle nur irgend denkbare Argumentationen der Theodicee auf zwei Punkte reducirt werden; sie sucht 1) das Quantum des in der Welt vorkommenden Uebels so niedrig wie möglich anzuschlagen, so viel wie möglich herunterzusetzen, und 2) die Unvermeidlichkeit des Uebels, seine Unzertrennlichkeit von dem Wesen der, wie man sich auszudrücken liebt, „*endlichen* Geschöpfe" zu beweisen. Was nun den ersten Punkt betrifft, so hat alle quantitative Bestimmtheit, wie man weiss, einen bloss relativen Werth und ist daher für unsere Betrachtung von keinem Belang. Die Antwort darauf, ob des Uebels viel oder wenig vorhanden sei, wird verschieden ausfallen je nachdem man es nimmt, da die Begriffe des *Viel* und *Wenig* lediglich in der Vergleichung einen Sinn haben; sie sind daher für unsere (theoretische) Betrachtung vollkommen gleichgültig; das Vorhandensein des Uebels ist ihr allein von Wichtigkeit. Was aber die Unzertrennlichkeit des Uebels von dem Wesen unserer Wirklichkeit anlangt, so ist es ein Lehrsatz, dem wir mit der vollsten Ueberzeugung beipflichten, ohne dabei im mindesten optimistisch gesinnt zu sein. Denn das Uebel ist der Zustand einer in sich widersprechenden Wirklichkeit, einer Wirklichkeit, welche *nicht Das* ist, was sie sein soll, wie sollten wir denn uns mit ihr zufrieden zu stellen suchen? Der Optimismus aber, der von der Voraussetzung eines persönlichen Gottes ausgeht, dessen Werk unsere Wirklichkeit ist, kann sich des Gedankens nicht erwehren, es müsse diesem Gott an Güte gefehlt haben, dass er eine vom Uebel freie Welt nicht erschaffen hat, — er sucht nun diesen Gedanken auf allen Wegen los zu werden und daher Gründe in der Natur der Schöpfung selbst für die Unvermeidlichkeit des Uebels zu finden, als ob diese Natur nicht in allen Stücken das Werk Gottes wäre, sondern eine von ihm unabhängige Grundlage hätte, und da dieses letztere den eignen Voraussetzungen des Optimismus widerspricht — das Uebel wo möglich ganz wegzusophistisiren. Ich will nun den Optimismus an seinen eignen Voraussetzungen auch in diesem Punkte prüfen: Die Annahme eines persönlichen Gottes ist selbst von dem Verlangen einer ewigen Fortdauer der menschlichen Persönlichkeit unzertrennlich, sie wird nur im Interesse dieser letzteren gemacht — denn nur unter der Voraussetzung, er sei das Ebenbild des Absoluten selbst, kann der Mensch sich über die Zeitlichkeit hinausgehoben denken —; wenn aber unsere jetzige Welt die *beste mögliche* ist, so darf man natürlich keine *bessere* mehr im künftigen Leben erwarten. Sind denn nun die Optimisten zufrieden, einer Verlängerung des jetzigen Wandels in höheren Sphären in alle Ewigkeit entgegenzusehen? Ich glaube kaum; dies böte eine zu trostlose Aussicht. — Hier sieht man nun dem schmerzlichen Dilemma, in welchem der menschliche Geist von jeher befangen war, auf den Grund. Der Mensch fühlt in seinem tiefsten Innern die Unbefriedigung mit dem gegenwärtigen Dasein, — die verschiedenen Religionen und Philosophien, endlich die Poesie, sind ein Zeugniss davon, — er sehnt sich nach einem anderen, höheren Dasein hin; zugleich will er aber um keinen Preis seine Persönlichkeit aufgeben, das andere Dasein soll daher dem gegenwärtigen ganz ähnlich und das Absolute selbst dem Menschen ähnlich gedacht werden, und man geht darin endlich so weit, dass man seinen eignen Ausgangspunkt ganz vergisst, das Elend der selbstbewussten Existenz sich ganz aus dem Sinne schlägt, alles Gerede von dem Uebel als eigentlich aus Missverstand entsprungen nachzuweisen sucht. Wäre aber unsere Welt wirklich so vortrefflich, wie es die Optimisten uns gern glauben machen möchten, — so würde sie keiner Rechtfertigung bedürfen. Dass man Theodiceen zu schreiben sich veranlasst und genöthigt findet, ist ein Umstand, welcher allein alle in den Theodiceen vorgebrachten Argumente zu nichte macht. *) — Obgleich aus ganz anderen Be-

---

*) Man muss sich am Ende entschliessen zu begreifen, dass das Uebel und die Vergänglichkeit (wie es auch die Erfahrung zum Ueberfluss bestätigt) von dem Selbstbewusstsein gar nicht zu trennen sind; es sind wesentlich zusammengehörende Seiten

weggründen ist nun der *Pantheismus* doch auch wesentlich optimistisch, denn er bestrebt sich unsere Welt in
den Begriff des Absoluten selbst aufzunehmen. Es
fehlt ihm ganz und gar das Bewusstsein von der Unmöglichkeit dieses Aufnehmens; daher z. B. der Satz:
„Alles Wirkliche ist vernünftig", welchen man als die
unphilosophischste von allen möglichen Meinungen bezeichnen kann. Das Uebel ist von dem theistischen
wie von dem pantheistischen Standpunkte aus gleich
unbegreiflich, was freilich dem Theismus und dem Pantheismus nicht zum Vorwurf gereichen kann, wohl aber
ihre Ansprüche auf das Begreifen oder das Erkennen
des Absoluten selbst, welches Erkennen keine Möglichkeit für die Unbegreiflichkeit zurücklassen sollte, weshalb auch die Unbegreiflichkeit das Unbegründete dieser
ihrer Ansprüche unwiderleglich bloss stellt.

Jetzt will ich den Begriff der sogenannten *transcendentalen Freiheit*, auf welche *Kant* sein absolutes

----

einer und derselben widersprechenden Wirklichkeit. Man muss
es am Ende einsehen, dass, wenn das selbstbewusste Wesen und
Leben des Menschen für uns ein Räthsel bildet, nichts verkehr-
ter sein kann als das Verfahren, welches der Theismus zur
Lösung dieses Räthsels einschlägt und welches darin besteht,
dass er die Grundbestimmung des räthselhaften Wesens (das
Selbstbewusstsein) auf das Absolute überträgt und zu demselben
in abstracto willkürlich noch allerlei Vollkommenheiten hinzu-
denkt, ohne sich auch nur zu fragen, ob diese Vollkommenheiten
mit jener Grundbestimmung verträglich sind oder nicht. Das
heisst ja gerade das Problem selbst in der vermeintlichen Lösung
desselben nur wiederholen. Man muss am Ende einsehen, dass
es kein sonderbareres Mittel, sich über die Trübseligkeit des
jetzigen Daseins zu trösten, geben kann als dasjenige, dass man
sich ein den Grundbestimmungen nach diesem ganz gleiches
(ein selbstbewusstes) Dasein jenseits des Grabes erwartet.

.

Sollen stützen wollte, näher betrachten. Zuerst jedoch muss bemerken, dass ich den Begriff einer Freiheit, alles Beliebige vorzunehmen oder zu unterlassen ohne Anlass und Motiv, den Begriff, kraft dessen man zu behaupten sich getraut, dass eine vollzogene Handlung auch ganz *anders* ausfallen konnte, und zwar nicht in Folge anderer vorhergehenden Bedingungen, sondern lediglich *zufolge der Freiheit* anders ausfallen konnte, für gar keiner Beachtung werth halte. Dieser Begriff oder vielmehr diese Einbildung steht ausser der Sphäre des philosophischen Denkens, da man mit diesem Begriff eigentlich gar nichts denkt. *) Es gibt nur zwei Arten der Auffassung des Geschehens, die immanente und die transcendente; in der immanenten wird das Geschehen als Ausdruck und Product von causalen Beziehungen aufgefasst, die begriffliche Form der Beziehungen ist aber, wie schon erörtert, die Nothwendigkeit. In der immanenten Auffassung ist also das Geschehen durchweg nothwendig und von einer Freiheit als dem Gegentheil der Nothwendigkeit kann hier natürlich keine Rede sein. Nun ist aber die immanente Auffassung in sich widersprechend; der Widerspruch treibt uns in die Transcendenz hinüber; auf dem Gebiete dieser ist freilich keine Nothwendigkeit mehr gültig, zugleich haben wir aber auch allen Inhalt des Erkennens verloren. Es fehlen uns hier auch alle Formen der Auffassung. Vergebens fragen wir uns: wie hängt das Geschehen mit dem wahren Sein zusammen? Wir können

---

*) Im vorigen Kapitel habe ich übrigens gezeigt, was eine solche Freiheit, das *liberum arbitrium indifferentiae*, zu bedeuten hat.

diesen Zusammenhang ebenfalls *Freiheit* oder *Autonomie* nennen, wenn wir wollen, müssen jedoch bekennen, dass wir durch diese Worte um kein Haar klüger geworden sind. Vor Allem müssen wir uns aber hüten, diesen Zusammenhang nicht als ein Wirken, nicht als *Causalität* zu denken. Denn das Wirken, die Causalität überhaupt setzt den absoluten Gegensatz voraus, dessen Vermittlung sie ist, was uns auf einmal wieder auf das Feld der Immanenz versetzen würde, wovon der Widerspruch uns schon vertrieben hat.

Eine Verwechslung von Immanenz und Transcendenz begeht nun *Kant* bei der Aufstellung seiner transcendentalen Freiheit geradezu, weil er kein klares Bewusstsein von ihrem Unterschiede gehabt. Er unterschied zwar das *Ding an sich* von der Erscheinung, hat aber nicht in's Reine gebracht, was für Forderungen in dem Begriffe des *Dings an sich* liegen. Die Grundforderung ist nun die *Nichtrelativität; Ding an sich* oder ein Absolutes kann Etwas nur sein, wenn in seinem Wesen nichts von Relationen anzutreffen ist. Die nämliche Forderung ist die Voraussetzung auch der transcendentalen Freiheit. Damit die transcendentale Freiheit denkbar sei, bemerkt ganz richtig *Herbart*, müssen die Iche miteinander *nicht verwachsen* sein, d. h. in ihrem Wesen darf nichts von gegenseitigen Relationen liegen. Nach *Kant* sollte also unter jedem Ich *ein besonderes Ding an sich* stecken, was eine Mehrheit von Dingen an sich, von absoluten Wesen ergeben würde, welche wie wir wissen im transcendenten Sinne schlechterdings unzulässig ist. Was aber in dem handgreiflichsten Widerspruch mit den Voraussetzungen der kantischen transcendentalen Freiheit steht, ist gerade der kantische Imperativ, der zur Aufstellung des Begriffs jener Freiheit die Veranlassung gab, weil er eben das allgemeine und den freien vernünftigen Wesen ursprünglich inhärirende practische Gesetz ihrer Relationen ist. Es sollten also diesen Wesen Beziehungen untereinander von Hause aus eigen, in ihrer Natur selbst begründet sein, was aber mit der Nichtrelativität der freien Wesen als *Dinge an sich* offenbar unverträglich ist. *Kant's* Irrthum entsprang aus einer mangelhaften Erforschung und Bestimmung der Begriffe, die er gebrauchte; denn absichtlich würde er gewiss einen Widerspruch wie dieser nicht einmal aus Liebe für seinen Imperativ zugelassen haben. — Die sogenannte transcendentale Freiheit hat also keinen haltbaren Sinn und muss ganz aufgegeben werden. Wären alle die potentiellen Bestimmungen unseres Wollens und Handelns, die Leidenschaften, Triebe, Neigungen u. s. w., wäre unsere empirische Natur überhaupt von vornherein Das, was sie sein soll, was würden wir dann nach einer Freiheit zu suchen, um eine Freiheit uns zu bekümmern haben? Unsere empirische Natur ist aber nicht Das was sie sein soll, sie steht mit sich selbst im Widerspruch und durch diesen Widerspruch allein wird die wirkliche Freiheit erst möglich.

Es ist ein allgemeines Gesetz aller lebenden bewussten Wesen, welches mit der Grundlage ihrer Individualität, nämlich der Nothwendigkeit sich selber als Substanz zu setzen, aufs Engste zusammenhängt, ja, eigentlich der practische Ausdruck derselben ist, sein Wohl ausschliesslich für sich und ohne Rücksicht auf das Wohl Anderer zu suchen. Selbst unsere wohlwollenden Neigungen haben einen Zug der egoistischen

Ausschliesslichkeit an sich, da sie nur auf wenige, uns in irgend einer Hinsicht näher stehende, Individuen gerichtet sind, alles Uebrige aber unberücksichtigt vorbeigehen lassen. Diesem Gesetze nun, wie auch der theoretischen Grundlage der Individualität, dem Selbstbewusstsein, liegt der Widerspruch selbst in der Wurzel, welcher hier darin sich offenbart, dass wahre Befriedigung, die doch das eigentliche Ziel all unseres Strebens ist, auf dem Wege des Egoismus, zu dem wir von Natur geneigt sind, nicht erlangt werden kann. Hieraus entspringt nun die Möglichkeit, die uns von Natur eingepflanzten Bestimmungen unseres Wollens und Handelns zu bekämpfen.

Die wahre Freiheit ist also das Beherrschen des allgemeinen empirischen Gesetzes (jener potentiellen Bestimmungen des Wollens) durch das Individuum; und ihr Gegentheil ist nicht die Nothwendigkeit, der keine denkbare Handlungen entrückt sein können, sondern *der Instinct*, als das vollkommene Beherrschtsein des Individuums durch das empirische Allgemeine. In dem Instinct erscheint das Individuum nur als ein Moment des allgemeinen Lebens, welches sich in ihm unmittelbar bethätigt, ohne ihm die Möglichkeit des Selbstbestimmens zu gestatten; die eigentliche Ausbildung der Individualität fängt dagegen an mit dem Bewusstsein des Gegensatzes des Individuums gegen das Allgemeine. Man darf also in uns die Freiheit nicht als ein fertiges Vermögen denken, welches nur auf Gelegenheit wartet, um sich an's Werk zu setzen; denn wäre sie ein so thatsächlich Vorhandenes, empirisch Nachweissbares, wie hätte man sie in Zweifel ziehen, über sie streiten können? sondern es steht uns nur die Möglichkeit zur Freiheit offen durch das Selbstbewusstsein, durch die Freiheit des Denkens, welche letztere allein ein schon Vorhandenes und nicht zu Bezweifelndes ist. Das Selbstbewusstsein und die Freiheit des Denkens entspringt wie gezeigt aus dem Widerspruch, welcher dem Denken zu Grunde liegt. Dieser verleiht uns die Macht der Selbstentfremdung, die Macht der Negation, durch die wir uns von uns selber loszureissen befähigt werden. So stellen wir uns selber vor unser Bewusstsein wie ein fremdes Wesen hin und können daher auch uns selber wie ein fremdes Wesen behandeln, wie der Arzt seinen Patienten behandelt; können alle unser Ziel befördernden Mittel und Bedingungen herbeizuschaffen, alle hindernden zu entfernen suchen.

Dass es nun von Natur uns eingepflanzte Triebe gibt, deren Befolgung uns in's Elend und in's Verderben stürzen kann, die also mit der eigensten Richtung unseres Strebens nach dem Wohle im Widerspruche stehen, das weiss jeder; die Hauptsache ist jedoch einzusehen, dass alle egoistischen Triebe, alle selbstsüchtigen Neigungen überhaupt dem tiefsten Grund unseres Wesens widerstreiten, weil unsere Individualität ein bloss scheinbares Sein hat. Wie die volle Freiheit des Denkens, die höchste Ausbildung der Individualität in theoretischer Hinsicht gerade in dem Bewusstsein der Unwahrheit eben dieser Individualität, des dieselbe tragenden Widerspruchs besteht, so auch die höchste Ausbildung und Vollendung der Individualität in practischer Hinsicht — in dem Streben die Individualität, das scheinbar Selbstständige aufzuheben, es mit dem Allgemeinen zu identificiren, in der Liebe.

Die eigentliche Aufgabe unseres Lebens besteht

also darin, das moralische Gesetz nicht als ein Aeusserliches, Fremdes im Bewusstsein bloss herumzutragen, um sich nach ihm, wie nach einer von aussen aufgegebenen Norm zu bestimmen, sondern dasselbe seiner Spontaneität ganz zu assimiliren, es zum unmittelbaren Princip seines Wollens und Handelns zu machen, zu einer natürlichen Neigung Alles in der Liebe aufzunehmen, mit einem Wort, das Sollen in ein Müssen umzugestalten. Als die Möglichkeit das Gute zu thun, muss man die Freiheit begreifen, nicht als ein Vermögen von allen Motiven unabhängig zu handeln. *)

Man glaubte aber der transcendentalen Freiheit zu bedürfen, um die *Zurechnungsfähigkeit* des Menschen,

---

*) Die objective Bedingung der Freiheit ist die Seite der absoluten Gegensätzlichkeit im Geschehen, die in den causalen Zusammenhang nicht aufgeht. Wiewohl alles Geschehen als durch das allgemeine Subject allein unmittelbar hervorgebracht angesehen werden muss, so können doch alle actuellen Bestimmungen des Geschehens nicht als in der Idee des allgemeinen Subjects festgesetzt gedacht werden. Denn diese Festsetzung ist in der immanenten Auffassung wie schon gezeigt nur durch den Begriff eines Zwecks denkbar; eine so allgemeine Relativität der actuellen Bestimmungen aber, wie sie durch den Begriff eines allgemeinen Zwecks der Natur gefordert wäre, würde sich mit der Selbstständigkeit der Materie nicht vertragen können, die doch zum Begriffe des Geschehens als eines Products von causalen Beziehungen ganz wesentlich gehört. Es ist also die Welt im Ganzen nicht als ein einziger Organismus zu denken; wäre sie das, so würden in ihr alle actuellen Bestimmungen des Geschehens gerade in ihrer Eigenthümlichkeit nothwendig, für eine Freiheit mithin gar keine Möglichkeit übrig bleiben. Es gibt aber nur allgemeine Gesetze des Geschehens und keine allgemeine Idee, in welcher dasselbe durchgängig (actuell) vorherbestimmt wäre; daher kann das Selbstbewusstsein, welches die Gesetze durchschaut, als eine selbstständige Ursache auftreten.

seine *Verantwortlichkeit* für seine Thaten darauf zu gründen, obgleich auf der transcendentalen Freiheit nichts begründet werden kann, da sie selbst ein blosses Hirngespinnst ist. Die Verantwortlichkeit beruht einzig und allein auf dem Bewusstsein, nämlich dem Vorherwissen der aus einer Handlung zu erwartenden Folgen. Sind diese Folgen für ihn unangenehm, so kann doch der Uebelthäter, wenn er sich selber, seine Individualität nicht verleugnen will, nichts und niemanden sonst als sich selbst darüber beschuldigen. Spürt er dagegen etwas *Fremdartiges* in der Nothwendigkeit, mit welcher seine Handlungen auf eintretende Motive sich gestalten, so steht er schon auf der Schwelle des Bewusstseins, welches ihm die Unwahrheit seiner eignen Grundbestimmungen, und somit die Möglichkeit jene fremdartige Nothwendigkeit zu bekämpfen eröffnen wird. — Ist aber dieses Vorherwissen der Folgen, oder auch das Bewusstsein überhaupt gehemmt, getrübt, oder noch nicht vorhanden, dann findet auch die Verantwortlichkeit nicht statt; wiewohl alle diese Umstände, diese Hemmnisse das Ding an sich nicht betreffen können und daher dem Begriffe der transcendentalen Freiheit zufolge die Verantwortlichkeit auch in diesen Fällen nicht aufhören, da sie ja auf der Causalität des Dings an sich beruhen sollte.

Der Trieb nach Glückseligkeit ist die Basis unseres moralischen Lebens; dieser Trieb kann von uns weder aufgehoben, noch befriedigt werden; unsere Meinungen und Ueberzeugungen mögen sein welche sie wollen, immer und davon unberührt werden wir nach Glückseligkeit streben und dieselbe nie erreichen können. Diese Einsicht macht gleich ein Ende ebensowohl allen

apriorischen Imperativen, wie allem ernstgemeinten Eudämonismus, der nur aus völliger Kurzsichtigkeit entspringt. Wir müssen unserem Handeln objective Ziele
setzen; denn diese allein geben ihm Inhalt und Bestimmung, aber diese Ziele selbst nicht als das eigentliche Ziel unseres Strebens ansehen; das eigentliche
Ziel ist absolute Befriedigung, die durch das Erreichen
jener objectiven Ziele nie ermittelt werden kann. Das
Wirken und Handeln selbst also müssen wir als unser
eigentliches Ziel ansehen. Aber jene objectiven Ziele
können auch nicht ganz gleichgültig sein; denn wenn
nicht absolute Befriedigung selbst, so muss wenigstens
eine Annäherung an dieselbe angestrebt werden, wenn
nämlich unser Handeln nicht ein leeres Strohdreschen
sein soll. Hier ist nun die Einsicht von unendlicher
Wichtigkeit, dass diese Annäherung nur auf dem Wege
des Wohlwollens, der Hingebung zu bewerkstelligen ist.

Alles Gesagte kann nun folgendermaassen resumirt
werden: der *Egoismus* würde nur dann absolute Gültigkeit haben können, wenn jedes Individuum ein besonderes Ding an sich wäre, in dessen Wesen nichts
von Relationen gelegen hätte, das *moralische Gesetz*
dagegen würde nur dann absolute Gültigkeit haben
können, wenn das Individuum ganz und gar in Beziehungen aufgegangen wäre. Keins von beiden dieser
Verhältnisse findet statt; denn wir wissen, dass das
Individuum zwar nothwendig ein Ding an sich (eine
Substanz) ist, aber doch nur im Erkennen als solches
gesetzt und folglich nicht in Wahrheit ein solches, weil
alles Erkennen auf dem Widerspruch beruht. Die beiden entgegengesetzten Ansichten heben sich also im
höheren Bewusstsein gegenseitig auf und werden dahin

ausgeglichen, dass dem moralischen Gesetze (dessen Stimme jeder in sich als sein Gewissen vernimmt) zwar eine volle Gültigkeit, aber *keine absolute*, sondern eine (durch das Bewusstsein des Widerspruchs, welcher der Individualität und mithin auch dem Egoismus zu Grunde liegt) *bedingte* Gültigkeit zuerkannt wird.

X.

Von der Schönheit und der Poesie. Schluß.

Die Grundbestimmung des Erkennens, welches den
Schein in sich trägt, ist die Nothwendigkeit sich selber
als Substanz, d. h. im absoluten Gegensatze mit allem
übrigen Seienden zu setzen. Daraus haben wir gefol-
gert, dass die Liebe, die aus dem Gefühle hervorgeht
und den Gegensatz aufzuheben trachtet, allein zum
göttlichen, zum wahren Sein führen kann; von dem
Wesen, der inneren Natur der Liebe können wir also
auf das Ansich des Göttlichen selbst schliessen. — Nun
ist die Liebe ein Streben, sich nach aussen ganz zu ex-
pandiren, mit dem als ein Aeusseres uns Gegenüberstehenden zu identificiren, es mit unserem eignen Wesen
zu durchdringen. Diese Expansion darf jedoch nicht
so verstanden werden, wie jene aus der immanenten
Auffassung her uns bekannte Manifestation, die ein
Herausgehen der inneren Vielheit aus der Einheit der
Substanz bedeutet, bei welchem die Einheit zurückbleibt,
in die Expansion (die Manifestation) nicht eingeht, was
eine widersinnige Trennung von Einheit und Vielheit,
von Sein und Qualität veranstaltet; nein, die Liebe will

16*

sich in jedem Punkte der Sphäre ihrer Bethätigung in ihrer vollen Ganzheit wiederfinden. Das eigne Selbst soll nicht in der Expansion zerfliessen, darin vollständig aufgehen; im Gegentheil, wie die Richtung nach aussen, ist die Liebe ebensosehr auch ein Streben Alles in sich aufzunehmen, sich von Allem durchdringen zu lassen, so dass überall zugleich Centrum und Peripherie, überall Einheit und Vielheit in untrennbarer Verknüpfung sich befänden. Denn es gehört zum Wesen des Gefühls ein Fürsichsein, gewissermaassen ein Sein als Centrum zu sein. — Was wir als das Verhältniss von Einheit und Vielheit im Göttlichen annehmen müssen, ist also weder der Gegensatz noch die Identität beider, wie in der intensiven Grösse, wo die Vielheit in der Einheit ganz aufgehoben ist und zu einer ihr dem Begriffe nach zukommenden Geltung nur durch äussere Einflüsse und nur in der Zeit, im Werden, in der Thätigkeit als bedingte Gegensätzlichkeit gelangt. In dem Göttlichen müssen wir uns Einheit und Vielheit als von vornherein in einem Zustande der Harmonie, der vollkommenen *Gleichberechtigung* befindlich denken, von der wir uns freilich keinen bestimmten Begriff a priori bilden können und die auch empirisch dem Begriffe nicht gegeben werden kann, da der Begriff nur Widersprechendes erkennt.

Dennoch sind wir in dieser scheinhaftigen Welt nicht so sehr von dem Göttlichen verlassen, als dass es sich uns nicht als das ewig Lebendige, nur auf einem anderen Wege (nicht mittelst Begriffe) zu erkennen gäbe. Im Gegentheil, es leuchtet überall durch, sein Abglanz ruht auf der Natur und erhellt unsere Seele von Innen heraus. Die Offenbarung des Göttlichen, die in subjectiver Hinsicht als *Poesie*, in objectiver als *Schönheit* erscheint, hat man von jeher für Das, was sie ist, erkannt und anerkannt, nämlich für ein wirkliches Uebergreifen der Transcendenz in diese unsere immanente Welt; es bleibt uns nur das Bewusstsein davon näher zu bestimmen.

Das characteristische constitutive Kennzeichen der Schönheit ist die beseeligende Wirkung, die sie auf uns ausübt; von diesem müssen wir also die Analysis des Schönen anheben. Diese Analysis ist aber schon von *Kant* ausgeführt worden; ohne jede Ahnung von der wahren Bedeutung der Schönheit hat er doch die Hauptmomente ihrer Erscheinung ganz richtig auseinandergesetzt, indem er den eignen Sinn und die Bedingungen des Urtheils, welches über das Schöne ausgesagt wird, einer sorgfältigen Kritik unterworfen.

Auf diese Weise hat nun *Kant* gefunden: 1) dass die Schönheit sich nicht dem Begriffe, sondern nur unmittelbar *dem Gefühle* offenbart; 2) dass diese Offenbarung in dem durch die Schönheit in uns erregten *Wohlgefallen* besteht; 3) dass dieses Wohlgefallen ein *uninteressirtes*, d. h. in uns keine Triebe erweckendes ist. 4) Dass wir der Schönheit eine *objective* Bedeutung oder Gültigkeit beilegen, trotzdem dass sie sich dem Begriffe nicht erschliesst, da wir Allen eine Empfänglichkeit dafür zumuthen, unsere Urtheile darüber als *allgemeingültige* aussagen; und 5) dass der Schönheit das *ideelle* oder *ideale* Moment ganz wesentlich ist, dass sie mithin als eine gewisse Harmonie des Idealen und des Concreten, nur ohne die Möglichkeit eines positiven Begriffs davon, nach *Kant's* Ausdruck als *Zweckmässigkeit ohne Zweck* zu fassen ist.

Die *Unbegreiflichkeit* ist wiewohl ein bloss negatives, dennoch ein wahrhaft göttliches Prädicat der
Schönheit, welches ihr vor allem zuzugestehen ist. Man
hat sie zwar in Begriffe zu fassen, zu definiren gesucht,
ist bis jetzt aber noch nicht damit fertig geworden. Die
Schönheit soll z. B. nach den Difinitionen ein „sinnliches
Scheinen der Idee" sein, oder auch „die Idee in der
Form der begrenzten Erscheinung", oder „die Ineins-
bildung des Vernünftigen und des Sinnlichen", welche
zwar das Wahre aussagen, aber ohne ein klares Bewusstsein davon, in welchem Sinne es wahr ist. Ziemlich übereinstimmend ist man wie es scheint darüber,
dass die Schönheit eine gewisse Harmonie der Einheit
und Mannigfaltigkeit, der Form und des Stoffs, des Idealen und des Concreten, des Allgemeinen und des Einzelnen
darstellt und dies ist ganz richtig, nur soll man sich
nicht einbilden, man habe darin den positiven Bégriff
von dieser Harmonie selbst. Denn wäre das, so würde
man das Schöne direct mittelst dieses Begriffs bestimmen
und auffassen können; das Erkennen der Schönheit
würde also kein ästhetisches, sondern ein ganz gewöhn-
liches sein müssen, was es nicht darf noch kann. —
Alle organische Gebilde sind eine Realisirung und Darstellung der Idee in der Erscheinung, des Allgemeinen
in dem Einzelnen, doch sind sie deshalb nicht alle
schön. Nein, wir sehen, dass in dem Organismus bloss
als solchen, d. h. dem Begriffe nach betrachtet, das
schaffende und gestaltende Princip den Stoff viel inniger
durchdringt als dasjenige, welches ihm die Schönheit
verleiht; die Schönheit ist kein bleibendes, zu dem
Wesen der Dinge gehörendes und daraus fliessendes
Attribut, keine nothwendige Seite ihres Daseins; die

Schönheit ist die Form in der Form, die manchmal
verloren gehen kann, ohne dass das Ding dadurch von
seiner Tüchtigkeit, seiner Tauglichkeit für allerlei
Zwecke, von seiner ganzen Vollkommenheit etwas
verlöre; sie wird oft durch ein flüchtiges Phänomen,
z. B. durch eine besondere Beleuchtung erhöht, oder
sogar selbst hervorgebracht und auch oft entspringt
sie in einer den Dingen an sich zufälligen Zusammenstellung. — Die Schönheit ist aber auch keine
blosse Form, nicht etwas den Dingen nur von aussen
Anhängendes. Eine täuschende Nachahmung der Gestalt
von schönen Naturgegenständen kann uns nicht gefallen; denn wir vermissen das Göttliche darin, dessen
Erscheinung eben ja die Schönheit sein soll. Das
Göttliche liegt aber der Natur zu Grunde, ohne mit
ihr identisch zu sein, seine Erscheinung kann daher
weder die eigne Form der Dinge ausmachen, noch auch
etwas den Dingen bloss Aeusserliches sein, sondern sie
muss *durch* die Dinge hindurchscheinen.

Der Stoff gehört dem wahrhaft Seienden an, er
kann nur von demselben herstammen, aber von seiner
Auffassung im Erkennen und durch das Erkennen ist
der Widerspruch die nothwendige Form. In diese Auffassung kann daher das Göttliche als solches gar nicht
aufgenommen werden; es entweicht gänzlich dem erkennenden Subjecte, welches, sofern es nur positiv erkennend ist, von dem Göttlichen keine Ahnung hat.
Nur wenn das Selbstbewusstsein so weit entwickelt ist,
dass ein dunkles Gefühl des Widerspruchs ihm nicht
mehr gestattet, in der begriffsmässigen Anschauung und
Erforschung der sinnlichen Welt sich zu beruhigen,
sondern seinen Blick unwiderstehlich über deren Schran-

ken hinweg in das geheimnissvolle Gebiet des Ueber-
sinnlichen leitet, nur dann wird es für die Wirkung
der Schönheit empfänglich. Das Göttliche, welches im
Erkennen ganz untergegangen war, kann sich nur dem
sich davon frei machenden Subjecte offenbaren; dies
ist die subjective Bedingung seiner Erscheinung, deren
objective Bedingung die Schönheit ist, die wir daher
definiren können als diejenige Zusammensetzung des
Stoffs, in welcher derselbe für das Göttliche transparent
wird, den Strahl des göttlichen Lichtes hindurchlässt.
Nur kann es natürlich nimmermehr wissenschaftlich ausgemacht werden, wie die Zusammensetzung ausfallen
soll, um diese Eigenschaft zu besitzen; denn das Gebiet der Schönheit ist nach dem oben Gesagten ein
der eigentlichen Wissenschaft überhaupt verschlossenes
und unzugängliches.

Wir haben schon gesehen, dass kein anderer Zusammenhang der actuellen Bestimmungen der Dinge in
der Einheit der Idee für die immanente Auffassung
denkbar ist als derjenige, welcher durch Begriffe von
Zwecken vermittelt wird. Dieses kann nun durchaus
nicht dazu dienen, uns das organische Schaffen der
Natur wirklich begreiflich zu machen; denn wir vermögen es nie einzusehen, wie die actuellen Bestimmungen
der Dinge und des Geschehens in der Idee des schaffen-
den Princips überhaupt sich einfinden möchten, da sie
demselben nicht wie uns in der Wahrnehmung gegeben
werden konnten, sondern vielmehr ganz ursprünglich
in seinen Ideen festgesetzt, diesen gemäss hervorgebracht werden sollen. Das macht nun, dass, obgleich
bei der Betrachtung der organisirten Körper uns unvermeidlich Zweckbeziehungen auffallen, sich doch der

Begriff der Zweckmässigkeit, wenn an die Organismen angelegt, ziemlich dürftig ausnimmt, und weit davon entfernt ist, die innige Durchdringung des Ideellen und des Concreten, der Einheit und Vielheit in denselben zu erklären. Die organische Natur macht nur die Miene, als wollte sie unserem Begriffe sich erschliessen, thut es aber in Wahrheit nicht. Die Schönheit dagegen macht keine Ansprüche auf Begreiflichkeit, sie wendet sich auch nicht an den Begriff, aber spricht desto deutlicher zu dem Gefühle; die Zweckmässigkeit ist entweder gar nicht, oder nur ein untergeordnetes Ingrediens der Schönheit, denn das Gefühl kann keine Beziehungen, sondern nur die unmittelbare Harmonie des Mannigfaltigen auffassen. Das organisirende Princip der Natur ist zu sehr in der Welt des Erkennens einheimisch, zu sehr derselben einverleibt, als dass es bloss an sich genommen für eine Manifestation des Göttlichen gelten könnte. Denn obgleich es selbst eigentlich unbegreiflich ist, so wird doch sein Schaffen und Walten mittelst Begriffe aufgefasst. Daher kommt es, dass, wiewohl Schönheit eine Harmonie des Ideellen und des Concreten, der Einheit und Vielheit bedeutet, doch nicht alle solche Harmonie auch nothwendig Schönheit ist, sondern nur diejenige, die dem Gefühle das Göttliche nahe bringt. Auf jedem Schritt begegnen wir Dingen, an deren Zweckmässigkeit wir gar nicht denken, von der wir oft auch wirklich keinen Begriff haben (wie z. B. am meisten bei Gewächsen), das Ideelle und Einheitliche in ihrer Gestalt wird uns aber ganz unmittelbar einleuchtend, und doch ohne dass sie uns deshalb ästhetisch ansprächen, ohne dass sie uns schön erschienen: ein Unterschied, der z. B.

vom pantheistischen Standpunkte aus nicht anerkannt, oder nicht begriffen werden kann.

Es ist aber besonders hervorzuheben, dass in keiner von den gangbaren Weltanschauungen die Schönheit einen natürlichen, ihr angemessenen Platz findet. Als die vorzüglichsten, am meisten verbreiteten, am wenigsten ausgekünstelten Weltanschauungen kann man die folgenden drei annehmen: den Pantheismus, den Theismus und den Empirismus. Unter Pantheismus versteht man überhaupt diejenige Lehre, die die *Einheit* und *Identität* des Unendlichen mit dem Endlichen, des Absoluten mit der Welt behauptet. Im Unterschiede davon legt der Theismus das meiste Gewicht auf den *Gegensatz* zwischen Gott und Welt. Der Empirismus ignorirt das Absolute, das Uebersinnliche gänzlich, oder leugnet dasselbe sogar; er ahnt nichts davon, dass das gemeinste Sein nichts Sinnliches, nichts Gegebenes, sondern auch ein wiewohl nur pseudo-Absolutes ist. Der Pantheismus und der Theismus haben aber dieses mit einander gemein, dass sie ein positives Wissen von dem Absoluten zu enthalten vorgeben; die Eitelkeit dieser Anmaassung verräth sich hauptsächlich darin, dass der Pantheismus den Gegensatz des Absoluten zu der Welt, der Theismus den Zusammenhang beider nicht begreiflich machen kann. Was nun die Schönheit betrifft, so ist offenbar, dass nach dem pantheistischen Grundsatze *Alles* in der Welt, oder zum Wenigsten in der *organischen* Welt schön sein sollte, da sie eine in aller Rücksicht adäquate Offenbarung des Göttlichen, oder eigentlich das Göttliche selbst sein soll. Der Pantheismus will zwar, wenn er sich missversteht, den Unterschied zwischen dem göttlichen und dem natürlichen Sein geltend machen, allein ohne ihn rechtfertigen zu können. Denn von der immanenten Auffassung und ihrem wahren Verhältnisse zur transcendenten hat er keinen Begriff; dieser würde ja den ganzen pantheistischen Standpunkt umwerfen. In dem consequenten Pantheismus, namentlich dem spinozistischen, gibt es auch in der That keinen objectiven Unterschied zwischen *schön* und *nichtschön*, zwischen gut und böse; die späteren Pantheisten fühlten aber zu deutlich das Missliche einer solchen Auffassung und suchten sie daher durch allerlei Erfindungen zu beseitigen, was bei der principiellen Willkürlichkeit ihres Philosophirens und einem an productiver Kraft nicht armen Geiste ihnen auch nicht schwer fiel. — Dem Theismus nun ist gewiss am liebsten *das Wunder*, eine im Interesse des Menschen verübte, wenngleich nur momentane und nur locale Aufhebung der Gesetzmässigkeit der Natur, als der Ausdruck einer ganz individuellen Absicht, die das selbstbewusste, persönliche Wesen Gottes am unzweideutigsten beurkunden würde. In Ermangelung des Wunders aber wird ihm doch die Zweckmässigkeit viel mehr zusagen als die Schönheit, deren Auffassung zu sehr von den subjectiven Bedingungen der Empfänglichkeit abhängt, während die Zweckmässigkeit eine Erscheinung ist, in der das ideelle Moment des Naturlebens eine begriffsmässige Darstellung oder Bestätigung findet. In der Denkweise des Theismus ist nämlich das Durchscheinen eines ideellen Moments sofort auch die Offenbarung eines denkenden, wissenden, überhaupt menschenähnlichen Wesens. *) Die Schönheit

---

*) Da der Theismus auf pantheistische Weise die unmittelbare Einheit und Identität von Gott und Welt nicht annehmen

ist für den Theismus zu subjectiv, wie sie für den Pantheismus zu objectiv ist; jenem wird sie unbequem wegen des Mangels an festen, so zu sagen greifbaren, dem Begriffe sich unwiderstehlich aufdringenden Merkmalen; diesem dagegen wegen der Ausschliesslichkeit, mit der sie nur einigen Formen eigen, den anderen aber fremd ist, eine Ausschliesslichkeit, welche unmöglich auf bloss subjective Differenzen des Auffassens zurückgeführt werden kann. — Am wenigsten kümmert sich um die Schönheit der Empirismus; er lässt sie zwar als ein Gegebenes hingehen, aber es fehlt ihm ganz und gar die Möglichkeit und auch die Lust zu einer denkenden Auslegung derselben.

Das ideelle Moment ist also der Schönheit ganz wesentlich, für sich allein jedoch ist es nicht fähig die Schönheit auszumachen; dazu wird noch etwas erforderlich, was nicht mehr durch Begriffe, sondern lediglich durch das Gefühl constatirt werden kann. Diese Beziehung auf das Gefühl entzieht aber der Schönheit ihre objective Bedeutung nicht; eben das Ideelle ihres Wesens, welches sie von allem bloss *Angenehmen* unterscheidet, ist eine Bürgschaft dafür. Im Bewusstsein dieser objectiven Bedeutung der Schönheit legen wir unseren Urtheilen über sie Allgemeingültigkeit bei, die wir deshalb durch subjective Gründe nicht zu rechtfertigen, nicht zu *deduciren*

---

will, so ist er ganz darauf gestellt, die *Menschenähnlichkeit* Gottes festzuhalten; denn es kann selbstverständlicherweise im Interesse keiner Speculation, die einen Gott anerkennt, liegen, die völlige, absolute Diversität desselben mit dem Menschen zu behaupten.

brauchen, wie es *Kant* auf seinem Standpunkte thun musste.

Das andere auch von *Kant* entdeckte Hauptmoment der Schönheit ist dieses: dass sie in uns keine Begierden, keine Neigungen, Triebe, überhaupt kein Streben erweckt, dass das Gefallen an ihr ein uninteressirtes ist. Das heisst, der Genuss der Schönheit versetzt uns in einen Zustand, in dem keine Nothwendigkeit des *Anderswerdens* liegt; nun haben wir schon dieses als die eigne Beschaffenheit des wahren, widerspruchslosen Seins erkannt, dass in ihm keine Nöthigung zu einem *anderen* zu werden liegt; der Zustand, in welchen uns der Genuss der Schönheit versetzt, ist also ein Analogon des göttlichen Seins. Freilich kann dieser Zustand oft nur schwach betont und eine nur flüchtige Anwandlung sein, allein es kommt hier nicht so sehr auf den *Grad* und die *Dauer* des Zustandes an; denn diese betreffen nur die in unserem widersprechenden Dasein gültigen Unterschiede; für die *theoretische* Betrachtung ist die qualitative *Grundbeschaffenheit* allein von Wichtigkeit, welche wir hier als eine dem göttlichen Sein analoge erkennen. Dies ist also das Moment, worin das göttliche Wesen der Schönheit sich auch *positiv* beurkundet.

Das *subjective* Correlat der Schönheit ist *die Poesie*, nach dem Ausdruck von *Jean Paul* „eine andere Welt in dieser Welt", die aber, wie es scheint, schicklicher als *ein anderes Leben in diesem Leben* bezeichnet werden kann. Wie man nämlich ganz richtig erkannt hat, dass das Leben drei Hauptseiten hat: Gefühl, Begehren oder Streben und Erkennen, so ist auch die Poesie: ein Gefühl, ein Streben und ein inneres Licht, welches die Dinge in eigenthümlicher Weise beleuchtet. — Gefühl und Streben sind nun überhaupt von einander nicht zu trennen in dem widersprechenden Sein; sie stellen zwei innig verbundene Seiten desselben dar, das Streben aber gerade diejenige Seite, in welcher die Verneinung des widersprechenden Seins durch sich selber unmittelbar zum Vorschein kommt. Das Streben sucht Befriedigung, die es nothwendig mit dem auf ihm begründeten Dasein aufheben würde; alles Streben ist also im Grunde nothwendig ein Streben zum göttlichen, widerspruchslosen Sein und an sich poetisch, aber durch die empirischen Bestimmungen, die es in diesem Leben erhält, büsst es den poetischen Charakter vollständig ein. Wenn die zu dieser scheinhaftigen Welt gehörenden Dinge zu Gegenständen unseres Begehrens werden, dann ist es schon offenbar von seiner ursprünglichen, ihm von Hause aus inhärirenden Richtung abgelenkt; nicht mehr aus dem Widerspruch heraus strebt es dann, es verwickelt sich dadurch noch tiefer in denselben hinein. Eine natürliche unwiderstehliche Täuschung wird unserem Streben unmittelbar eingeimpft, der zufolge es seine volle Befriedigung in dem Erreichen von irgend welchen bestimmten, durch empirische Bedingungen angewiesenen Zielen zu erlangen hofft; das Erreichen des Ziels löst die Täuschung für den betreffenden individuellen Fall auf, die Befriedigung bleibt aus, das Streben ist ebenso wach wie zuvor, und wieder steuert es in unverzagtem Wahn befangen auf ein anderes Ziel los. Man kann es also mit einem kreisenden Körper vergleichen, welcher immer strebt, in einer geradlinigen Richtung sich zu bewegen, und immer durch eine ausser ihm stehende Kraft von dieser Richtung abgelenkt wird, so dass der Punkt, wonach er strebt, und der, wohin er gelangt, stets auseinanderfallen. Freilich kann nur auf diese Weise eine dauernde Bewegung erzielt werden, die gerade Richtung würde rasch zur Befriedigung und somit zur Aufhebung aller Thätigkeit führen. Der menschliche Geist aber, der zur Freiheit geboren ist, geht nicht ganz in diesem ewigen Kreisen auf; es erwacht in ihm, wenn auch nur vorübergehend, das dunkle Gefühl des Widerspruchs und eine Sehnsucht ergreift ihn, den Widerspruch los zu werden, alle empirischen Schranken des Daseins zu durchbrechen, sich zum göttlichen, ewig ruhigen, ewig seligen Sein aufzuschwingen. Diese Sehnsucht ist bewusst oder unbewusst die Quelle aller Poesie. — Wenn aber dieses Streben eine ihm angemessene Bestimmung findet, dann wird es wie in subjectiver Hinsicht poetisch, so in objectiver die Erscheinung der höchsten Schönheit darbieten; wir wissen aber, dass diese Bestimmung nur die Liebe sein kann, welche ein Streben ist, den ganzen Widerspruch des individuellen Daseins aufzuheben; das von der reinen Liebe beseelte Wirken ist also von der objectiven wie von der subjectiven Seite die vollkommenste Darstellung des Göttlichen in dieser unserer Welt und folglich auch überhaupt das Höchste, was ein Mensch je erreichen kann.

Die Poesie, sagte ich noch, sei ein *inneres Licht*, und dieses muss näher berührt werden. Wie der Schönheit selbst das ideelle Moment ganz wesentlich ist, so ist es auch der Empfänglichkeit des Subjects für dieselbe. Diese Empfänglichkeit als ein Daseinsmoment des Subjects betrachtet, ist überhaupt die Poesie, und das Ideelle derselben kann nur der durchdringende Blick sein, der durch die empirische Hülle der Dinge hindurch den göttlichen Grund wahrzunehmen im Stande ist, so dass ihm auch aus dem scheinbar Gleichgültigen und Bedeutungslosen die unergründliche Tiefe und Fülle des wahren Seins hervorleuchtet. Die poetische Auffassung des Stoffs ist also zugleich eine Verklärung desselben, weil in ihm dadurch eine Seite hervorgekehrt wird, die in seiner bloss empirischen Bestimmtheit unkenntlich ist. —

Die poetische Stimmung des Gemüths, die hochausgebildete Empfänglichkeit für das Schöne ist der Hang und die Fähigkeit zu einer Anschauungsweise, in welcher die ganze Natur von dem tiefen, geheimnissvollen Athem des Göttlichen durchdrungen erscheint. Wenn zu dieser Anschauungsweise die Fähigkeit hinzukommt, den Stoff in einer Weise darzustellen, dass in ihm auch dem stumpferen, uneingeweihten Blick das Göttliche fühlbar werde, dann haben wir das schaffende, das künstlerische *Genie*, welches vermögend ist, auch Das, was an sich nicht schön befunden wird, in seiner Darstellung zur Schönheit, zur wirklichen Offenbarung des Göttlichen zu erheben. Die Poeten und Künstler sind also die einzigen ächten, weil von der Gottheit selbst geweihten Priester derselben.

Man hat es schon zur Genüge dargethan, dass das Genie vor allem eine besondere Erkenntnissweise ist, die man mit Recht als das Vermögen von *Ideen* bezeichnet hat, d. h. von solchen allgemeinen Vorstellungen, in denen die actuellen Bestimmungen selbst potentiell sind, in denen also das Allgemeine und das Einzelne, welche in der gewöhnlichen Erkenntnissweise gesondert vorkommen, einander als Begriff einerseits und An-

schauung andrerseits gegenüberstehen, in ursprünglicher
Einheit und Wechseldurchdringung sich befinden. Daraus folgt nun, dass das Genie eine divinatorische
Gabe ist, eine Fähigkeit, den empirischen Inhalt, der
nur im Einzelnen gegeben werden kann, gewissermaassen zu *anticipiren*, und zwar auf eine Weise zu
anticipiren, die ihm eine in seinem blossen Gegebensein ihm fremde Bedeutung verleiht, ihn in Identität
mit dem Allgemeinen als unmittelbaren Ausdruck des
Letzteren auffasst. Das Genie ist also eine subjective
Offenbarung, eine unmittelbare Bethätigung durch das
Medium des menschlichen Subjects, des wahren Allgemeinen, des wahrhaft Seienden selbst, welches in
Wahrheit alles Einzelne in sich trägt und nur in der
Lüge und dem Widerspruche des Erkennens von demselben geschieden wird. Doch bin ich mit diesen
Dingen zu wenig vertraut, um mich ausführlich über
sie auszulassen; ich mache hier also ein Ende damit.

Das Gegebene ist nur in der Form des Werdens,
des Nacheinander denkbar und möglich, d. h. einer
Bewegung, in welcher absolute Gegensätze gesetzt und
zugleich durch den Uebergang vermittelt werden.
Diese Grundbeschaffenheit des Gegebenen stellt also
dem Erkennen die Aufgabe, Einheit und Vielheit im
Realen als *gleichberechtigt* aufzufassen. Begriffsmässig,
im wirklichen gesetzmässigen Denken kann nun diese
Gleichberechtigung nicht anders denn als ein *bedingter
Gegensatz*, oder als eine bedingte Gegensätzlichkeit (ein
organisches Aussereinander), nämlich in den causalen
Beziehungen, vorgestellt werden. Wir wissen aber, dass
der bedingte Gegensatz den absoluten voraussetzt, auf

Prais, Wahrheit.   **17**

diesem allein fussen kann, was ihn von Anfang an als
eine verfehlte Auffassung erscheinen lässt; denn er löst
sich bekanntlich in eine unendliche, unvollendbare Reihe
von Setzungen auf, in der jedes Glied zugleich Bedingung
und Bedingtes ist. Ausserdem gelingt es doch dem
immanenten Denken eigentlich nicht, das gleichberech-
tigte Zusammenbestehen von Einheit und Vielheit im
Realen vorzustellen. Denn bei allen causalen Beziehungen erscheint entweder die Einheit als vorherrschend,
wie in dem inneren Wirken, dem Erkennen und Denken,
oder die Vielheit — wie in der äusseren, sich an der
Materie ausbreitenden Thätigkeit oder Manifestation.
Die immanente Auffassung des Stoffs ist also nicht die
wahre — aber doch die einzige mögliche. — Ueber
das wahre Verhältniss der Einheit und Vielheit, des
Ideellen und des Concreten im Realen bleibt uns nur
die Vermuthung übrig, dass sie auf eine unbegreifliche
Weise zusammen eins sind, ohne dass weder die Einheit von der Vielheit, noch die Vielheit von der Einheit ausgeschlossen, oder absorbirt, oder irgendwie aufgehoben wäre, ohne dass sie weder in Identität noch
im Gegensatze zueinander stünden. — Nennen wir
nun dieses Verhältniss *Harmonie*, so können wir mit
Recht sagen: das Göttliche, das wahrhaft Seiende ist
eine Welt der ewigen Harmonie und der ungetrübten
Glückseligkeit; dürfen jedoch nicht wähnen, dass darin
ein positives Wissen von der Natur des Göttlichen ausgesprochen sei. Denn weder von der Harmonie, noch
von der Glückseligkeit können wir uns einen bestimmten Begriff bilden; diese Definition dient nur dazu,
die immanente Fülle und die Erhabenheit des widerspruchslosen Seins auszudrücken.

Einen überreichen Stoff bietet die Natur unserem Erkennen dar, und wenn auch dieses Erkennen keine absolute Wahrheit hat, so gibt es wenigstens dem forschenden Geiste des Menschen vollauf zu thun; ein Blick ist uns auch in das Wesen des Göttlichen verstattet, und obgleich mehr vermuthend und ahnend, können wir ihm doch in irgend einer Weise uns nähern; — das tiefste, *das absolute Dunkel* liegt aber auf dem *Verhältnisse*, welches das Göttliche mit der Natur verbindet und zugleich beide von einander trennt. Wie hängt das Werden mit dem Sein zusammen? dies zu begreifen geht uns bis zum Schatten einer Möglichkeit ab, darüber ist uns nicht einmal eine Muthmaassung möglich. Für unseren Begriff kann das Werden nur aus dem Widerspruche entspringen, nur aus einem Sein, in dem die Nothwendigkeit zu einem *anderen* zu werden liegt, aus einem Sein also, welches selbst eigentlich ein Werden ist. Aber das Widersprechende hebt sich selber auf, es fordert daher eine Begründung in dem widerspruchslosen Sein, ohne welches es nicht einmal seine eigne zweideutige und unberechtigte Realität behaupten könnte; allein wir sind ganz und gar nicht im Stande, ihm eine solche zu verschaffen; es bleibt alles·bei der Voraussetzung stehen.

Ein Anfang wie die Anfangslosigkeit des Werdens sind gleich undenkbar. Im immanenten Erkennen, wo das Werden in Beziehungen aufgelösst wird, die nur im Zusammenhange mit einander gedacht werden können, muss die *Anfangslosigkeit* des Werdens behauptet werden, ohne dass jedoch diese dadurch im mindesten gerechtfertigt wäre, denn eine verflossene, vollendete Ewigkeit (Unendlichkeit) ist ein Unsinn. In der trans-

cendenten Auffassung dagegen müssen wir annehmen,
dass mit jedem neuen erkennenden Subjecte ein *absoluter Anfang* gemacht werde, da ja die Welt des Werdens
nur in dem Gegensatze von Subject und Object des
Erkennens bestehen kann. Ein Anfang des Werdens, ein
Werden des Werdens ist aber die Unbegreiflichkeit selbst.

Das letzte Ergebniss aller unserer Forschungen ist
nun Folgendes: Die höchsten Begriffe, an denen in
letzter Instanz alles Denken und Erkennen hängt,
sind die der *Einheit* und des *Gegensatzes*, aber diese
höchsten Begriffe selbst in einer supremen Einheit zusammenzufassen ist unmöglich. Der Begriff der *Beziehungen*, welcher diese supreme Synthese darstellen soll,
ist weit entfernt, eine solche Anforderung zu erfüllen.
Denn anstatt die höhere Grundlage (Begründung) jener
Begriffe abzugeben, setzt er vielmehr selbst jene beiden
Begriffe als die nothwendige Bedingung seiner eignen
Denkbarkeit voraus.

Es sind uns Gegensätze gegeben: der Gegensatz
des Absoluten und des Bedingten, der Einheit und
Vielheit, des Ideellen und des Concreten, des Erkennenden und des Erkannten; — alle diese Gegensätze sind nur unter der Voraussetzung der Einheit
ihrer Glieder denkbar, aber der Begriff dieser Einheit
geht uns vollständig ab. Denn in unserem Denken ist
der Gegensatz nur als das contradictorische Gegentheil
der Einheit — ein absoluter, mit der Einheit zusammenbestehend kann er dagegen nur unter einer Bedingung (als ein bedingter Gegensatz), d. h. nur in
Beziehungen, gedacht werden, — die Beziehungen selbst
aber setzen den absoluten Gegensatz voraus, — so zerfliesst die höhere Synthese in einem Cirkel.

Dass die Begriffe der Einheit und des Gegensatzes in unserem Bewusstsein als von einander gesonderte und sogar entgegengesetzte Begriffe auftreten, dass es überhaupt eine Vielheit von Begriffen und Vorstellungen gibt, die anstatt ein lebendiges und unzerlegbares Ganze auszumachen, sich einzeln und getrennt denken lassen, kommt nur daher, dass wir uns ausserhalb der supremen Einheit befinden und den Begriff derselben nie erlangen können. In unserer Wirklichkeit überhaupt herrscht der Gegensatz vor, und die einzige Einsicht, die uns offen steht, ist die von der Unwahrheit dieses Vorherrschens des Gegensatzes und von der Unmöglichkeit, im Erkennen zu der supremen Einheit sich zu erheben, in welcher Einheit und Gegensatz als gleichberechtigt zusammenbestehen.

Mit diesem Bekennen der Unwissenheit, der Ohnmacht, muss ich also mein Werk schliessen; ich erinnere nur, dass das Bewusstsein davon in Wahrheit unsere grösste wirkliche Macht ist, und der Gipfel unserer Freiheit. Wie drückend daher dieses Bewusstsein auch sein mag, so ist es doch immer besser, als die angenehmste Selbsttäuschung.

Anhang.

Bemerkungen, die Erkenntnisslehre betreffend.

Zuerst müssen wir uns des Widerspruchs erinnern, welcher dem Ich zu Grunde liegt. Die Ichheit ist gar nicht denkbar ohne die Nothwendigkeit, sich selber als Substanz, d. h. als ein von allen Beziehungen unabhängiges Sein zu setzen, und doch ist das wirkliche Ich nur in Beziehungen, nämlich im Selbstbewusstsein, welches selbst durch andere Beziehungen bedingt ist, möglich; weshalb die Gesetze des Erkennens uns als für unser Ich fremde Bestimmungen erscheinen müssen, welcher Widerspruch es uns auch allein möglich macht, diese Gesetze zum Gegenstande der Betrachtung und des wahrhaft freien, weil über den Gesetzen stehenden Denkens zu machen. Hier muss unsere Forschung dennoch auf dem Boden der Immanenz sich halten; denn die Auffassung des Gegebenen, seine Verarbeitung zur Erkenntniss kann nur jenen Gesetzen gemäss zuwege gebracht werden, weil es keine andere gibt und geben kann, und eine gesetzlose, d. h. durch keine immanente Formen bestimmte Thätigkeit ganz undenkbar ist. Die Gesetze des Denkens und Erkennens sind aber die Grundbegriffe. Wie in der concreten Thätigkeit das

Gesetz die Einheit in der Manifestation des Subjects ausdrückt, so bedeutet in der erkennenden der Begriff die Einheit der Handlung, wodurch ein mannigfaltiger Stoff zum
Bewußtsein gebracht, von demselben so zu sagen assimilirt
wird. Man möchte zwar sagen, rer Begriff sei eine ideell-
intensive Größe, insofern das Wesen des Begriffs darin
besteht, daß in seiner Einheit eine Vielheit von Bestimmungen dergestalt aufgehoben ist, daß sie als Vielheit unmittelbar nicht dargestellt werden kann. So z. B. in dem
Begriffe des Triangels sind gewiß drei Seiten und drei
Winkel enthalten, doch kann man diese Vielheit als solche
nicht unmittelbar im Begriffe, sondern nur in Urtheilen,
wo der Begriff in seiner Totalität das Subject bildet und
die darzustellende Vielheit der Bestimmungen sich in den
Prädicaten auseinanderlegt, auffassen. Es gibt aber auch
Begriffe, die keine innere Mannigfaltigkeit enthalten, folglich
kann jene obige Definition eigentlich nicht für die allgemeine
des Begriffs gelten. Allgemein gilt nur, daß jeder Begriff
eine besondere Art und Weise des Begreifens ist, d. h.
des Aufnehmens in die Einheit des Bewußtseins. Selbst
der empirisch erworbene Begriff wird zu einer Regel des
Auffassens, wodurch dasselbe in seiner Function bestimmt
wird, und eben darin besteht die ganze Rolle und Bedeutung
des Begriffs im Haushalte des Erkennens. Je allgemeiner
nun ein Begriff ist, desto durchgreifender seine Bedeutung
für das Erkennen, die allerallgemeinsten Begriffe sind die
eigentliche Basis desselben, ohne sie kann es keinen einzigen
Schritt vorwärts thun. Diese allgemeinsten Begriffe sind
nun nicht mehr durch Abstraction gewonnen, sondern sind
dem Subjecte ganz ursprünglich eingepflanzte Auffassungsweisen, die alles Erkennen, alles Zurückführen zur Einheit
des Bewußtseins erst möglich machen. Denn ist nicht das

Geschäft der Abstraction aus dem gegebenen Stoffe die Form der Allgemeinheit in empirischen Begriffen auszuscheiden? Die Möglichkeit der Abstraction setzt also offenbar als ihre unentbehrliche Bedingung eine ursprüngliche Nothwendigkeit, Form und Stoff von einander zu unterscheiden, voraus; welche Nothwendigkeit aber, wie wir schon gesehen haben, eine Mehrheit von Bestimmungen, von apriorischen Grundbegriffen in sich befaßt und das Erkennen überhaupt erzeugt.

Es gibt noch zwei allgemeine Vorstellungen, die aber zu den Begriffen nicht gerechnet werden können, weil ihr Inhalt das absolute Außereinander, die absolute Gegensätzlichkeit selbst darstellt, da sie Formen des absoluten Außereinander sind, — nämlich die Zeit und der Raum. Kant hat für sie das Wort Anschauung gebraucht, welches ich ebenfalls beibehalten werde. Ich will nun noch einmal auf den großen Unterschied in der Bedeutung dieser beiden Formen für das Erkennen aufmerksam machen. Die Zeit ist eine ganz ursprüngliche Anschauungsweise, aus der wir uns nirgends anders als in die Leere der Transcendenz flüchten können; denn sie ist die Form des Gegebenen, des Werdens, und alles, was erkannt werden soll, muß ja gegeben, also in dieser Rücksicht wenigstens in der Zeit vorgestellt werden. Der Raum dagegen wird von uns construirt; er ist nur die Realisirung des Begriffs des absoluten Außereinander in dessen Anwendung auf das Gegebene. Ueberhaupt kein Sein kann uns gegeben werden und am wenigsten ein Außereinandersein; es ist unbegreiflich, wie sich bis jetzt noch philosophirende Leute finden, die da meinen, sie könnten alle Theile einer ausgedehnten Fläche — und sei sie noch so klein — zugleich wahrnehmen. Wird man denn niemals einsehen wollen, daß die Wahrnehmung in uns ist, daß wir dagegen als ein Ausgedehntes, oder im Raume

alles das vorstellen, was außer uns liegt? daß wir eben=
sowenig mit unserer Wahrnehmung aus uns selber heraus=
gehen und die räumlichen Gegenstände an ihrem Ort und
Stelle unmittelbar erfassen können, als umgekehrt diese
räumlichen Gegenstände in unsere Wahrnehmung verpflanzen,
weil dieselben alsbann aufhören würden, äußere und räum
liche Objecte zu sein?*) — Nun wissen wir, daß alle
Thätigkeit eine absolute Gegensätzlichkeit in ihrem Ob=
jecte forbert und daß das Erkennen außerdem zwei ver=
schiedene Seiten hat, die ideelle die eigentlich vorstellende
und die reelle, insofern das Erkennen selbst ein reeller
Act des thätigen Subjects ist. Das Gegebene, das Werden
bietet uns in der That in seinem Verlaufe, in seinem Nach=
einander eine absolute Gegensätzlichkeit dar, die für das
Erkennen nach seinen beiden Seiten hin zur Basis seiner
Operationen dient: das Erkennen stellt nicht nur zeitliche
Verhältnisse vor, sondern ist selbst auch wie alle Thätigkeit
nur in der Zeit möglich. Was aber die ideelle Seite des
Erkennens betrifft, so kann sie, wie schon erörtert, sich mit
dem Zeitlichen allein nicht begnügen; die in der Zeit an=
gebotene Gegensätzlichkeit ist ja doch nur eine fließende, sich
stets aufhebende, an der man keinen festen Halt findet; wir
wissen auch, daß es eine ursprüngliche Nothwendigkeit gibt,
alles Werden für den Ausbruck von Beziehungen anzusehen,

---

*) Gesetzt auch ein Punkt der wahrgenommenen ausgedehnten
Fläche fiele wirklich in unsere Wahrnehmung selbst, so würden doch
alle die übrigen Punkte der Fläche außer der Wahrnehmung
fallen, weil sie ja alle überhaupt außer einander sind. — Oder
sollen wir vielleicht unserer Wahrnehmung selbst räumliche Ausdehnung
beilegen? Dann hätte man sie aber mit der Elle ausmessen und ihre
räumliche Gestalt bestimmen können, was jedoch bis jetzt noch niemand
versuchen wollte.

und folglich daraus den festen absoluten Gegensatz der Substanzen herauszuheben. Demnach wird auf die schon er-
örterte Weise aller fremde Stoff von uns nach außen im
Raume projicirt. Wenn in diesem Projiciren eine genügende
Fertigkeit erlangt ist, dann kommt uns das räumliche Außereinander selbst in der Art eines Gegebenen vor und kann
ebenfalls zur Basis des Vorstellens dienen, wiewohl die
eigentliche Basis immer nur in dem zeitlichen Außereinander
(dem Nacheinander) liegt. — Die Seite des Vorstellens
nun, die der absoluten Gegensätzlichkeit zugekehrt ist, ist die
Seite der Anschauung; Anschauung ist eine Vorstellung,
insofern sie sich auf einzelne Dinge in ihren actuellen Bestimmungen, in ihrer Gegensätzlichkeit bezieht. Die der Einheit des Bewußtseins zugekehrte Seite des Vorstellens ist
dagegen die Seite der Begriffe, die Seite der Allgemeinheit, der potentiellen Bestimmungen des Erkennens.

Doch wäre es nicht überflüssig den ganzen ursprünglichen Vorgang des Erkennens sich wieder einmal zu vergegenwärtigen. Man behalte es also stets im Gedächtniß,
daß alle Gegensätzlichkeit nur in der Form des Nacheinander
oder in der Zeit gegeben werden kann, und überlege dabei,
was für Bedingungen des Auffassens nöthig sind, um eine
solche Gegensätzlichkeit zur Einheit des Bewußtseins zu
bringen. Im Nacheinander steht nichts fest, alles Gesetzte
wird wieder aufgehoben, es entschlüpft unaufhörlich; vor
Allem muß also der Stoff aus diesem Fluge herausgenommen
und irgend wie befestigt werden, sonst würde das Bewußtsein dem Fasse der Danaiden gleichen, das bei allem Gießen
und Füllen immer leer blieb. Dies geschieht nun zuerst
mittelst der Reproduction. Wir haben das Vermögen
den einmal in die Vorstellung aufgenommenen Inhalt zu
reproduciren und denselben uns so gegenwärtig zu erhalten,

wenngleich unsere Empfindung schon von einem ganz anderen Inhalt erfüllt ist. Die Reproduction für sich allein ist aber gar nicht denkbar, sie stellt nur die reelle Seite des erkennenden Actes dar, die Hauptseite dieses Actes ist die ideelle, das Begreifen, die Aufnahme in die Einheit des Bewußtseins. „Ohne Bewußtsein", sagt Kant, „daß das wir denken eben dasselbe sei was wir einen Augenblick zuvor dachten, würde alle Reproduction in der Reihe der Vorstellungen vergeblich sein." In der That ist die Reproduction denkbar und möglich nur bei dem ausdrücklichen Bewußtsein der Identität des reproducirten Inhalts mit dem aufgenommenen; dadurch wird aber die Rolle des Begreifens nicht erschöpft, die Hauptsache ist der Antheil, das Geschäft des Begriffs, welches darin besteht, daß der Begriff dem gegebenen Inhalte eine Bedeutung verleiht, die ihm in seinem bloßen Gegebensein gar nicht zukommen konnte, wie wenn er z. B. diesen Inhalt als einen Ausdruck und ein Product von Beziehungen auffaßt. Erst dadurch wird der Inhalt in die Einheit des Bewußtseins wirklich aufgenommen und von demselben wirklich beherrscht; durch eine solche innere Bestimmung (den Begriff) allein bewährt und erhält sich die Identität der erkennenden Handlung bei aller Mannigfaltigkeit des Inhalts. Aber eben durch diesen Begriff wird auch wie wir wissen der Inhalt auf die Objecte bezogen, weil nämlich als eine Manifestation derselben aufgefaßt; es ist also ein einziger Act des Erkennens, wodurch die Mannigfaltigkeit des Gegebenen einerseits aufgenommen und reproducirt, andrerseits aber zur Einheit des Bewußtseins gebracht und auf die Objecte bezogen wird. — Dieses letztere, das Beziehen auf die Objecte hat zwei Momente, ein begriffliches und ein anschauliches, die sich gegenseitig bedingen. Die Menge der reproducirten Vorstellungen soll

im Bewußtsein zugleich sein und doch dieses Zugleichsein auf
der Vorstellung der Succession (woraus die einzelnen Vorstellungen herausgenommen wurden), als der einzigen im
Ich anzutreffenden absoluten Gegensätzlichkeit, beruhen. Damit ich die Succession mehrerer aufeinanderfolgenden Zustände erkennen könne, müssen offenbar die Vorstellungen von
diesen Zuständen in meinem Bewußtsein zugleich sein; alles
Zugleichsein — dasjenige der Vielheit, welche in der Einheit der intensiven Größe an sich enthalten ist, ausgenommen — kann aber allein auf dem Gegensatze der Substanzen
beruhen. Das Vorstellen des Nacheinander setzt außerdem
selbst die Vorstellung des Zugleichseins voraus; ein Nacheinander wäre ohne das Zugleichsein ebensowenig denkbar,
wie eine Beziehung ohne Dinge, die dem Bestehen nach
außerhalb aller Beziehungen zu setzen sind; der Begriff des
Nacheinander ist ebenso mit der Nothwendigkeit seiner eignen
Negation behaftet, wie derjenige der Beziehungen selbst.
Durch diese Negationen nun wird der absolute Gegensatz
der Substanzen und überhaupt das Zugleichsein und in's
Besondere das räumliche Außereinander gewonnen, welche
allein dem Vorstellen (der Anschauung) zur effectiven Basis
dienen können. Alles was in der ideell-intensiven Größe,
in der Einheit des erkennenden Subjects zusammen und zugleich ist, kann zum Gegenstande der transcendentalen Betrachtung nur so gemacht werden, daß es nacheinander auftritt, mithin von einander gesondert in's Bewußtsein aufgenommen wird, worin also seine Zusammengehörigkeit unvermeidlich manchmal in circulis vitiosis, weil in einem gegenseitigen Bedingen und Voraussetzen sich darstellen muß. *)

Ich werde bei dieser niederen Stufe des Bewußtseins,

_____

*) Am Schlusse des vorigen Kapitels habe ich bemerkt, daß der
Anfang des erkennenden Subjects (des intellectuellen Lebens) ein

wo das Ich sich selber nur als Object erkennt, nicht länger
verweilen, weil diese der Beobachtung nicht unmittelbar zugänglich ist, sondern nur mittelst Schlüssen aus den allgemeinen Bedingungen des Erkennens, und werde zu der höheren
übergehen, wo das Subject selbst zum Gegenstande des Erkennens gemacht wird, wo sich also das Ich in seiner Subjectivität und seiner Objectivität zugleich, mit einem Wort,
in seiner vollen Ichheit erfaßt. Die erste Frage ist hier:
wie ist dieser Uebergang von der niederen Stufe des Bewußtseins zu der höheren, diese Rückkehr des Subjects auf sich
selber, wodurch es selbst zum Objecte (der Betrachtung)
gemacht wird, zu denken? Allem dem, was in die Sphäre
des Erkennens eines Ich fällt, steht als dem Besonderen
das erkennende Subject als das Allgemeine gegenüber; wie
ist es nun möglich, daß dieses Allgemeine selbst zum Objecte, also zu einem Besonderen herabgesetzt wäre? Antwort:
seine Allgemeinheit ist mit einem inneren Widerspruche behaftet; denn das allgemeine Subject ist mit einem von
den ihm gegenüberstehenden besonderen Objecten, namentlich dem Ich=Objecte identisch. Das ist aber nicht die
ganze Antwort; denn das Bewußtsein der Identität von
Subject und Object reicht nicht hin, um die Subjectivität
in ihrer Eigenthümlichkeit aufzufassen, es muß noch das
Bewußtsein von dem Gegensatze beider hinzukommen; erst
dann wird die Vorstellung des Ich in ihrer Totalität con=

---

absoluter ist, und daher unbegreiflich. An diesem Anfange setzen
sich das Anschauliche (die Vorstellung des Zeitlichen, des Successiven, des Geschehens) und das Begriffliche (der Begriff der Beziehungen) das Aposteriorische und das Apriorische so sehr gegenseitig voraus, daß dieses ihr Verhältniß nur durch den gemeinsamen
Ursprung aus dem Alles enthaltenden Schooße des Absoluten freilich
nicht erklärt, aber doch denkbar gemacht wird.

stituirt. Ob wir nun schon im I. Kapitel gesehen haben, daß die Begriffe der Identität und des Gegensatzes sich nothwendig gegenseitig voraussetzen und sozusagen impliciren, so daß in dem Bewußtsein der Identität dasjenige des Gegensatzes gewissermaßen schon potentiell enthalten sein muß, so kann es doch zur Actualität, zur ausdrücklichen Hervorhebung ohne weitere Beihülfe nicht gelangen. Im Ich kann sich der Gegensatz dem Bewußtsein nicht von selbst aufbringen, er liegt nicht im Centro des Ich, sondern bildet vielmehr gleichsam das Skelett desselben; es muß also Etwas im Gegebenen selbst angetroffen werden, was den Gedanken auf Vorstellungen vom Subject richtet. Hier kommt zwar die Natur des Erkennens selbst dem Ich zu Statten, nämlich die Nothwendigkeit, alles Geschehen als Manifestation von Subjecten anzunehmen; aber nicht alles und jedes Geschehen wird eine solche Richtung des Erkennens zum Vorstellen eines vorstellenden Subjects bestimmen können. Denn keine Manifestation trifft das Ich unmittelbar, sondern nur per Reflexion von der Materie, die das einzige unmittelbare Object aller causalen Beziehungen ist. In dem Wirken der Natur überhaupt kommt das ideelle Moment und das Moment der Einheit nur bei Auffassungen von großem Umfang zum Vorschein, in den Aeußerungen der lebendigen Wesen dagegen scheint es überall und in kleinen Wirkungssphären durch; der nahe Zusammenhang aller actuellen Bestimmungen in der Manifestation solcher Wesen richtet den Gedanken nach der Vorstellung eines Zwecks als ihres gemeinsamen Beziehungspunkts, und folglich nach der Vorstellung eines, Zwecke vorstellenden und ausführenden Subjects. — Wie das Erkennen von sich als Object durch das Erkennen anderer Objecte bedingt und vermittelt wird, so auch das Erkennen von sich als Subject durch das Erkennen anderer Subjecte; erst in der Reihe der anderen Subjecte kann die Besonderheit des eignen Subjects zum Bewußtsein kommen. Und zwar wird das Subject zuerst gerade in dieser seiner Besonderheit, im Gegensatze gegen die anderen Subjecte erfaßt; denn es wird das vorstellende und handelnde Subject nicht abgesondert von der näheren Bestimmtheit des jedesmaligen Handelns und Vorstellens erkannt. Das ausdrückliche Bewußtsein der Allgemeinheit des Subjects bezeichnet eine noch höhere Stufe der intellectuellen Entwicklung, doch dazu bedarf es keiner neuen Rückkehr des Subjects auf sich selbst, wiewohl dieser Rückkehr auch nichts im Wege steht. Wenn das Subject gerade in seiner Subjectivität, rein abgesondert von allen actuellen Bestimmungen und allem Inhalte des Denkens, zum Gegenstande der Betrachtung gemacht wird, dann werden in dieser Selbstauffassung Subject und Object offenbar vollkommen identisch und nur durch die von jedem im Gegensatze eingenommene Stelle von einander unterschieden; — dadurch wird aber das Ich nicht, wie Herbart es meinte, in eine unendliche Reihe aufgelöst, ohne sich je erfassen und fixiren zu können, sondern es entsteht nur das Bewußtsein von der Möglichkeit einer solchen Reihe, das Bewußtsein nämlich, daß ich auf meine Selbstauffassung reflectiren kann, und auf diese Reflexion wieder reflectiren, und auf diese letztere Reflexion wieder reflectiren, und sofort in's Unendliche, — durch welches Bewußtsein das Ich im Gegentheil diese unendliche Reihe selbst beherrscht und in sich trägt. Dieses Bewußtsein verleiht ihm eine, wenn man so sagen darf, unendliche Agilität im Selbstauffassen, kraft deren es frei über sich selber zu schweben im Stande ist, ja, sogar sich selber zu verneinen, die Unwahrheit seiner eignen Grundbestimmungen zu erkennen und doch ohne sich deßhalb verlieren zu können.

Hier müssen einige erläuternde Worte beigefügt werden. Es war gesagt: Subject und Object des Erkennens seien nicht nur einander nothwendig entgegengesetzt, sondern müssen auch nothwendig von einander v'erschieden sein; hier aber im höheren Selbsterkennen stellen sie sich als vollkommen iden= tisch dar. Wie ist also dieses höhere Selbsterkennen möglich? Ohne Voraussetzungen, als ein ursprüngliches Verhältniß von Subject und Object würde es freilich nicht möglich sein; wären Subject und Object des Selbsterkennens von vorn= herein vollkommen identisch, dann würde das Selbsterkennen unbenkbar, das Ich würde sich in dem Setzen selbst zugleich wieder aufheben, wie Herbart im §. 27 seiner „Psychologie als Wissenschaft" (Werke, Band V, S. 274 u. w.) gründ= lich dargethan hat. Als Object gegeben werden kann uns aber unser Subject nie abgesondert von den actuellen Bestim= mungen und dem Inhalte seines Denkens und Erkennens, welche den Unterschied von Subject und Object in dieser Selbstauffassung begründen; nur indem wir von diesen actuellen Bestimmungen und dem Inhalte abstrahiren, gewinnen wir die Vorstellung von unserem Subject in seiner reinen Subjectivität. Die Möglichkeit dieser Abstraction be= ruht aber offenbar auf dem Bewußtsein von der Unwesent= lichkeit des Inhalts für das Subject, welchem an sich be= trachtet derselbe fremd ist; sie setzt also immer den Unter= schied voraus, ohne den kein Erkennen zu Stande kommt; alles Selbstbewußtsein ist ganz gewiß ebenso wesentlich ein inneres sich=Unterscheiden, wie sich=als=Eins=Setzen. In der That wird durch die Abstraction der Inhalt aus dem Subjecte nicht wirklich herausgedrängt, denn er ist und bleibt die nothwendige Bedingung der Abstrac= tion selbst, sondern es wird nur auf Grund des im Ich liegenden Widerspruchs die Möglichkeit einer *Unter-*

scheidung dessen, was in Einem gegeben ist, eröffnet.
Mittelst dieser Unterscheidung taucht das Bewusstsein
der Subjectivität im ausdrücklichen Gegensatze gegen
alle ihr fremde Bestimmungen auf, als das Resultat
einer vorhergegangenen Entwicklung, während deren
das Subject selbst im Gegensatze befangen war, und
deren Phasen die nothwendige Voraussetzung dieser
höchsten Stufe seines Bewusstseins bilden. Das höhere
transcendentale Bewusstsein bewährt seine volle innere
Identität (von Subject und Object) nur dadurch, dass
es allen Stoff des Erkennens verliert, dass es das Bewusstsein von der Unwahrheit alles objectiven Erkennens
ist; so bleibt der Stoff an der Schwelle des transcendentalen Bewusstseins liegen, die Durchsichtigkeit desselben nicht trübend und doch zugleich das Moment
des Unterschiedes vertretend, da der allgemeine Begriff
des Stoffs überhaupt in das transcendentale Bewusstsein
aufgenommen wird, welches Bewusstsein daher nimmermehr als ein ursprüngliches gedacht werden kann.

Hier ist auch der Ort, die Frage zu beantworten,
die jemand vielleicht aufzuwerfen sich getrieben fühlen
möchte: was für ein Recht habe ich denn mein Werk
mit dem Wort *Wahrheit* zu betiteln, während ich allem
objectiven Wissen die absolute Wahrheit *abspreche?* —
Auf diese Frage erinnere ich, dass ich das Vorhandensein und die Qualität des Gegebenen bloss *als solchen*
nie geleugnet, noch bezweifelt habe. Das Gegebene,
das Erkennbare überhaupt, nämlich der *Stoff* selbst
und die allgemeinen *Formen* seiner Auffassung, die Gesetze des Erkennens, sind ein für allemal in Einem da;
in dem blossen Gegebensein ist Erkennendes und Erkanntes von einander nicht unterschieden, daher kann

die Qualität des Gegebenen, des Erkennbaren überhaupt als solchen, keinem Zweifel unterliegen; sie *ist* gewiss, *was* sie erscheint, denn ihr ganzes Wesen geht eben im Erscheinen auf. Die Grundform dieser Qualität ist aber der innere Widerspruch, welcher das Erkennbare auseinander treibt, es in Gegensätze spaltet; was wir nun von diesem (dem Widerspruche) herübernehmen ist allein die Macht der blossen Negation, in welcher (Negation) aller Inhalt, mithin alle in demselben mitbegriffenen Verhältnisse, — das der Wahrheit, der Uebereinstimmung der Vorstellung mit ihrem Object (insofern beide mitten im Gegensatze stehen) unter anderen, — untergehen. Das transcendentale Bewusstsein dagegen hat deshalb *absolute Wahrheit*, weil sein Object das Gegebene bloss als solches ist, ich möchte sagen die absolute Seite des Gegebenen, des Erkennbaren, des Scheins, wofern nämlich der Schein selbst etwas Wirkliches und schlechterdings nicht Aufzuhebendes ist. Das transcendentale Bewusstsein hat deshalb *absolute Wahrheit*, weil es mit seinem Objecte eins und identisch ist und den Gegensatz und den Widerspruch nur zu seiner Voraussetzung, nicht zu seiner eignen grundwesentlichen Form hat. Denn die blosse Entgegensetzung von Subject und Object des Selbstbewusstseins, die durch keinen unter beiden statt findenden Unterschied befestigt ist, reicht nicht hin, um den Widerspruch zu constituiren; es bleibt stets dem transcendentalen Bewusstsein die unendliche Möglichkeit offen, das Subject immer wieder zum Objecte zu machen, worin eben seine Freiheit von dem Widerspruche sich offenbart. — Da es aber den innern Widerspruch in seinem Objecte erkennt, so strebt es die

Identität mit diesem Objecte vielmehr aufzuheben, so ist es (das transcendentale Bewusstsein) *das sich-von-sich-Losreissen* des sich selber aufhebenden Realen, welches dieses sich-Aufheben nicht vollziehen kann.

Wenn einmal das Subject sich selber zum Objecte seines Bewußtseins gemacht hat, so denkt und erkennt es nicht nur, sondern ist auch seines Denkens und Erkennens sich bewußt; — der einfachste Ausdruck dieses Bewußtseins ist nun das Urtheil. Ein Urtheil ist die Aussage eines Verhältnisses, welches unter zwei Begriffen, oder überhaupt zwei Vorstellungen statt findet; es müssen also diese im Bewußtsein zugleich gegenwärtig sein, und zwar nicht als Acte, sondern als Gegenstände desselben; sie müssen also ein organisches Außereinander bilden, ohne daß dieses Außereinander in der absoluten Gegensätzlichkeit des Gegebenen (wie bei unmittelbarer Auffassung desselben) seine Grundlage haben könnte; das organische Außereinander bedarf aber schlechterdings einer solchen Grundlage, die ihm daher in Worten oder irgend welchen anderen Zeichen gegeben werden muß.

Ich will auf eine wichtige Verwechselung, die in der kantischen Lehre begangen war, aufmerksam machen. Kant unterschied nicht diese zwei ganz disparaten Verhältnisse: Begriffe haben, damit operiren, und sich ihrer und überhaupt seiner Operationen bewußt sein; der Verstand sollte nach ihm bloß discursiv sein, die Sinnlichkeit dagegen allein intuitiv. Wenn man aber die Sache unbefangen betrachtet, so kann unter Sinnlichkeit nichts anderes verstanden werden, als die Empfindungen (die Receptivität), in denen gar keine Anschauung liegt; diese kommt erst mittelst der durch Begriffe bestimmten Spontaneität des Vorstellens zu Stande. Es bedarf auch dazu keiner Schemata, wie

sie Kant erfunden hat, wohl aber der allgemeinen Vor=
stellung einer absoluten Gegensätzlichkeit, welche uns auch
in der Zeit gegeben ist. — Kant aber sagt: „von den
Begriffen kann der Verstand keinen andern Gebrauch machen,
als daß er dadurch urtheilt". — Wenn ich einen Gegenstand
sehe, so kann gewiß dieses Sehen auch nicht ohne Antheil
von Begriffen geschehen. Denn, alle anderen Betrachtungen
bei Seite gesetzt, würde ich ohne die allgemeinen Begriffe
zu haben, unter denen sowohl der ganze Gegenstand selbst,
als alle seine Merkmale ins Besondere, zu subsumiren sind,
gar nicht einmal wissen, was ich sehe; — doch wird diese
Subsumption in Urtheilen nur dann formulirt, wenn
ich mich ihrer mit ausdrücklichem Bewußtsein annehme,
d. h. wenn ich sie selbst zum Gegenstande des Bewußtseins
habe.

Die Verhältnisse der Begriffe untereinander haben ein
ganz anderes Aussehen, wenn dieselben an der Spitze oder
im Centro des Bewußtseins, als Gesetze oder Formen seiner
Spontaneität sich befinden, als wenn sie an die Peripherie
als Objecte desselben versetzt werden; ebenso ist der Actus
des Erkennens etwas von seinen Producten, die sich dem
Bewußtsein zuerst darbieten, Unterschiedenes. Diese Unter=
scheidung ist nöthig bei der Frage: wie sind synthetische Ur=
theile oder Sätze a priori, wie ist ein apriorisches Fort=
schreiten des Erkennens zu denken? — Das oberste Prin=
cip dieser Sätze ist der allgemeine Begriff der Be=
ziehungen, welcher besagt: nothwendigen Zusammenhang
im absoluten Gegensatze. Jeder synthetische Satz a priori
stellt uns zwei zusammenhängende Begriffe dar, die aber
durch den Gegensatz an der Verschmelzung in einem Begriffe
verhindert werden, er stellt also mit anderen Worten eine
Beziehung von Begriffen dar. Die ganze Vielheit der

apriorischen Begriffe ist in der Einheit des erkennenden Subjects, als dessen immanente Bestimmung intensiv enthalten; da ist diese ganze Vielheit zusammen und zugleich, und von einem Urtheilen und Fortschreiten kann dabei natürlich keine Rede sein. Wenn aber diese innere Vielheit entäußert, zum Objecte der Betrachtung gemacht werden soll, so muß sie in ein organisches Außereinander in der Form von Urtheilen und Schlüssen gebracht werden, was nur successiv geschehen kann; weil dem organischen Außereinander eine absolute Gegensätzlichkeit zu Grunde liegen muß. Jedes Urtheil a priori drückt eine Beziehung zweier Begriffe aus, die aber auch nicht zugleich, sondern nur successiv in das Bewußtsein aufgenommen werden können; hier sind nun zwei Fälle möglich: 1) entweder ist die Ordnung dieser Succession gleichgültig, so daß es gleich möglich, den einen oder den anderen Begriff voranzustellen, oder 2) in der Beziehung der Begriffe ist auch die Ordnung ihrer Succession im Bewußtsein bestimmt. Zum Beispiel der ersten Art kann der Satz dienen: im Triangel ist das Verhältniß der Seiten maaßgebend für das Verhältniß der Winkel und umgekehrt; — oder auch die im I. Kapitel schon angeführten Beziehungen zwischen den Begriffen der Einheit und Vielheit, der Identität und des Gegensatzes. Zum Beispiel der zweiten Art citire ich den schon mehrmals uns begegnenden Satz: Beziehungen setzen Dinge voraus, die dem Sein nach außerhalb aller Beziehungen, d. h. als Substanzen gedacht werden müssen; — hier gehört offenbar dem Begriffe der Beziehungen die Priorität vor dem Begriffe der Substanz, weil dieser letztere nur die Negation des ersteren bedeutet und folglich wie alle Negation der Affirmation nachstehen muß. Diese zweite Art der Beziehungen der Begriffe ist diejenige von Grund und Folge; der Grund setzt zwar ebensosehr die Folge voraus, wie die Folge den Grund, sonst würde er kein wahrer Grund sein; dennoch muß er vorangestellt werden, weil das Bewußtsein nur durch ihn hindurch zur Folge gelangen kann.

Eine andere Art des Verhältnisses und des Fortschreitens vom Grunde zur Folge ist die vom Allgemeinen zum Besonderen, welches Verhältniß aber nicht mehr in einem einzelnen Urtheil, sondern nur in einem Schlusse, wo der Zusammenhang mittelst einer Substitution oder Subsumption nachgewiesen wird, dargestellt werden kann. So z. B. der Beweis des pythagoräischen Lehrsatzes, die Ableitung desselben aus dem oben angeführten allgemeinen Gesetze des gegenseitigen Bestimmens zwischen Seiten und Winkeln; es ist eine Nachweisung davon, in welcher Form eine allgemeine Beziehung unter bestimmten besonderen Bedingungen erscheinen soll. Dabei wird offenbar in den Beziehungen des Allgemeinen und des Besonderen in der Sphäre der apriorischen Begriffe das Allgemeine stets die Voraussetzung, der Grund, und muß im Bewußtsein vorhergehen; das Besondere dagegen die Folge, die ohne den allgemeinen Begriff nicht denkbar ist, weil sie nur eine nähere Bestimmung desselben angibt oder ausdrückt; — wiewohl im Subjecte selbst Grund und Folge, Allgemeines und Besonderes zugleich sind, was schon daraus ersichtlich wird, daß der Zusammenhang von Grund und Folge ein nothwendiger ist, mithin für beide gleich wesentlich.

Was ich hier besonders erwägen will, das sind die den Raum betreffenden geometrischen synthetischen Sätze a priori. Das Object der Geometrie ist — der Zusammenhang der Raumbestimmungen: der Raum ist aber nichts als die Realisation des Begriffs des absoluten Außereinander, wie kann also in ihm sich noch ein Zusammenhang finden?

In dem Begriffe des absoluten Außereinander selbst (seiner Bedeutung, seiner ideellen Seite nach) findet sich gewiß von einem Zusammenhang keine Spur; aus diesem Begriff kann man auch keinen einzigen geometrischen Lehrsatz ableiten, ausgenommen etwa den, daß der Raum eine unendliche Menge von Richtungen enthalten soll, was wirklich als zum Wesen des (absoluten) Außereinander gehörend angesehen werden muß. Daß aber der Raum drei Dimensionen habe, ist schon aus dem Begriffe des absoluten Außereinander gar nicht einzusehen oder abzuleiten; dieses beurkundet vielmehr ein Moment der Einheit im Raume, welches dem absoluten Außereinander nicht nur fremd, sondern auch widersprechend ist. Doch müssen wir uns nicht wundern, ein solches Moment der Einheit im Raume anzutreffen; denn die Vorstellung des Raumes ist (ihrer reellen Seite nach) ein Erzeugniß, ein Product der Thätigkeit des einheitlichen Subjects. Für uns ist genug einzusehen, daß dieses Moment der Einheit das eine Princip aller synthetischen Sätze a priori in der Geometrie ausmacht, deren anderes Princip die absolute Gegensätzlichkeit des Raumes (die ideelle Seite seiner Vorstellung) ist. Daß die absolute Gegensätzlichkeit, oder wie er es nannte, die reine Anschauung, die nothwendige Grundlage aller solchen Sätze ist, hat Kant ganz richtig erkannt und hervorgehoben, hat aber darin mächtig gefehlt, daß er diese Anschauung aus der Thätigkeit des erkennenden Subjects ganz ausgeschlossen und der Sinnlichkeit, der Receptivität angehängt hat, wodurch das begriffliche, einheitliche Moment der Allgemeinheit und des nothwendigen Zusammenhangs vollkommen unbegreiflich gemacht wird. Selbst die Zeit, welche die Form des Gegebenen, mithin auch der Receptivität ausmacht, ist doch zugleich ebenso sehr auch der Spontaneität eigen; sie ist gleich gültig für das

Erkennende wie für das Erkannte und ihr wohnt auch das Moment der Einheit bei, welches in dem allgemeinen Begriffe desselben und in den apriorischen Gesetzen der Bewegungen seinen Ausdruck findet.

Beziehungen von Begriffen sind möglich entweder dann, wenn die Begriffe selbst im contradictorischen, in dem logisch-absoluten Gegensatze stehen, — und dies sind die *logischen Beziehungen* derselben, oder wenn den Begriffen eine absolute Gegensätzlichkeit zu Grunde liegt, — dies sind die *geometrischen* und die *mechanischen* Sätze. Wäre kein Gegensatz da, so würden die zusammenhängenden Begriffe in Eins verschmelzen müssen; anstatt eines Urtheils würden wir also bloss einen einzigen Begriff haben. Wäre aber kein Zusammenhang da, so würde das Urtheil gänzlich zerfallen müssen und anstatt desselben würden wir bloss zwei Begriffe haben; nur auf dem Conflicte und zugleich dem Zusammenwirken der Einheit und des Gegensatzes, nur auf dem Widerspruche können synthetische Sätze a priori beruhen. *)

---

*) Dies wird besonders deutlich bei der Betrachtung der *arithmetischen* Sätze. *Kant* hat zuerst bemerkt, dass arithmetische Sätze synthetische Sätze a priori sind; seitdem sollte dies eigentlich nie verkannt werden dürfen. Alle analytischen Urtheile sind unter einander vollkommen identisch und anstatt jedes von ihnen kann die allgemeine Formel der analytischen Sätze, $A = A$ substituirt werden; wer möchte nun aber behaupten, dass $A = A$ genau dasselbe Verhältniss ausdrücke als z. B. $7 + 5 = 12$? $12 = 12$ und $7 + 5 = 7 + 5$ sind analytische Sätze und bezeichnen genau dasselbe wie $A = A$; aber nicht $7 + 5 = 12$. Denn dieser stellt zwar die *Gleichheit* der Summe, aber bei einem *verschiedenen* Ausdrucke derselben dar, deshalb ist er synthetisch. Worauf gründet sich nun die Möglichkeit

Allen synthetischen Urtheilen ohne Unterschied, aller Vielheit der Vorstellungen überhaupt muß eine absolute

---

dieser Verschiedenheit des Ausdrucks, welche zugleich die Möglichkeit von synthetischen Sätzen in der Arithmetik ist? — Offenbar darauf, dass alle in einer Zahl überhaupt zusammengefassten Einheiten *selbstständige* Einheiten sind, die zueinander hinzugethan, oder von einander getrennt werden können, ohne dadurch im mindesten afficirt zu sein; also darauf, dass die in der Zahl überhaupt ausgedrückte Vielheit eine *absolute Vielheit* ist. Wäre z. B. die 7 nicht denkbar ohne die 5 und die 5 ohne die 7, sondern beide nur zusammen, wären die in diesen Zahlen enthaltenen Einheiten nicht denkbar abgesondert von einander, dann würde der Satz 7 + 5 = 12 ein analytischer sein, er würde aber alsdann diesen Ausdruck auch nicht haben können. Wären in der 12 die Einheiten nicht denkbar unabhängig von einander, so würde sie überhaupt nicht als Zahl und nicht einmal als Vielheit vorzustellen sein; das ausdrückliche Bewusstsein der Vielheit als solcher kann nur eine absolute Vielheit ausmachen, und alle Vielheit, die wir als Vielheit erfassen wollen, müssen wir als absolute Vielheit erfassen und in einer Zahl ausdrücken. Denn die Entgegensetzung von Einheit und Vielheit ist die nothwendige Bedingung eines für die Quantität überhaupt offenen Sinnes. Die intensive Grösse und das organische Aussereinander, in denen die Vielheit mit der Einheit *nicht* im absoluten Gegensatze steht, lassen sich zwar in abstracto denken, aber nur unter der Bedingung, dass das Bewusstsein der Quantität durch eine absolute Vielheit schon erweckt sei, welche letztere allein sich als Vielheit bestimmt auffassen und vorstellen lässt.

Der allgemeine Ausdruck einer absoluten Vielheit ist *die Zahl;* bei der also von allen unter den gezählten Dingen bestehenden *Verhältnissen* und *Unterschieden* abstrahirt wird. Diese Abstraction, die die Selbstständigkeit der in der Zahl zusammengefassten Einheiten sichert (gründet), ist es nun was von der Erfahrung nicht geborgt werden kann und die Sätze der Arithmetik zu *apriorischen* und *allgemeingültigen* macht.

Was aber die *Nothwendigkeit* in diesen Sätzen betrifft, so

Gegenſätzlichkeit, d. h. eine abſolute Vielheit zu Grunde
liegen, als welche allein ein unbedingtes, unabhängiges Beſtehen haben kann; doch wird nur in ſynthetiſchen Urtheilen
a priori der Gegenſatz ausdrücklich hervorgehoben, weshalb das Moment der Einheit in ihnen, der Zuſammenhang ebenſo ausdrücklich hervorgehoben werden und daher
als innere Nothwendigkeit ſich kund geben muß. Denn in
ſynthetiſchen Urtheilen allein kommt das Verhältniß der
ideellen und der reellen Seite des Erkennens zum Ausdruck. *)

---

stammt diese her von dem Gegensatze der in der Zahl aus-
gedrückten absoluten Vielheit gegen die Einheit der Handlung,
welche diese Vielheit in einem Bewusstsein zusammenfasst. Und
zwar kommt die Nothwendigkeit nur dann zum Vorschein, wenn
Einheit und Gegensatz *ausdrücklich* hervorgehoben werden,
wie in dem Satze $7 + 5 = 12$, welcher ausdrücklich die *Identität* der zusammenfassenden Handlung besagt, die die Summe
zu Stande bringt (welche Summe nämlich auf beiden Seiten als
die *gleiche* gesetzt wird), — und zugleich ausdrücklich den
Unterschied in der Art des Zusammenfassens darstellt, ein
Unterschied, dessen Möglichkeit wie gezeigt auf der absoluten
Vielheit beruht.

Alle synthetischen Urtheile, deren allgemeiner Ausdruck
$A = B$ ist, besagen ja offenbar nichts anderes als, dass *Verschiedenes* als *identisch* oder *gleich* gesetzt werden müsse, enthalten also alle etwas von dem Widerspruch, doch nur in Urtheilen a priori wird der Widerspruch zum vollen Ausdruck
gebracht; daher die sie begleitende Nothwendigkeit.

Die allgemeine Formel aller Urtheile, die die Identität ausdrücken, ist $A = A$; als die allgemeine Formel der Urtheile,
welche einen Gegensatz ausdrücken, kann diese angenommen
werden: *A ist nicht B*, und die allgemeine Formel der synthetischen Urtheile ist: $A = B$; aus diesem allein schon wird
man ihr Verhältniss leicht ersehen können.

*) Wie die reelle und die ideelle Seite des Denkens sich
kreuzen, kann man an diesem Beispiele bemerken: man denke
sich zwei Dinge A und B an sich ausser aller Beziehung auf einander,

Die empirischen, aposteriorischen Urtheile liegen sämmtlich in dem Inhalte, gehören mithin lediglich in die ideelle Seite des Erkennens.

---

so werden offenbar in diesem Denken A und B mit Rücksicht auf einander, also in Beziehung auf einander gesetzt.

Berichtigungen und Zusätze.

Seite 4, Zeile 6 v. o., ist das Wort „klar" zu streichen.

» 12, » 4 v. o., statt: sei, lies: ist

» 18, » 15 v. u., st.: herstamme, l.: herstammt

» 38, » 5 v. u., st.: Auseinander, l.: Aussereinander

» 40, » 2 v. u., st.: das er, l.: dass er

» 45, » 19 v. o., st.: sein, l.: ihr

» 53, » 4 v. o., st.: Antonomie, l.: Antinomie

» 63, » 4 und 3 v. u., sollte es heissen:

Denn die nähere Bestimmung der secundären Beziehungen, d. h. die Beantwortung der Frage: welche Erscheinungen mit einander zusammenhangen, kann nur aus der Erfahrung geschöpft werden.

Seite 89, Zeile 13 v. o., st.: jebe l.: jeber

» 133, » 3 und 4 v. o., st.: Den Inhalt des erkennenden Subjects u. s. w. lese man: Den Inhalt der Erkenntniß, die das Subject von sich selber haben kann, bilden die Gesetze des Erkennens. Es war u. s. w.

Seite 136, Zeile 11 v. u., st.: jeder, l.: je der

» 144, » 5 und 6 v. o., lese man:

es sei denn, daß man sich in solchem Schließen durch Analogie leiten ließe; das Schließen nach der Analogie setzt aber eine fertige Erfahrung schon voraus. Ganz anders u. s. w.

Als Anmerkung zum Ende der Seite 256:

Versteht sich, nur im uneigentlichen Sinne wird hier das Genie eine Erkenntnissweise genannt, wie denn die Idee nicht im eigentlichen Sinne eine Vorstellung heissen kann, da sie ursprünglich einen Inhalt besitzt, was dem Begriffe der Vorstellung widerspricht. Warum ist man aber dennoch geneigt die Idee für eine Vorstellung zu halten? — Das kann daher rühren, dass das Absolute, in welchem Ideelles und Concretes in vollkommener Harmonie mit einander stehen, gegenüber unserer äusseren *rein concreten* Welt, als ein

vorwiegend *ideelles* Wesen erscheinen kann, [wie denn auch
das Verhältniss des, Einheit und Vielheit in der Gleichberechtigung enthaltenden, Absoluten zu der, in absoluten Gegensätzen zerstreuten, Welt einige Analogie hat mit dem Verhältnisse des einheitlichen vorstellenden Subjects der Vielheit
seiner Objecte gegenüber; sodass von einem, seiner selbst
nicht vollkommen bewussten, Denken die Idee mit der Vorstellung leicht verwechselt werden kann.

Der ganze Schluss Seiten 257 bis incl. 261 sollte so lauten:
Das Gegebene ist nur in der Form des Werdens, des Nacheinander möglich, d. h. einer Bewegung, in welcher absolute
Gegensätze gesetzt und zugleich durch den Uebergang vermittelt werden. Die Vermittlung ist aber eine Andeutung
der Einheit; diese Grundbeschaffenheit des Gegebenen stellt
also dem Denken die Aufgabe, Einheit und Gegensatz im
Realen als zusammenbestehend aufzufassen. Begriffsmässig,
im wirklichen gesetzmässigen (immanenten) Denken kann
nun dieses Zusammenbestehen nicht anders, denn als ein *bedingter Gegensatz*, oder als eine bedingte Gegensätzlichkeit
(ein organisches Aussereinander), nämlich in den causalen
Beziehungen, vorgestellt werden. Daher die Grundnothwendigkeit des Denkens, das Gegebene (das Geschehen) als ein
Product von Beziehungen, d. h. als einen bedingten Gegensatz aufzufassen; was diese Auffassung von Anfang an als
eine verfehlte erscheinen lässt. Denn das Bedingte ist gerade
dasjenige, in dessen Begriffe sich das Denken nicht beruhigen
kann; der bedingte Gegensatz löst sich ja auch bekanntlich
in eine unendliche, unvollendbare Reihe von Setzungen auf,
in welcher jedes Glied zugleich Bedingung und Bedingtes ist.
So verläuft sich die immanente Auffassung mit dem Gegebenen ins Unendliche, anstatt dasselbe in eine allumfassende
Einheit aufzunehmen; sie ist also nicht die wahre, aber doch
die einzige mögliche, weil dem Gegebenen entsprechende,
welches von vornherein in absoluten Gegensätzen auftritt
und sich daher in die Einheit nicht aufnehmen lässt.

Das letzte Ergebniss aller unserer Forschungen ist nun
Folgendes: Die höchsten Begriffe, an denen in letzter wie
in erster Instanz alles Denken und Erkennen hängt, sind die

der *Einheit* und des *Gegensatzes*. Denn wir erkennen nichts als Verhältnisse; Verhältnisse können aber nur mittelst dieser zwei Begriffe gedacht werden; so auch ihr eignes Verhältniss zu einander: die Begriffe der Einheit und des Gegensatzes sind einander entgegengesetzt und setzen sich zugleich gegenseitig voraus, weisen also auf eine noch höhere Einheit hin, in der sie beide zusammenfallen; aber diese höchsten Begriffe in einer supremen Einheit wirklich zusammenzufassen ist unmöglich. Der Begriff der *Beziehungen*, welcher diese supreme Synthesis darstellen soll (nämlich in der immanenten Auffassung darstellt) ist weit entfernt eine solche Anforderung zu erfüllen. Denn anstatt die höhere Grundlage jener Begriffe abzugeben, setzt er vielmehr selbst jene beiden Begriffe als die nothwendige Bedingung seiner eignen Denkbarkeit voraus.

Es sind uns unstreitig Gegensätze gegeben, ebenso unzweifelhaft ist die Einsicht, dass allen Gegensätzen die Einheit zu Grunde liegt, aber der Begriff dieser Einheit geht uns vollständig ab. Denn in unserem Denken ist der Gegensatz nur als das contradictorische Gegentheil der Einheit — ein absoluter, mit der Einheit zusammenbestehend kann er dagegen nur als ein bedingter Gegensatz, d. h. nur in Beziehungen gedacht werden; die Beziehungen selbst aber setzen den absoluten Gegensatz voraus, — so zerfliesst die höhere Synthesis in einem Cirkel.

Dass die Begriffe der Einheit und des Gegensatzes in unserem Bewusstsein als von einander gesonderte und einander entgegengesetzte Begriffe auftreten, dass es überhaupt eine Vielheit von Begriffen und Vorstellungen gibt, die anstatt ein lebendiges und unzerlegbares Ganze auszumachen, sich einzeln und getrennt denken lassen, kommt nur daher, dass wir uns ausserhalb der supremen Einheit befinden und den Begriff derselben nie erlangen können. In unserer Wirklichkeit herrscht der Gegensatz vor, und die einzige Einsicht, die uns offen steht, ist die von der Unwahrheit dieses Vorherrschens des Gegensatzes und der Unmöglichkeit sich im Erkennen zu der supremen Einheit zu erheben, in welcher Einheit und Gegensatz als gleichberechtigt zusammenbestehen.

Ist es denn in der That nicht auffallend, dass der Begriff der Einheit in unserem Denken auf gleichem Fusse mit anderen Begriffen steht, da er doch eigentlich als ein besonderer Begriff gar nicht vorkommen, sondern alle Begriffe und Vorstellungen ihrer ideellen Seite nach in sich befassen sollte auf eine dem entsprechende Weise wie das denkende und erkennende Subject alle Begriffe und Vorstellungen in seiner Einheit der reellen Seite nach enthält? Freilich würde in diesem Fall der Begriff der Einheit eben kein Begriff mehr sein und die Auffassung in ihm kein Denken und Wissen, welches nur in dem Gegensatze möglich und daher wie man sieht principiell keine Wahrheit haben kann. — Schon *Kant* sah sich veranlasst seine sogenannte „transcendentale Einheit der Apperception" von der Categorie der Einheit zu unterscheiden, was gewiss nicht zulässig ist; denn es wäre ungereimt *zwei* wirkliche Begriffe der *Einheit* aufstellen zu wollen, der Begriff der Einheit sollte ja alle und jede Einheit bedeuten und darstellen; — er thut es aber nicht, weil er selbst als ein besonderer unter anderen Begriffen und also im Widerspruche mit seiner eignen Bedeutung, folglich als ein unwahrer erscheint. Daher die Nothwendigkeit eine andere wahre Einheit vorauszusetzen, die Alles in sich befassen, nichts absolut ausser sich haben soll, wobei jedoch offenbar wird, dass sie nie in der Form des Begriffs, der seinem Wesen nach ohne Inhalt ist, auftreten kann.

Es ist indessen sehr bezeichnend für unsere immanente Auffassung, dass die Synthesis der Einheit und des Gegensatzes, die den Begriff des *Absoluten* charakterisiren soll, in ihr (der immanenten Auffassung) als der Begriff der *Beziehungen* erscheint, d. h. gerade als der Begriff des *Bedingten* (des bedingten Gegensatzes) und somit der Begriff der Einheit selbst als ein Moment desjenigen der Beziehungen. So kann man sie in ihrem Principe selbst beurtheilen. Aller Widerspruch in unserer Welt kommt von dem Vorherrschen des Gegensatzes in ihr, welches Vorherrschen *unwahr* ist; der Begriff des Gegensatzes tritt daher als ein selbständiger neben den der Einheit und diesem gegenüber, vermag aber wegen seiner Unwahrheit sich selber nicht zu behaupten; —

daher das Unhaltbare unserer ganzen Wirklichkeit und ihrer
Auffassung im Denken und Erkennen, welche auf dem Gegensatze beruhen.

Ueber das wahre Verhältniss der Einheit und Vielheit, des
Ideellen und des Concreten in dem wahrhaft Seienden, dem
Absoluten, dem Göttlichen, bleibt uns nur die Vermuthung
übrig, dass sie auf eine unbegreifliche Weise zusammen eins
sind, ohne dass das Eine von dem Anderen ausgeschlossen,
oder absorbirt, oder irgend wie aufgehoben wäre, ohne dass
sie weder in Identität noch im Gegensatze zu einander stünden.
Nennen wir nun dieses Verhältniss der vollkommenen Gleichberechtigung *Harmonie*, so können wir mit Recht sagen:
das Göttliche, das Wahrhaftseiende ist eine Welt der ewigen
Harmonie und der ungetrübten Glückseligkeit; dürfen jedoch
nicht wähnen, dass darin ein positives Wissen von der Natur
des Göttlichen ausgesprochen sei; denn diese Harmonie des
in unserem Denken Entgegengesetzten ist eben für das Denken
ganz unerfassbar.

Einen überreichen Stoff bietet die Natur unserem Erkennen
dar, und wenn auch dieses Erkennen keine absolute Wahrheit hat, so gibt es doch wenigstens dem forschenden Geiste
des Menschen vollauf zu thun. Ein Blick ist uns auch in
das Wesen des Göttlichen verstattet, und obgleich nur vermuthend und ahnend, können wir ihm doch in irgend einer
Weise uns nähern. Das tiefste, das *absolute Dunkel* liegt
aber auf dem *Verhältnisse*, welches das Göttliche mit der
Natur verbindet und zugleich beide von einander trennt.
Wie hängt das Werden mit dem Sein zusammen? Wie
kommt aus der ewigen, unwandelbaren Harmonie unsere
fluctuirende, in aller Hinsicht zersplitterte, unwahre, elende
Welt, in der der Gegensatz so sichtbar vorherrscht? — Dieses
zu begreifen geht uns bis zum Schatten einer Möglichkeit
ab, darüber ist uns nicht einmal eine Vermuthung möglich.
Für unseren Begriff kann das Werden nur aus dem Widerspruche entspringen, nur aus einem Sein, in dem die Nothwendigkeit zu einem *anderen* zu werden liegt, aus einem
Sein also, welches selbst eigentlich ein Werden ist. Aber
das Widersprechende hebt sich selber auf, es fordert daher

eine Begründung in dem widerspruchslosen Sein, ohne welches es nicht einmal seine eigne zweideutige und unberechtigte Realität behaupten könnte; — allein wir sind ganz und gar nicht im Stande, ihm eine solche zu verschaffen; es bleibt alles bei der Voraussetzung stehen.

Ein Anfang wie die Anfangslosigkeit des Werdens sind gleich undenkbar. Im immanenten Erkennen, wo das Werden in Beziehungen aufgefasst wird, die nur im Zusammenhange mit einander gedacht werden können, muss die *Anfangslosigkeit* des Werdens behauptet werden, ohne dass jedoch diese dadurch im mindesten gerechtfertigt wäre; denn eine verflossene, vollendete Ewigkeit (Unendlichkeit) ist ein Unsinn. In der transcendenten Auffassung dagegen müssen wir annehmen, dass mit jedem neuen erkennenden Subjecte ein *absoluter Anfang* gemacht werde, da ja die Welt des Werdens nur in dem Gegensatze von Subject und Object des Erkennens bestehen kann. Ein Anfang des Werdens, ein Werden des Werdens, ist aber die Unbegreiflichkeit selbst.

Mit diesem Bekennen der Unwissenheit, der Ohnmacht, muss ich also mein Werk schliessen; ich erinnere nur, dass das Bewusstsein davon in Wahrheit unsere grösste wirkliche Macht ist, und der Gipfel unserer Freiheit. Wie drückend daher dieses Bewusstsein auch sein mag, so ist es doch immer besser als die angenehmste Selbsttäuschung.

Seite 282, Zeile 8 v. o., st.: synthetischen Urtheilen allein, l.: synthetischen Urtheilen a priori allein

www.ingramcontent.com/pod-product-compliance
Lightning Source LLC
Chambersburg PA
CBHW020942120726
47905CB00008B/2645

* 9 7 8 3 7 4 3 3 8 8 7 5 8 *